世界神话故事

高山　主编

青岛出版社
QINGDAO PUBLISHING HOUSE

图书在版编目（CIP）数据

世界神话故事 / 高山主编. —青岛：青岛出版社，2020.3

（"快乐读书吧"系列）

ISBN 978-7-5552-8995-1

Ⅰ.①世… Ⅱ.①高… Ⅲ.①神话—作品集—世界 Ⅳ.①I17

中国版本图书馆CIP数据核字（2020）第032479号

书　　名	世界神话故事
主　　编	高　山
出版发行	青岛出版社
社　　址	青岛市海尔路182号（266061）
本社网址	http://www.qdpub.com
邮购电话	13335059110　0532-68068026
策　　划	马克刚
责任编辑	曲爽杰
封面设计	余　微
印　　刷	晟德（天津）印刷有限公司
出版日期	2020年4月第2版　2020年4月第2次印刷
开　　本	32开（880mm×1230mm）
印　　张	5
字　　数	100千
书　　号	ISBN 978-7-5552-8995-1
定　　价	16.80元

编校印装质量、盗版监督服务电话：4006532017　0532-68068638

建议陈列类别　少儿

CONTENTS

目录

阅读指导

神话的世界犹如星空，浩渺而又神秘。千百年来，人们徜徉在神话的世界里，为其着迷、为其惊奇。

什么是神话？

神话是人类的祖先对重大问题最初的认识和思考。原始人类渴望认识世界，认识自然，了解自身，他们以形象化的手法展示自己的思考。所以马克思认为，神话是通过人们的幻想用一种不自觉的艺术方式加工过的自然和社会形式本身。

神话，是极富生命力的精神文化现象。世界各国家、民族都以其特有的思维和想象，创作了丰富多彩、各异其趣的神话故事，这些故事成为本国家、本民族文化传统的重要组成部分，铸造其民族性格。

今天，在世界文化大交流、大融合的时代潮流中，具有永恒艺术魅力的神话，已成为各国少年儿童相互了解、相互学习的重要窗口。为此，本书撷取了具有代表性的世界神话，包括日本、印度、希腊、希伯来、北欧、阿拉伯等地的神话，以及俄罗斯、挪威、智利等国家的传说故事。全书在尽量保持神话原貌的基础上，稍做改编，力求通俗易懂，在展现各国各民族文化特色的同时，让大家一览世界神话的概貌。

日本始祖伊奘诺和伊奘冉

（日本神话）

天和地是由两位神仙创造的：男神是伊奘诺，女神是伊奘冉。他们原本是两兄妹。

一天，伊奘诺和伊奘冉站在天国的浮桥上，他们往桥下的深渊望去，不知道浮桥下面更深的地方有什么。他们决心探查一番。他们用一支天之琼矛向下试探，发现下面是汹涌的大海。当他们把琼矛抽出来时，从矛尖上滴落的水变成了一个岛。

这两位神从天上降临到那个岛。没多久，他们萌生了结成夫妻的想法，尽管他们是兄妹。他们在岛上修建了一座高大雄伟的宫殿。他们相约分别从右向左和从左向右绕着宫殿粗大的柱子走，等他们相遇就结成夫妻。于是，伊奘诺从一个方向绕着柱子走，伊奘冉从另一个方向绕着柱子走。两人相遇时，伊奘冉说："真高兴啊，我遇到一个可爱的少年！"可伊奘诺反倒有些不高兴，他说："我是男人，应该由我先说。女人先说话不好。咱们再重新绕一次柱子吧。"于是，他们又绕着柱子走，当两人再次相遇时，伊奘诺先说："真高兴啊，我遇到一个可爱的少女！"在这样

率真的求婚之后，伊奘诺和伊奘冉结成了夫妻。

婚后，伊奘冉先后生出了岛屿、海洋、山川、河流和草木。两位神生下的八个岛屿组成了日本的大部分。伊奘冉与丈夫商量："咱们已经创造了由八个岛屿组成的国家，也创造了山川、河流和草木，为什么不创造一些人来做这片天地的主人呢？"

两位神的愿望实现了，因为没过多久，他们就生出了"天照大神"。"天照大神"就是漂亮的太阳女神。她父母把她送上天梯，让她住在天上，用她那灿烂的光辉永远照耀着大地。

两位神又生出了"月读"，就是月神。月神散发着银白色的光辉，虽然不像他姐姐散发的金色光辉那么美丽，但他被认为是值得做太阳神的配偶的。所以，月神也爬上天梯了。可没过多久，太阳神和月神就吵架了。太阳神对月神说："你是个坏神，我不愿意和你见面了。"从此以后，他们就各自居住，不再见面了，一个在白天出来，一个在夜晚出来。

伊奘诺和伊奘冉的第三个孩子是"须佐之男"。可这个孩子行为不端，两位神只好把他逐出天界。

这之后，伊奘冉又生出了"迦具土神"，就是火神。不幸的是，伊奘冉在生这个孩子时得了重病。伊奘诺悲痛欲绝，跪在地上哭泣呼号。可不管伊奘诺多么悲伤，伊奘冉还是死了，去了黄泉。

伊奘诺抑制不住思念，曾经下黄泉寻找妻子，并如愿见到了她。从黄泉回来以后，伊奘诺在淡路岛上建造了一所房子，并在那里隐居起来。

五谷的由来

（日本神话）

　　须佐之男因为闯下弥天大祸，受到众神的惩罚：众神拔掉了他的手指甲和脚指甲，割掉了他的胡子，还开除了他的神籍。就这样，原本大名鼎鼎的神变成了流浪汉。他有时在旷野上踽踽独行，有时在深山里呼呼大睡，有时在村落里饱受白眼。

　　有一次，他饿得发慌，就向风木津别之忍男神乞讨，可是

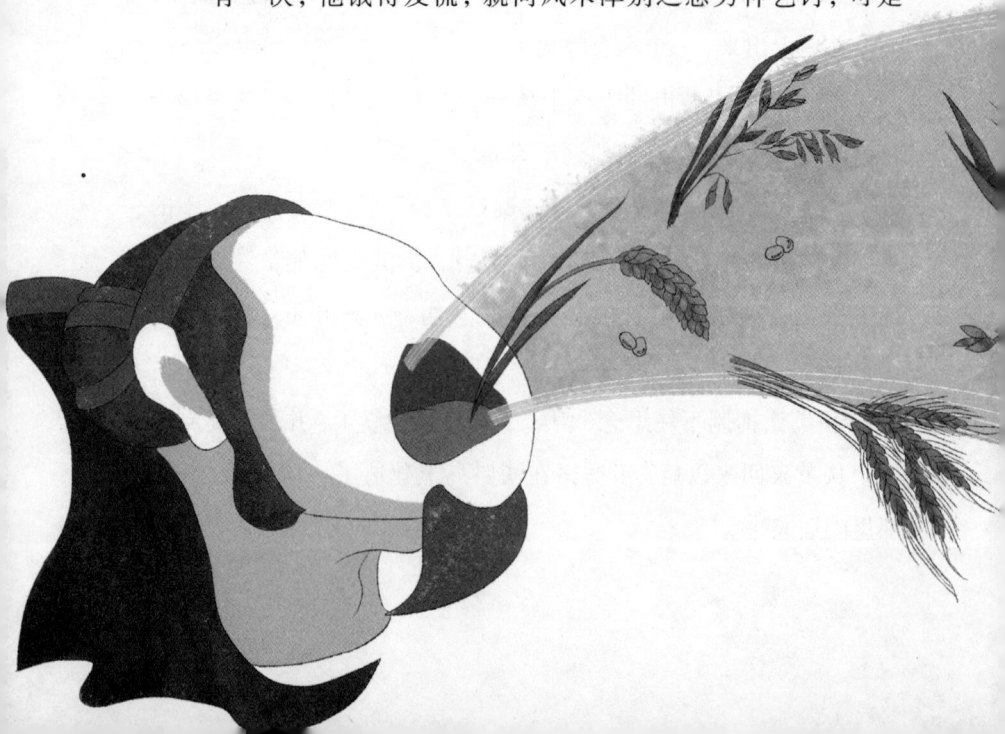

对方摇摇头。他又向野椎地神求助，可对方也摇摇头。他一连碰壁十几次，都近乎绝望了。他拖着沉重的步子，来到天安河畔。望着奔腾的波涛，他觉得江水越来越汹涌，而自己却越来越渺小……

善良之神大气津比卖刚好路过这里，看到他这副模样，感到好生奇怪，就忍不住问道："尊敬的须佐之男，你在这里发什么呆呀？"

"我……我……"

"哎呀，你脸色不太好，发生什么事了？"

"我有……四五天没吃东西了。"

"为什么呀？"

"我跟人家讨要东西吃，人家不给呀。"

大气津比卖想了想，跟他说："我这就给你弄些东西吃。"就见她用手在身上东搓搓西抓抓，弄了一把东西，搓成一个大饼，双手捧着递给须左之男，说道："快吃吧。"

须左之男气得暴跳如雷，叫道："浑蛋！你竟然弄这些脏东西给我吃，这不是存心侮辱我吗？"他说着，一巴掌将那块大饼打落到地上，"我今天不杀了你，难解我心头之恨！"

"你！你！你听我说呀……"可还没等大气津比卖把话说完，须左之男早就拔出利剑来，将善良之神的头砍下来了！须左之男擦了擦利剑，头也不回地走了。

善良之神大气津比卖被杀了，可她的尸体没流一滴血，在她尸体的周围长出蚕来，长出稻种、小豆、粟苗、大豆和小麦来。这位善良之神，即便是死了，也将五谷的种子赐给了人间。

善良的老龙

（日本传说）

在很久以前，有一条河，那条河的河水能直接汇入大海。那条河河底的洞穴里盘踞着一条孤独的老龙。老龙喜欢躺在河边晒太阳，可它的样子长得着实凶恶，以致村民们见了它就害怕。

实际上，那条老龙性情温和，一点也不凶残。那条老龙老到什么程度呢？它头上的两个角脱落了，嘴里的牙也只剩下一颗了，每天大部分时间都一动不动地躺在河边晒太阳，似乎在回忆以前的事。

有一天，它又在晒太阳，听到有人惊慌叫喊"救命！快救救我！"老龙抬起头来，发现是个少女掉进河里了。老龙想也没想，当即跳进河里，将那个少女救上岸来。

老龙问："你怎么掉进河里了？"

少女答道："我的衣服让河水给冲走了，我想把衣服捞起来，结果反倒掉进水里了。"

老龙笑了，接着问道："你不怕我？"

"不怕。我爷爷说你从没伤害过人！"

"说的倒是事实。可你怎么知道我不会吃你？"

少女答道："你要是想吃我，就不会救我了。我要报答你，告诉我你爱吃什么，我给你找。"

老龙告诉那个少女，它最喜欢吃海燕，可因为老了，身体衰弱，它想捉也飞不起来了。

第二天，少女果然带来几只肥嫩的海燕，送给老龙吃。

村里的年轻人见少女对老龙那么好，心中嫉妒，想吓跑那条老龙。

一天，趁着老龙在阳光下睡觉的机会，那些年轻人用网将老龙罩住，用绳索将老龙捆住了。老龙醒来拼命挣扎。这么一来，许多树木被连根拔起，一时间飞沙走石，村民们被吓得胆战心惊。

少女连忙问爷爷："爷爷，爷爷！这是什么声音？"

爷爷告诉她："是一些年轻人在绑那条老龙呢！"

"那条老龙从没害过人呀！我要去救它。"

少女说着就往河边跑，可当她赶到河边时，已经太迟了，那条老龙已经惨遭杀害，它的尸体正一点点沉入混浊的河水中。少女不禁流下伤心的泪水，因为她知道这条老龙是善良的。

圣·多拉多

（智利传说）

你曾经想拥有多得数不清的财宝吗？

在十六世纪时，从西班牙来的淘金者们疯狂地寻找圣·多拉多——那是一个被黄金包裹的人。他们想不费力就得到那笔财宝。

"你见到圣·多拉多了吗？你要是敢撒谎，我就把你的心掏出来！"戴·奥达兹目光阴郁，盯着躺在床上的那个人狠狠地说道。

床上的那个人面色苍白，长长吁了口气："我就要死了，一个将死之人还撒什么谎？"

戴·奥达兹威胁说："你肯讲实话，在我亲眼见到圣·多拉多之前，我是不会弄死你的。"

床上的那个人将头歪向枕头，小声说："说起来就像一场梦啊。"

戴·奥达兹恶狠狠地命令："快告诉我！"

"他叫圣·多拉多，是一名牧师，也是一位国王。圣·多拉多每年都会往自己身上撒油，再把全身涂满金粉，用金子将自己包裹起来。圣·多拉多和朝中的达官显贵每年都会去一个湖。当他和那些达官显贵们乘着筏子向湖水中央划去时，岸上就会挤满观看的人群。人们欢呼舞蹈，就好像庆祝盛大的节日一般。"病人歇了一会儿，继续说道："这时候，圣·多拉多就会站起身来，好让人们都能看到他。他率先向湖里扔财宝……"

戴·奥达兹两眼冒光，贪婪地问："财宝！都是什么财宝？"

"有贵重的首饰，用金子做成的人形和怪物形状的首饰，还有金盘子，盘子上都镶有宝石……"那病人说话的声音越来越低，最后说不下去了。此时的他脸色煞白，两手冰凉，就要断气了。

戴·奥达兹见状，变得呼吸急促、两眼喷火，他粗暴地摇晃病人的肩膀："你以为我现在就会让你死吗?！"

那个病人好不容易才缓过劲儿来，呜咽道："我还有什么可告诉你的？"

戴·奥达兹说："你曾经是个囚犯，和我们关押在一起，只是你逃走了。之后发生了什么？"

病人气息微弱："五年的时间，我住在金子城中，和他们生活在一起。"

戴·奥达兹放下双手，将脸凑近那病人的脸。他盯着那病人的眼，就好像盯着一堆金子似的。"你再讲一遍吧，"他就像小孩子哀求大人讲故事那样哀求着，"你再给我讲一遍金子城的事！"

"宫殿，所有的建筑物，哪怕是最小的房子都是纯金的。人们行走的街道也是用金块铺成的。金子城的人不用干活儿，一派祥和，他们青春永驻，长生不老。"

戴·奥达兹小声嘀咕："他们真能不死？"

病人挣扎着回答："他们和他们崇敬的神一样，永生不死。"他喘息了好长时间，眼中满含泪水，接着说："可咱们就不行。我总算是见过金子城了，以后再也见不到了。我将在这远离家人的丛林里死去，我的尸体也必将腐烂。"

戴·奥达兹高喊道："我的朋友，你会再次见到金子城的。你不能死，只有你才能带我去金子城。"

病人不禁笑了，这带着嘲弄又无奈的笑使得他咳嗽了好一阵才缓过气来："我带你去？就是我现在能从床上起来，变得年轻力壮，也不能将你带到那个城市。"

"为什么不能？"

"人的肉眼是看不到金子城的。就算像我这样的人碰巧撞上金子城，离开了也就回不去了。有这么个传说……"

"什么传说？！"

"……等到世界末日，人们就能看到金子城了。"

戴·奥达兹近乎绝望地高声喊道："你别想哄骗我！你到过那里，就一定能找回去！你必须得找回去！"

"金子城里有一座教堂，教堂里有一口大金钟，大金钟从来没被敲响过，据说，要是敲响那口大金钟，全世界都能听到钟声。"

戴·奥达兹也不顾那病人的死活，直接将他搜到地上："金子城到底在什么地方？"

"在遥远的南方，有个叫智利的地方，金子城就在那里一个傍山的湖泊旁……"那病人说着说着，声音停了，身子一歪，从戴·奥达兹的臂弯里滑落到地上。他死了。

戴·奥达兹咬牙切齿道："我是不会让别人得到那批财宝的。我会找到圣·多拉多的金子城的，我会找到财宝湖的。只要能得到那些财宝，让我豁出命去都行。"

戴·奥达兹最终也没找到圣·多拉多的金子城，也没找到财宝湖。别的人也没有找到。二百多年来，很多人从世界各地蜂拥赶到智利，找寻那批蛊惑人心的财富。虽然没人见过金子城，可传说中的圣·多拉多这个名字却世代流传了下来。今天，人们将能使人迅速致富的地方称为"圣·多拉多"。

宇宙的由来

（菲律宾神话）

　　从前，这世上只有天空和海洋，它们分别为天神卡普坦、海神马格瓦因所掌管。

这两位神有自己的后代。天神卡普坦有个儿子，名叫利杭因；海神马格瓦因有个女儿，名叫利达加特。

在两位神的主持下，这两个孩子结成夫妻，先后生了四个孩子：利卡利布坦、拉德劳、利布兰、利苏加——他们都是男孩。这四个孩子渐渐长大了。

利卡利布坦想成为宇宙之王，并将这个想法告诉了拉德劳、利布兰两个弟弟。当时利苏加不在，到别的地方去了。拉德劳与利布兰一向惧怕利卡利布坦，唯哥哥马首是瞻，他们这次也跟随哥哥侵犯天空，用风强行打开了天门。

出现了叛逆者，怎能不让天神卡普坦恼怒万分呢？卡普坦用

雷做武器，攻击叛逆者。三个兄弟自然不是卡普坦的对手。利布兰和拉德劳被雷击得变成了圆球体；利卡利布坦的身体被雷击碎了，散落到了大海里。

利苏加回来后，四处寻找三个哥哥，都没有找到。于是，他又到天上寻找。卡普坦一看见他，以为他也是叛逆者，当即用雷将他击毙了。利苏加的身体被雷劈成两截，掉落在了利卡利布坦的身体碎片上。

卡普坦将海神马格瓦因找来了，气愤地述说孩子们叛逆的事情。马格瓦因根本不知道这些事情，因为她睡着了。

后来，卡普坦的怒气渐渐平息下去了，他和马格瓦因又开始想念起四个孩子来。所以没多久，卡普坦又让被惩罚的人活过来了，他让拉德劳变成了阿德劳（太阳），又将利布兰变成了布兰（月亮）；他让利卡利布坦散落的躯体上长出许多植物，创造了世界；他让利苏加被劈成两截的身体，一截变成了西拉拉克（男人），另一截变成了西巴巴伊（女人）——这是世界上的第一个男人和第一个女人的由来。

预卜吉凶的马

（波兰传说）

在一个叫沃林纳的地方，修建有四座供奉三头神的神庙。每座神庙的神殿中央都摆放着桌子和长凳，那里常常召开隆重的会议，讨论一些关系全体居民切身利益的重要事情。而在神殿最显眼的地方陈列着三头神的雕像。雕像比人还高，有三个脑袋和三张面孔。

这四座神庙中，有一座神庙还建有特殊的附属建筑物，里边养着一匹马。这匹马名叫希夫卡，是个预言者。它长得完美无缺、身体强壮有力，又长有华美松软的鬃毛和灵活的眼睛。负责照料希夫卡的是一个老祭司，他经常到马厩去，有时会给马添些干草或燕麦，会温和地拍拍马背，还会小声地和马说话呢。希夫卡呢，也把老祭司当成朋友，一看见老祭司就嘶鸣几声表示欢迎，还用前额摩擦老祭司的肩膀，表示亲热。

在举行特殊仪式时，希夫卡就要发挥它那重要又特殊的预言作用了。那时，马前面的地上会放有九根长矛，那些长矛一根根并排放着，每根长矛之间只有一尺半的距离。老祭司会牵着希夫卡越过这些长矛，如果希夫卡的蹄子没碰到一根长矛，就会被视为吉兆；可如果希夫卡的蹄子碰到了长矛，哪怕是只碰到一根长矛，也会被视为凶兆。

最初的时候，依照这座神庙中的首席祭司所说的，只有出现可能会引发全体市民不安的重大事件时，才会把希夫卡牵来预卜吉凶。比如，它曾经预言过某一年的冬天是怎么样的，是更寒冷些还是比较暖和些；它曾经预言过另一年的收成好不好；它也预言过是当即向牧人开战，还是推迟开战比较好……

可是后来，这个习惯改变了。有一次，老祭司为了一口袋燕麦，牵着希夫卡给一户普通人家预卜未来。从那以后，希夫卡就开始给普通人家预卜未来，甚至给个别的人算命了。比如，希夫卡不得不一次又一次地替人做出决定：一个手艺人的女儿到底该不该出嫁，某个商人该不该出门置办货物，等等。

换句话说，住在这座神庙的附属建筑物中的希夫卡，如今要回答人们向它提出的每一个问题。不知道希夫卡能不能感觉到，在整个城市和全体市民的生活中，它是个多么重要的"人物"。不过，希夫卡越来越熟练掌握越过那些长矛的技巧了，它的四个蹄子碰到长矛的次数也越来越少。对于人们来说，这意味着灾难在减少，这才是最重要的。

于是，希夫卡被誉为神马，是三头神派来的，是根据神的指示来预卜的。

念佛的头盖骨

（柬埔寨传说）

从前，有两个住在同一个村子里的男孩子，他们一个叫阿索斯洛（意为善良的人），一个叫阿索盖（意为凶恶的人）。

阿索盖的心肠很坏，和其他孩子一块玩耍时，他总是找碴儿打骂人家。他父母生活富裕，有饭吃有钱花，还偏袒自己的孩子，这更让村里人讨厌阿索盖了。

而阿索斯洛无父无母，只有一个年纪很大的奶奶陪伴着他。祖孙俩的日子过得很是艰难。阿索斯洛和村里的孩子玩耍时，从来不和人家吵架。村里人很疼爱他，总是给他东西吃，不是这家给，就是那家给，从不间断。

阿索盖对阿索斯洛是又嫉妒又痛恨，心肠变得更坏了，比原来更爱打骂别人家的孩子。可他父母还和原来一样，不但不管他，还偏袒他。

阿索斯洛和阿索盖慢慢长大了。

一天，阿索盖对阿索斯洛说："喂！你家房子的竹片都朽了，我想和你一起去砍竹子、削竹片。"

阿索斯洛说："我没有快刀，就是连吃的大米、鱼肉都没有，眼下是吃了上顿没有下顿啊。"

阿索盖说:"别说干粮、砍刀这些东西,你什么都不用带,都包在我身上,你空着手去就行了。"说着,他就和阿索斯洛回家去征求奶奶同意。

阿索斯洛对奶奶说:"奶奶,阿索盖大哥邀我一起去砍竹子、削竹片。他说干粮和工具他全包了,我空着手去就行。"奶奶连忙劝阻:"孩子,你别去,那片竹林太可怕了。"

阿索盖见阿索斯洛的奶奶不同意,忙说:"老奶奶,没关系的。你们家的房子都朽了,就弄些竹片来修修吧,免得它塌了。"

奶奶想想也是,就叮嘱阿索盖说:"那你们去吧。你可要照顾好弟弟啊!"

就这样,阿索斯洛就跟着阿索盖,带上干粮和砍竹子、削竹片的各种工具,一起奔竹林去了。

到了竹林,他们砍下竹子,把竹子削成竹片。看看两个人削的竹片,阿索盖只削了很少的一点,阿索斯洛削得特别多。

两个人停下来休息,面对面坐着吃饭。阿索盖心想:"阿索斯洛,你今天必死在我手里!"他想到这里,举起刀,朝着阿索斯洛的眼睛刺去。

阿索斯洛的一只眼睛被刺瞎了!他哭着叫道:"为什么刺我?!"

阿索盖答道:"谁让你吃我的饭,干自己的活儿,削的竹片却比我还多!"

阿索斯洛哀求道:"你邀我一起来砍竹子、削竹片的时候,我说我什么都没有,不肯来,你说干粮和工具你全包了,我才跟着你来的。现在你把竹片都拿走吧，只求你别害我性命！"

阿索盖说："你还嘴硬，快去修道吧！"说着，就举起刀，恶狠狠地向阿索斯洛的另一只眼睛刺去。

阿索斯洛的脸上和胸前流满了鲜血，他的两只眼睛都瞎了。他疼得浑身发颤，哀求阿索盖留他一条命，因为他死了，他奶奶就孤苦无依了。

阿索盖哪管阿索斯洛的哀求，他大喊："你还是下河去喂鱼吧！"他将阿索斯洛推搡到河边，一脚将其踢进湍急的河流中。阿索盖想："这下阿索斯洛必死无疑了。"于是，他将竹片都收集到一起，捆好背走了。

阿索盖将竹片都背到自己家里，又去了阿索斯洛家，哄骗他奶奶说："老奶奶，你孙子让老虎吃了！"

奶奶听说自己孙子被老虎吃了，痛心不已，哭倒在地。阿索盖呢，他表面上担忧，其实心里幸灾乐祸，就像他平时找碴儿和别人吵架得逞时那样。

阿索斯洛被阿索盖刺瞎双眼、踢进河里后，顺着水流漂去。他嘴里轻轻念着"阿弥陀佛"。

在河下游旁的森林里，有一座山神庙，庙宇里有一只可以化为人形的鳄鱼在睡觉。那是山神的鳄鱼。当时，那条鳄鱼的肚子饿了，它跃入河水里，逆水往上游，找食物吃。它游着游着，突然看见阿索斯洛远远地漂来了。鳄鱼自言自语道："我今天可真走运，找食吃遇到一个人，可以饱餐一顿啦！"

它猛地游到阿索斯洛身边，听见阿索斯洛嘴里念着"阿弥陀佛"，心里好生疑惑。它再仔细看看阿索斯洛，发现阿索斯洛的眼珠子没了，只剩下两个窟窿。鳄鱼心想："我不能吃他，得把他送给山神。"于是，它潜入水中，把阿索斯洛驮在背上，游回了山神庙。

那条鳄鱼化成人形，领着阿索斯洛去拜见山神。山神向阿索斯洛询问来历，听阿索斯洛如实讲完自己的遭遇后，从心里怜悯他，就说："阿索盖呀阿索盖，你的心肠怎么这么坏呢！好吧，阿索斯洛，你别怕，我来搭救你，让你的眼睛重见光明，好回去和你奶奶团聚。"

山神配了些药，敷在阿索斯洛的眼睛上，念动咒语，对着他的眼睛吹了口气。阿索斯洛的眼睛一下子就能看见东西了。山神又抓了把沙子，念动咒语，吹了口气，再将沙子放入阿索斯洛手中，叮嘱道："孩子，你把手攥紧了别松开，到家时让奶奶铺张席子在地上，再把沙子放到席子上。"说完，山神就将鳄鱼叫来，让它把阿索斯洛驮到他之前被踢下水的地方。

阿索斯洛上岸以后，看到他和阿索盖砍竹子的那片竹林，以前的事又浮现在眼前。阿索斯洛辞别鳄鱼，沿着坎坷的小路回家去了。

阿索斯洛走进家门，哭着问候奶奶。奶奶发现是孙子，迎上前去，哭道："阿索盖说你被老虎吃了，我哭倒在地，心疼死了。如今你回来了，奶奶比什么都高兴。"

于是，阿索斯洛就把自己被阿索盖残害，被鳄鱼搭救，又被山神复明眼睛的事情，一五一十地向奶奶诉说了一遍。奶奶听了，更是心疼不已。阿索斯洛对奶奶说："您在地上铺张席子。"奶奶按照孙子说的，铺好了席子。阿索斯洛这才伸开手，把沙子放到席子上。那些沙子全都变成金子银子了！祖孙俩高兴极了，他们用这笔钱买了衣裳和各种用具，还盖了新房子，成了村子里没人能比的富人。

阿索盖再次见到阿索斯洛，暗暗惊讶："我刺瞎他的双眼，又把他踢进河里，以为他死定了，哪想他还活着，不但眼睛复明，还发了财！"

当天，阿索盖趁着夜深人静去找阿索斯洛，问道："咱们去砍竹子、削竹片时，是我鬼迷心窍，刺瞎你的双眼，把你踢进河里。我以为你死了，你是怎么活过来的，又是怎么发财的？"

阿索斯洛答道："这多亏了大哥你呀，要不是你，我还过着以前的穷日子呢。"他如实向阿索盖说道："大哥你刺瞎我双眼、把我踢进河里时，我都轻声念着'阿弥陀佛'，后来遇到一条鳄鱼，它将我送给山神。山神向我的眼睛念了咒，我的眼睛就复明了；山神给我一把念了咒的沙子，我回家以后，那些沙子就变成了金子银子。"

听了阿索斯洛的讲述，阿索盖的贪欲被勾了起来。他心中暗想："要是像阿索斯洛一样，我也能发财。"他就对阿索斯洛说："好朋友，咱们去之前的那片竹林砍竹子、削竹片吧。干粮还有砍竹子、削竹片用的大大小小的工具都包在我身上，你空着手去就行了。"

阿索斯洛拒绝道："我怕你再害我！"

阿索盖说："上次我是迷了心窍，才会刺伤你的，你可千万别记我的仇啊！"

阿索斯洛道："那我就陪你去一趟吧。毕竟是因为大哥你的所作所为，我才发财的。"

第二天一大早，阿索盖就背着干粮和各种砍竹子、削竹片的工具来找阿索斯洛了。他们一起去了那片竹林。

在将砍下的竹子削成竹片后，两个人坐下来吃饭。阿索盖将砍刀递给阿索斯洛，说道："你刺瞎我的一只眼睛吧！"阿索斯洛不愿意。阿索盖催促说："你快刺呀！不用替我担心。"没办法，阿索斯洛像挖酸枣那样，弄瞎了阿索盖的一只眼睛。阿索盖疼得受不了，但为了能像阿索斯洛那样得到金子银子，就又让阿索斯洛刺瞎了他的另一只眼睛。

阿索盖问："上次我把你踢进河里，你是怎么做的？"

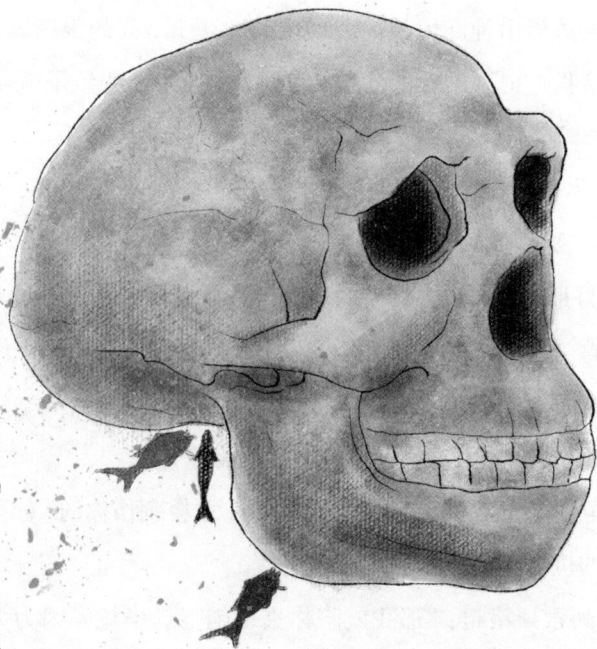

阿索斯洛如实回答:"我嘴里念着'阿弥陀佛'。"

于是,阿索盖又呻吟着让阿索斯洛把他推搡到河边,还要一脚把他踢下河去。阿索斯洛只好照办。

阿索盖被踢进河水中后,高喊着"阿弥陀佛",声音响彻岸边的森林。他一心想找到那条鳄鱼,可连鳄鱼的影子都没见到。因为伤口疼痛难忍,他又高声呼喊,顺着河水漂流一阵子后,阿索盖就精疲力竭,呛水而死。

阿索盖的尸体腐烂了,被鱼儿们吃得只剩下一个头盖骨。可就是这样,他的头盖骨随着河水漂流而下的时候,还不停地发出"阿弥陀佛""阿弥陀佛"的声音呢。

正义的力量

（埃及传说）

　　大地之神盖布与天空之神努特生的第一个儿子叫奥西里斯，他被封为上下埃及的国王，并为臣民们赢得了不朽的声誉。他刚开始执政的时候，他的子民到处迁移，从一个地方漂泊到另一个地方，靠采集野果为生，过着原始生活。奥西里斯将各个部落联合起来，创建了一个文明发达的国家。

　　大地之神盖布的第二个儿子塞特，见奥西里斯取得了如此骄人的成就，心中燃起熊熊的嫉妒之火，决心谋取奥西里斯的王位。趁着奥西里斯外出巡视的机会，他和一些阴谋造反的奸臣串通，制订了周密的篡权计划。

　　等奥西里斯回来以后，一天夜里，塞特趁着他睡熟，精确测量了他的身长，又暗中命令工匠打造了一个和他一样长的精美木盒子。

　　没过多久，塞特就设宴款待奥西里斯以及那些和自己一起密谋的人。等众人用餐完毕，他让仆人将那个精美的木盒子搬到餐厅里。

　　塞特宣布："你们谁想得到这个精美的盒子，就到这个盒子里去。谁的身材与这个盒子相称，我就把这个盒子当作礼物赠送给谁。"

就如塞特事先安排好的那样，和他暗中密谋的那些食客们都假装迫不及待地躺到盒子里试一试，可他们的身材与盒子都不相称。最后轮到奥西里斯了，他刚躺进盒子，塞特就和那些阴谋家一拥而上，盖上盒盖，钉上钉子，还用熔化的铅水把那个盒子封死，然后把盒子扔进了尼罗河里。那个木盒子被湍急的河水冲到了河口，最后留在了尼罗河三角洲东边的沼泽中。

住在切米斯城附近的人最早听说了奥西里斯遇害的消息，他们四下里传说塞特的恐怖行径。奥西里斯的爱妻是语言之神透特的女儿伊西斯，得知丈夫遇害的消息后，决心找回丈夫的尸体。

这位女神好像忘却了疲倦，她从一个地方找到另一个地方，从一个城市走到另外一个城市，她的足迹遍布整个埃及。后来，有一群孩子告诉她，他们曾经看到一个木盒子漂进尼罗河河口的沼泽中，被沼泽中的一棵树给缠住了。那棵树奇迹般地长成了参天大树，将那个木盒子裹进了自己的身体里。当地的国王摩尔卡托斯听说有这么一棵大树，已经命令仆人将这棵大树砍倒，运到他的王宫中了。这样的参天大树，在他们整个国家都十分罕见。国王命人将这棵树竖立在餐厅中央，用来支撑宫殿的屋顶。

伊西斯得知这棵树的下落以后，连忙赶到王宫不远处的一个市镇，在一处泉水边坐了下来。当宫中的侍女们来打水时，伊西斯友善地和她们交谈，给她们编发辫，又让她们的发辫带上她自己身上才有的芳香。

侍女们回宫以后，向王后诉说不远处的市镇来了个外乡女

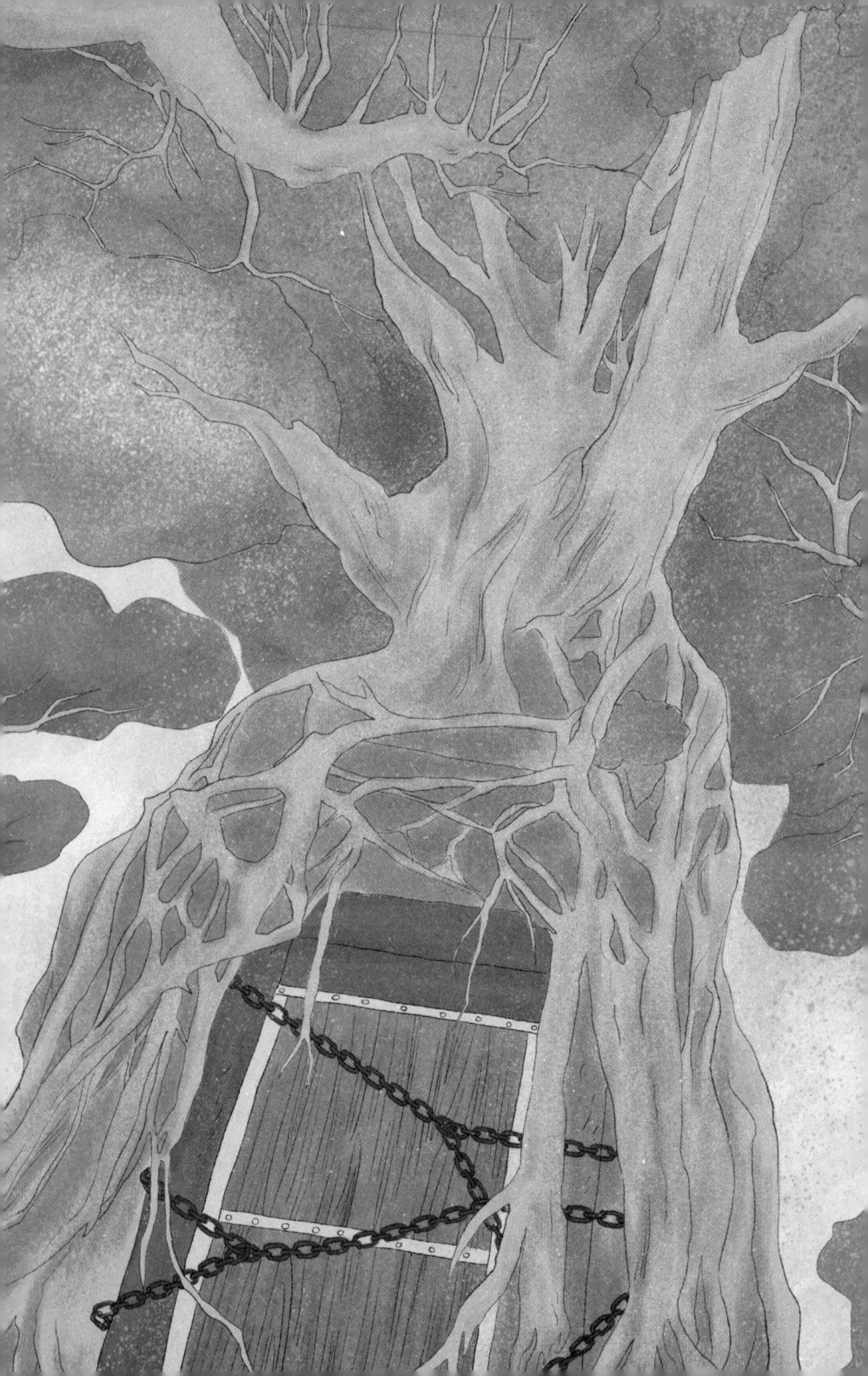

人。王后听后，想见一见这个女人，对侍女说："你们快到泉水边把她请进宫里来。"

就这样，伊西斯进入摩尔卡托斯雄伟华美的宫殿，见到了美丽的阿斯塔特王后。阿斯塔特王后非常喜欢伊西斯，请这位女神做自己儿子的奶妈。

有一次，伊西斯在和王后聊天时讲到了自己的身世和经历，她请求国王和王后能同意她将宫殿的顶梁柱劈开，把里边装有她丈夫尸体的盒子移出来。伊西斯在征得许可后，把那根顶梁柱放倒劈开，把盒子移了出来。没了顶梁柱，宫殿也没有受到任何损坏。伊西斯带着那个木盒子告别国王和王后，启程返回埃及。

当伊西斯来到一个荒无人烟的沙漠时，她打开木盒的盖子，见躺在盒子里的丈夫一动不动，心里很难过。她下定了让丈夫复活的决心。她双臂长出鸟的翅膀，盘旋在奥西里斯的上空，不停地挥动翅膀，好让丈夫能呼吸到更多的空气。她又念诵父亲透特教给她的具有魔力的咒语，好让丈夫奥西里斯暂时能够复活过来。

奥西里斯真的复活了！虽然他复活的时间很短暂，可仍然让伊西斯满心欢喜。当奥西里斯再次死去时，她将丈夫的尸体放进木盒子里，藏到一个安全的地方。

一段时间之后，伊西斯生下了奥西里斯的儿子，并为这个儿子起名荷鲁斯。伊西斯感到很欣慰，她期待有朝一日荷鲁斯能够为父报仇，夺回王位。

透特知道这些事情后，赶来探望女儿和外孙。"听从我的告诫，伊西斯，按照我说的去做。"透特告诉自己的女儿："你只要将荷鲁斯抚养成人，正义终将战胜邪恶。你现在要躲开塞特的眼线，我会帮助你的。等荷鲁斯长大成人，他会为父报仇，并夺回他父亲的王位。但在那个时刻到来之前，荷鲁斯难免会处于危险之中。我教给你一段咒语，能保护荷鲁斯不受任何伤害，无论他是在人间、上界，还是在冥界。"

伊西斯决定遵从父亲的告诫。当晚，她就带着荷鲁斯离开了，藏在尼罗河三角洲沼泽中的一座孤岛上。那里比较安全。

经历许多艰难困苦和危险之后，荷鲁斯终于长大了。他从母亲那里学到许多非凡本领，尤其精通武艺和医术。

伊西斯知道是时候告诉荷鲁斯一切了。荷鲁斯听说自己的身世之后，决心救活父亲，再向塞特复仇。他领着母亲伊西斯和姨妈奈芙蒂斯来到冥界，在冥界见到了奥西里斯。

三个神念起能令奥西里斯复活的咒语。渐渐地，已经死去多年的奥西里斯复活了：他开始有了呼吸，眼睑跳动，四肢也能动弹了。荷鲁斯当即抠下自己的一只眼睛，放进父亲嘴里，让父亲吞下去。奥西里斯一下子变得强壮多了，恢复了看东西、说话和行走的能力。太阳之神瑞也赶来帮忙。众人竖起一个梯子。那个梯子奇高无比，从冥界直通大地上的神祇世界。奥西里斯沿着梯子缓缓往上爬，上面有伊西斯带路，下面有奈芙蒂斯救护，两侧有瑞和荷鲁斯扶持。到神祇世界后，众神热情迎接奥西里斯的到来。

在奥西里斯重返神祇世界后，瑞封他为冥界之王。荷鲁斯接替父亲，成为上下埃及的国王。奥西里斯和荷鲁斯觉得向塞特讨还血债的时机成熟了，就开始做战前准备。

"一个人能获得的最荣耀的功绩是什么？"奥西里斯问儿子。

荷鲁斯答道："是为正义献身！"

"对于勇士而言，什么动物最有用？"父亲奥西里斯再次问道。

"马！"荷鲁斯答道。

奥西里斯感到吃惊："为什么不是狮子？"

荷鲁斯回答："虽然狮子威猛无比，可是马行动敏捷、善解人意。马比狮子更能帮助勇士擒获逃跑的敌人。"

听了儿子的回答，奥西里斯很是欣喜，因为这说明他儿子成熟了，而且比自己还聪明。

荷鲁斯和塞特展开交锋，两个人都使出浑身解数，一直大战三天三夜，激烈程度无法用语言来描述。结果不出众神所料，荷鲁斯打败塞特并俘获了他。

从这场战斗开始，伊西斯就在旁边观战。她见塞特被荷鲁斯俘获了，非但没有严惩仇人，反倒仁慈地说："塞特你自由了！"

荷鲁斯感到疑惑，不明白母亲为什么要这样做。伊西斯说："孩子，勇敢固然重要，但仁慈才是和平的使者。战争不是目的，战争只是一种手段。我们已经证明正义是不可战胜的，这就足够了！"

亚当和夏娃

（希伯来神话）

上帝耶和华从第一天到第五天创造了天、地、日、月、星辰、空气、水和各种动植物。在第六天，他参照自己的形状，用泥土捏成泥人，又往泥人的鼻孔里吹入生命的气息，赋予那个人以灵魂，使那个泥人成为活人。上帝为他取名为亚当。

上帝在东方的沃土上建造了一个乐园，这就是有名的伊甸园。园子里长着各种树木，树上结出很多香甜可口的果实。园子中央有两棵树，和别的树木不同，一棵是生命树，一棵智慧树。一条河在伊甸园里淙淙流淌，滋润着园中的树木。那条河流出伊甸园之后，就分成四条支流环绕着伊甸园。

上帝把亚当安置在伊甸园中，让他负责栽种和看管园里的树木。上帝告诫亚当："园子里的果子你可以随便吃，但是这棵能分辨善恶的智慧树的果子不能吃，也不能摸，否则会招致死亡。"

从那以后，亚当就在伊甸园里住了下来。他饿了就摘树上的果子吃，渴了就喝河里的水。上帝觉得亚当一个人孤单单的，就把各种飞禽走兽带到园子里来陪伴他。亚当叫那些飞禽走兽什么名字，它们就叫什么名字。亚当给伊甸园中的所有飞禽走兽都取了名字。但亚当仍然觉得孤单，因为他身边没有生活伴侣。

于是，上帝在亚当昏昏沉沉睡着的时候，从他身上抽出一根肋骨，用这根肋骨创造出一个女人，送到亚当面前。亚当高兴地说："她是我的'骨中骨''肉中肉'。"

亚当和那个女人结为夫妻。那时的他们赤身裸体，品尝着甘美的果实，在园子里快乐地生活着，履行上帝交给他们的工作。

在上帝创造的各种动物中，蛇是最狡猾的。有一次，蛇试探着问女人："你为什么不吃智慧树上的果子？"女人答道："上帝不许我们吃，说吃了那树上的果子会死的。"蛇蛊惑女人说："上帝在骗你们，你们根本就死不了。上帝不让你们吃，是怕你们吃了那果子以后眼睛明亮了，就能和上帝一样明辨善恶了。"

女人听信了蛇的话，真以为吃了智慧树上赏心悦目的果子能增长智慧，便忘了上帝的告诫，伸手摘了个禁果吃，味道果然鲜美。她又劝丈夫也摘禁果吃。吃了禁果以后，两个人的眼睛一下子就变得明亮了，他们发现自己是赤身裸体的，觉得很不好意思，连忙摘下很多无花果叶子，编成裙子围在腰上。

有一天，上帝在伊甸园行走。亚当和女人听到他的脚步声，赶忙躲到了树丛里。上帝见不到人，发出呼唤："你们在哪里？"亚当答道："我在园子里听见您的声音就害怕，因为我赤身裸体啊。"上帝大惊，连忙问道："谁告诉你赤身裸体的？你是不是吃了我禁止你们吃的果子？"

亚当知道自己闯祸了，就辩解道："是您赐给我的女人让我

吃的。"

上帝回过头去问女人："你都干了什么?!"

女人辩解道："是蛇蛊惑我吃的。"

上帝听了大怒，诅咒罪魁祸首蛇说："你做了这种事，就必然受到诅咒，你将永远用肚子行走，钻洞吃土，与人类为敌。"

上帝又对女人说："我要让你备受怀孕和分娩的痛苦，你必须恋慕你丈夫，受你丈夫管制。"

最后，上帝又对亚当说："你既然听从妻子的话，吃了我吩咐你不能吃的禁果，也必然受到诅咒，你必须终身劳苦，才能从地里获得粮食；土地上会长出荆棘和蒺藜来，你也要吃田间长出的蔬菜；你必须汗流满面才能糊口，直到你归了土。你本是尘土，仍要归于尘土。"

亚当为自己的妻子取名为夏娃，是"众生之母"的意思。

因为亚当和夏娃是自己创造的，上帝虽然惩罚了他们，但也怜惜他们。他用兽皮做衣服给他们穿，但又怕他们再摘禁果吃，所以将他们逐出伊甸园，赐予土地让他们耕种。

在将亚当和夏娃逐出伊甸园之后，上帝又让一个天使来驻守伊甸园，并设置了一把四面转动发出焰火的剑，把守通往生命之树的道路。

挪亚方舟

（希伯来神话）

亚当和夏娃被逐出伊甸园之后，在大地上建起新的家园。他们辛勤劳作，生儿育女。他们的儿女又生出许多儿女。人类就这样繁衍起来。

由于遭受上帝惩罚，人类要付出艰苦劳动才能获得一点食物，生活异常艰辛。渐渐地，人类心中滋生出怨恨和恶念，为了争夺食物和财产，他们进行无休止的争斗，相互残杀抢掠，人世间充满暴力和罪恶。上帝看到人类的种种罪恶，愤怒万分，决定用洪水摧毁这个已经败坏的世界。

但同时，上帝也发现，人类中有个叫挪亚的好人。挪亚心地善良，安守本分，敬奉上帝。挪亚的三个儿子（闪、含、雅弗）也是规规矩矩的人。上帝决定让这家人活下去，就将自己要用洪水摧毁人类的消息提前告诉了挪亚，指示他提前建造一个大方舟，好躲避洪水。

挪亚听从上帝旨意，立刻和儿子们着手打造方舟。他们不分昼夜地工作，终于建造好了一艘三层的大方舟，并且把船里外都涂上了松香。

上帝见方舟已经造好了，就指示挪亚带着妻子、儿子、儿媳妇搬进方舟，又叫他们将各种动物和谷物粮食也带进去。

七天之后，大渊的泉源都裂开了，天上也降下大雨，一直下了四十个昼夜。洪水泛滥成灾，淹没了陆地上最高的山，也淹死了陆地上的所有生物。只有挪亚一家人和方舟中的生命幸存了下来。挪亚方舟漂泊在无边无际的水面上……

上帝记挂挪亚一家人和方舟中的生命，他见陆地上的人类和其他生物都被洪水摧毁了，就让雨停了下来，又让强风吹干大地。洪水开始慢慢回落，但直到雨停后的一百五十天，还看不到一块陆地。终于在雨停了二百二十天之后，挪亚方舟在亚拉腊山停了下来，不再漂泊了。又过四十天，亚拉腊山才露出了山顶。

挪亚将方舟的窗户打开，放出一只乌鸦，好知道洪水退却的情况。但是乌鸦没找到可以栖息的陆地，很快就飞回来了。后来，挪亚又放出鸽子，那只鸽子也飞回来了。

过了七天，挪亚又将那只鸽子放出去了。等到黄昏时，那只鸽子衔一根橄榄枝回来了。挪亚知道，这表明洪水已经散去。

又等了七天时间，挪亚最后一次放出鸽子，这次鸽子没有飞回来。挪亚就此知道洪水已经完全退了，大地全都干了。

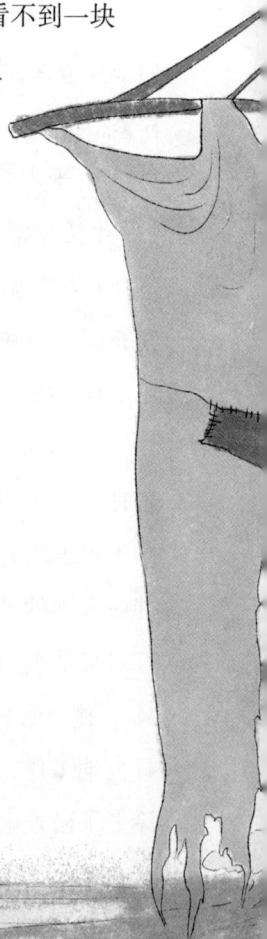

挪亚带领家人走出方舟，踏上土地，将方舟里的动物也都放了出来。

挪亚很感念上帝的恩德，修建起一个祭坛，献上上帝喜爱的祭品。上帝闻到祭品散发出的香气，决定今后不会再用洪水惩罚人类了，并在天空挂起一道七色彩虹，作为与大地上一切生灵和好的见证。

巴比伦的由来

（希伯来神话）

挪亚的后裔越来越多，遍布各地。那个时候，全天下人都讲一种语言，都操着一样的口音，所以没有语言障碍，大家无论走到哪里，都能自由交谈。

后来，他们向东迁移，在示拿地（在底格里斯河和幼发拉底河之间）发现一大片肥沃的平原，并在那里定居下来。在平原上不容易得到建筑用的石料，他们就商量说："来吧，咱们做砖，把砖烧透。"他们掌握了烧砖的技术以后，就拿砖当石头，拿石漆当灰泥。

有了砖和灰泥两种建筑材料，他们又商量建造一座城和一座塔，还要塔顶直通天上，这样既可以传扬他们的名声，又可以避免他们分散到世界各地。大家语言相通，同心协力，建造的城市繁华美丽，建造的通天塔直插云霄。

这时，上帝耶和华降临人间，他看到人们正在建造的城市和通天塔，担忧不已："他们属于同一个民族，又讲同一种语言，如果他们能修建成雄伟的通天塔，那以后他们就没有什么干不成的事了！

于是，上帝运用神力，变乱了人类使用的语言。人类因为语言不通，谁也不知道别人在讲什么，也不知道别人想干什么，工地陷入混乱之中。城市和通天塔的工程没办法再进行下去，最后只能半途而废。使用不同语言，操着各种口音的人类也变得人心涣散，各种纷争由此产生。人类慢慢分散到世界各地去了。

在希伯来语中，"巴别"和"巴比伦"有"变乱"的意思，所以人们将那座城市称为"巴比伦城"，将那座塔称为"巴别塔"或"巴比伦塔"。

蠕虫创世

（加里曼丹神话）

暗黄色的天空裂了一个大窟窿，掉下一块坑坑洼洼的灰色大石头，紧接着就是一场暴风雨！雨点打在那块大石头上，给大石头洗了个澡。雨过天晴后，一大群蠕虫爬来了，它们长得像蚂蚁，个子大得像牛，长着金牙利爪，力气不是一般的大。

那群蠕虫啃咬着那块大石头，它们啃呀、咬呀、扒呀，干得热火朝天。一天、两天、三天……无数天过去，那块大石头表面出现数不清的洞；一个月、两个月、三个月……那块大石头变成了一堆又一堆的碎石子；一年、两年、三年……那些碎石子全都变成了土壤，一眼望不到边——这就是蠕虫创造的原生大地。

这群蠕虫终于完成使命，不禁跳舞庆祝起来。它们跳着跳着，有的变成了树木，有的变成了花草，有的变成了猛兽，有的变成了飞禽……

生活在天上的神祇听说这个消息，纷纷来到大地上。太阳神也来到大地上，占据了一片树林。那片树林被称为太阳林。太阳林里的树木有高有矮，有粗有细，红绿相间，树木还会说会走。无论是天上的神祇，还是地上的鸟兽，都喜欢到那片树林里游玩。

一天晚上，皓月当空，凉风习习，忽然间电闪雷鸣，下起暴雨，天摇地动，鸟兽吓得东奔西走！大约过了两个小时，这一切才渐渐平静下来。这时，从月亮上走下一棵郎树。这棵树穿着一袭素白的衣衫，长得又英俊又挺拔。他径直朝着太阳林走来，走到一棵穿着翠绿色衣裙的姑娘树身旁，殷勤地向她求婚。姑娘树怎敢擅自答应，她羞答答地向太阳神请示。太阳神欣然同意了。就这样，郎树与姑娘树结成连理，成为夫妻。后来，太阳林里就出现很多可爱的孩子，他们是这世界上最初的人类。

橘子公主

（印度神话）

从前，一个王国里有片茂密的森林，森林中央有棵高大的橘子树，橘子树下总有卫兵站岗。

一天，两位王子到那片森林里打猎，发现居然有卫兵在守卫一棵橘子树，感到很是奇怪。他们远远地观察了很长时间，还是不明白是怎么回事。经过一番商量之后，他们朝着那个卫兵走去。

两个王子问："卫兵，你为什么要在这棵橘子树下站岗？"

那个卫兵听了，微微一笑，没有正面回答这个问题，反而说："老兄，你们问这个干吗？快走吧，干你们自己的事情去吧。"

卫兵的话更激起了两位王子的好奇心。他们觉得这里面一定有什么秘密。大王子固执地说："卫兵，你不告诉我们，我们就不离开。"

卫兵无奈地说："不是我不愿意告诉你们，而是你们知道了也没有什么好处，反倒会让你们徒增烦恼，会给你们带来痛苦和灾难。"

"什么痛苦我们都能忍受，什么灾难我们都不怕。我们甘愿忍受痛苦，也愿意对付灾难。"大王子坚定地说。

这时，小王子打退堂鼓了。他对大王子说："哥哥，咱们还是回去吧。天知道我们会遭遇什么不幸。在这么大的森林里，要是遇到坏事，就是想找个帮手都找不到啊！"

大王子说："有什么可怕的？咱们是王子，就应该什么都不怕。你要是害怕，你回去吧。反正不弄清楚是怎么回事，我是不会回去的。"

小王子答道："不，哥哥，我是不会扔下你自己回去的！我要是自己回去了，该怎么向父王交代呀？你说怎么办就怎么办吧，我完全听你的就是了。"

卫兵见两位王子不肯走，便说："这样看来，我不告诉你们也不行了。好吧，那就告诉你们。那里有块大石头，你们坐下来听我讲吧。"他说完这话，就在那块大石头上坐了下来，用手摸了摸脑袋，仔细想了想，接着说道："这棵橘子树的树干是空的，树底下有座用金刚石和宝石建成的宫殿，闪闪发光。宫殿里住着一位公主，她是这世界上最美的姑娘，其他美女都没法和她相比。她和她的女伴们每个月出来一次，而且是在望日的午夜出来，天不亮就要回宫去。我是负责在橘子树前保卫她的，这棵树下面的宫殿四周也有卫兵站岗。许多王子到过这里，想娶橘子公主为妻，结果不但没成功，反倒丢掉了性命。我觉得他们可怜，也曾劝阻过他们，可他们跟你们一样固执，任凭我怎么劝阻都不听。"

大王子说："卫兵兄弟，我想看看那位公主到底有多美，让那么多王子愿意为她丢掉性命。"

卫兵再三劝阻，可大王子坚持要看看公主。没办法，卫兵只

好说："那你们就在望日那天晚上来,躲在树丛里,等公主和她的女伴们午夜出来时,仔细看看吧。但你们要记住,千万不能发出一点声响,否则会丢掉性命的。"

两位王子听了卫兵的话,高兴得不得了。他们决心望日那天晚上再来。

两位王子回到王宫,感觉度日如年,他们期待着望日那天的到来。望日那天终于到来了,他们说要出去打猎,国王答应了他们的请求。两位王子进入那片森林后就躺下来休息,等天一黑,他们就悄悄钻进那棵大橘子树旁边的树丛里藏了起来。

午夜时分,橘子树的树干里发出一束微弱的光。接着,一位美丽的少女缓步走了出来,她朝四周观望,见没什么异常情况,就又转身钻了进去。大约过了十分钟，有十来个又伶俐又美丽的姑娘出来了。

那些姑娘出来以后，公主才缓步走了出来。公主到底长得有多美呢？连月亮见了她，都羞愧地钻进云层里去了。两位王子见到公主的美姿娇容，真是如痴如醉，如同在梦境之中。

公主和她的女伴们欢快地玩耍着，唱歌、跳舞、捉迷藏，直到天要亮了，她们才恋恋不舍地回宫去。此时的大王子已经为公主的美貌所陶醉，早就忘记了一切，他见公主要离开了，起身就要去追。幸好小王子及时阻止了他。

天亮了，两位王子出来见那位卫兵。大王子急切地向卫兵表达自己想进橘树宫的强烈愿望。卫兵摇了摇头，说："你想进橘树宫，那是不可能的。橘子公主懂得法术，没有人能接近她。办法只有一个，既然你决心这么大，我就告诉你吧。谁能从这棵橘子树上摘到两朵花，谁就能进入橘树宫。可摘花时不能碰到橘子树，不能用手摘树上的花，也不能碰掉在地上的花。你回去好好想想，看有没有什么办法，我不能再多说什么了。"卫兵还告诉两位王子，这棵橘子树下个月就要开花了。

两位王子听了卫兵的话，满怀期待又满怀忧虑地回王宫去了。

橘子树开花时，两位王子以打猎为借口，又来到森林里。他们到现在还没想出个好办法来呢。手不接触树怎么能摘到花呢？他们待在森林里已经三天三夜了，渴了就喝山泉水，饿了就吃野果子充饥，困了就拿大地当床。他们绞尽脑汁，仍然没想出什么好办法。

第四天，突然刮起大风来，橘子树上的花被吹落了。大王子灵机一动，急忙高兴地站起来，伸手接到两朵还没落到地上的花。小王子见哥哥这么做，也赶忙接了一朵。

这时，守卫在橘子树下的卫兵微笑着，恭恭敬敬地把两位王子送进橘树宫。两位王子受到热烈欢迎。大王子当时就和公主举行了愉快而盛大的婚礼。由橘子公主做媒，小王子也和公主最亲密的女伴成了亲。

当天，两位王子带着妻子回王宫向国王报喜。国王也为两位王子感到高兴，并祝福两对新人白头偕老。城中的百姓得知两位王子大婚，举行了热烈的庆祝活动。

成亲以后，大王子夫妇就留在王宫里协助国王处理朝政。小王子呢，带着妻子回到了橘树宫，一直过着幸福的生活。

善事太子

（印度神话）

很久以前，南赡部洲有个国家，物产丰富，疆域辽阔。这个国家的国王叫宝铠，手底下有五百个小国王，帮他分管国家的各个地区。宝铠大王的后宫里有五百个妃嫔，可他已经年过半百，膝下仍然没有子嗣。宝铠大王向天地日月、山海河川等诸位神仙祈祷，祈求诸神赐给他一个儿子。但斗转星移，好多年过去了，国王的祈祷仍然没有应验。国王很是苦恼。

有位天神托梦给国王："城外的树林里有两位隐修的仙人，其中一位身有金光，聪明睿智，品德高尚，无人能及。你若是想要个儿子，就去求他吧，他会答应你的请求，投生到你家的。"

国王从梦中醒来，细细回想天神的嘱咐，高兴异常。他马上命人备马驾车，带着侍从来到城外的树林里，寻找天神所说的仙人。金色仙人感觉到宝铠大王的真挚情意，不忍拒绝，就答应了他的请求。另一位仙人见到这种情形，就对国王说："我也想投生到您家里去。"宝铠大王听了自然高兴，辞别两位仙人，返回王宫去了。

不久，金色仙人逝世了。就在金色仙人逝世时，宝铠大王的正妃苏摩夫人也怀孕了。

时光如梭，转眼就过去了十个月。苏摩夫人果然生下一个男孩。那个男孩长得什么样呢？只见他天庭饱满、相貌端正、头发绀青、身带紫金色，显现出许多伟人拥有的特征来。宝铠大王满心欢喜，满朝文武也齐声庆贺。

宝铠大王下令将国内最好的相师请来，要给太子看相。那个相师将太子从头到脚仔细观察一番，眉开眼笑地禀报国王："这孩子命相好，世间少有，他的聪明智慧、福泽品德，无人可比。"国王更喜欢太子了，又请相师为太子起名字。相师问："苏摩夫人怀这个孩子以后，有什么特别的变化吗？"国王说："苏摩夫人原本善妒，见到别人有过错就高兴，见到别人有优点就失落，有时还搬弄是非。可怀了这个孩子以后，她的脾气和性情都变了，变得仁慈又怜老惜贫了，我还为此感到奇怪呢。"相师听了这话，不住地点头，称赞道："善哉！这是这孩子的优良品性在他母亲身上的反映啊！"相师为太子起名为"迦良那迦梨"，意为"善事"。

第二位隐修仙人也投生了，投生到了宝铠大王的第二个妃子弗巴夫人腹中。十个月期满，弗巴夫人也生了个男孩，可这个孩子的相貌和普通男孩差不多，没什么特殊之处。

宝铠大王又将之前那个相师请来看相。相师仔仔细细看了好几遍，说道："这孩子是个普通人，他的福泽、品德和才能都一般。"宝铠大王又让相师给这个孩子起名字。相师问："这孩子的母亲怀孕时有什么特别的变化吗？"宝铠大王答道："这孩子的母亲原本忠厚老实、仁慈和顺，喜欢夸别人的优点。可自从怀上这个孩子以后，性情就变坏了，变得嫉贤妒能又挑剔惹事。"相师说："这是孩子的品性转移到了他母亲身上啊！"于是，他给这个孩子起名为"波婆迦梨"，意为"恶事"。

宝铠大王将满腔的怜爱和希望都倾注在善事身上，无论善事想干什么，都尽量满足他。善事太子慢慢长大了，宝铠大王又请了不少有才学的鸿儒教导他。善事太子聪慧异常，学什么都一学就会，所学的经史典籍，不但内容全都被他掌握了，他还能倒背如流。

一天，善事太子请求宝铠大王准许他出宫游览。宝铠大王答应了，他还命令城中的百姓整饬街道。

等到外出游览那天，善事太子骑着一头白象，前后有无数个身穿铠甲的将士和侍从簇拥着。那头白象身上背着金银雕饰的鞍鞯，披着五彩锦缎。老百姓听说太子出游，都扶老携幼、争先恐后地前来观看。人们见善事太子相貌威严，人间少有，都赞叹不已，都说太子的神态、相貌和大梵天王没什么两样。

忽然，太子发现人群中有一群乞丐。他们个个瘦骨嶙峋、衣衫褴褛，手里拿着破碗，拄着破棍，正在向路人苦苦乞讨。太子默默低下头去，心里感到难过。

继续向前走不远，善事太子看见有些屠夫正在杀猪宰羊，操刀卖肉。他赶忙问："你们为什么要干这种杀生的事呢？"那些屠夫回答："太子，我们也不喜欢杀生，可我们祖祖辈辈都以此谋生，不干这种活儿，我们就没办法活下去啊。"太子听了这话，长叹一声，转身往前走去。

前面是一大片田地，有一群农夫在耕地。善事太子发现，地里有群蛤蟆蹦蹦跳跳的，正在捕食农夫耕地时从土里翻出来的虫子。太子正觉得小虫子的命运可悲，又发现窜过来几条蛇，追那些正在捕食小虫子的蛤蟆。太子问农夫："你们耕地干什么？"农夫们恭恭敬敬地回答："我们耕完地后播种啊，秋天好收获庄稼，这样才能有饭吃，才能缴纳赋税。"太子这才明白，老百姓为了填饱肚子，不惜杀生，还要忍耐辛苦劳累！

善事太子继续往前走，看见一伙猎人正蹑手蹑脚地搭弓射箭，准备射杀鸟儿。他又发现不远处有几张网，有的网里还有落网的野兽。他忙叫住猎人："你们在干什么？"猎人们答道："我们在捕捉小鸟和野兽，全凭这个行当养活家人，糊口度日。"太子听了，没说什么话，挥挥手，转身走了。

善事太子来到河边，见一些渔夫正在张网捕鱼。那些被网住的鱼，正奋力挣扎着，想要挣脱渔网。太子问："你们非得打鱼不可吗？"渔夫们回答："这是我们谋生的手段啊，我们全靠这些鱼换来吃的穿的！"太子仰天长叹："可怜啊！人们为了衣食、为了生活，竟然如此残杀生灵，造孽啊！"

善事太子回到王宫后，没办法忘记游览时的所见所闻，想改变这种状况。

他来见宝铠大王，说道："父王，我有个愿望，希望您能够满足我。"宝铠大王一向对善事太子有求必应，这次他也说："孩子，你有什么要求，快说出来，我都满足你。"善事太子请求父王将国库里的财物布施给穷人们，好解决他们的困难。宝铠大王太喜爱这个儿子啦，为了不扫他的兴，就答应了。

于是，善事太子立刻命人发出布告：善事太子要进行布施，凡是贫困没办法生活的人，都可以来领取。管库大臣遵从太子的吩咐，打开国库，取出各种宝物，堆放在市中心及各个城门口，任凭人们根据自己所需领取。

消息就像长了腿一样，越传越远，南赡部洲的穷人纷纷来乞求布施。宝铠大王国库里的财物迅速布施出去，转眼三分之二的东西就没了，可从四面八方来乞求布施的人还是络绎不绝。几天过去，宝铠大王国库里剩下的财物又被布施出去三分之二。

管库大臣急了，赶忙去禀告国王："国库里剩下的财物，无论如何都不能再布施了，因为还要留下来颁赐给使臣。请大王深思，不要日后责怪小人办事不力。"宝铠大王知道管库大臣说得对，可又觉得为难，低头沉吟半晌，说道："我对善事太子的喜爱，是这世界上任何事物都比不上的。我实在不忍心做出违背他心愿的事情来。这样吧，他要是再来仓库索要财物，你就想办法先躲开。看他实在要得急了，你就给他一点。这样先给一次，下一次不给，就能再拖延些日子，好容我想个办法来解决这个问题。"

管库大臣按照国王吩咐的去做了。善事太子不能再像以前那样随心所欲地领到财物，时间一长，就感觉出不对劲了。他想："管库大臣哪有这么大胆子敢怠慢我，一定是父王让他这么做的。说实话，为人子女的确实不应该把父母的财物都用光。如今国库里的财物没有多少了，即便全都拿来布施也解救不了那么多穷人。我得想个好办法，多搞到些财物，好继续布施，使天下没有穷苦人。"

于是，善事太子就向别人打听，干什么才能发大财，财富能多到想干什么就干什么。有人告诉他贩运货物，有人告诉他多种地，有人告诉他多养牲畜，也有告诉他出海泛舟、求得如意宝珠。善事太子听了众人这番言论，觉得别的不适合他干，也赚不了多少钱，只有出海求宝，才最合他的心意。

善事太子计议成熟后，就来到王宫，向父母请求出海寻宝。宝铠大王、苏摩夫人听了大惊，忙问："你为什么要出海呢？要是因为布施的事，我们会尽量满足你的。国库剩下的财物你都拿去布施吧。为什么要不顾性命，生出出海寻宝的念头呢？"但善事太子心系百姓，立志救济天下苍生，他匍匐在他父王面前，哀求道："希望父王可怜我，满足我的愿望。您不答应我就趴在这里不吃不喝不起来。"无论宝铠大王、苏摩夫人以及宫内外的人怎么劝说，善事王子就是不起来；任凭别人怎么拉他，他就是趴着不动。接连六天过去了，善事太子不吃不喝，就那么趴着，眼看生命垂危。宝铠大王、苏摩夫人各自拉着他的一只手，哭道："孩子啊，你快起来吃些东西吧，我们同意你出海便是了。"太子见父母同意了，挣扎着爬起来，安慰他父母说："不用担心，也不用难过，我虽然出海，不久就会回来的。"

国王和夫人见太子不再绝食了，忙命人端来精美的饮食，同时命人贴出告示："善事太子准备出海寻宝，有愿意跟随的，可速做准备。"国内有五百个商人表示愿意跟随太子出海。

国内有个老人，虽然是个盲人，但曾经多次给海船做过向导。善事太子亲自去拜访他，问寒问暖，请求说："请您和我一起出海吧。您经验丰富，也熟悉路径，一定能带领我们躲过灾祸，到达目的地的。"那位老人说："我年龄大了，眼睛看不见了，虽然有意随太子出海，怎奈心有余力不足啊。再说您是国王和夫人的掌上明珠，我带您出海，到时会受到责罚的。"

太子回到宫中，请父王亲自到盲眼老人家中，请他随自己出海寻宝。国王无奈，只好照办。他对那位老人说："我这个孩子铁了心要出海，我们实在没办法，只好让他去。他年纪小，从小锦衣玉食，没吃过什么苦。听说您多次出海，熟悉海上的一切，还请您再辛苦些，陪他去一趟。"盲眼老人也就不再推辞，与国王、太子商定了出发的日子。

国王回宫后，询问身边的人："你们有谁愿意陪太子出海，愿意为我分忧？"恶事上前启奏说："父王，我愿意陪哥哥出海。"国王听了，心想："两兄弟一起去，遇到艰难险阻好有个照应，总会胜过一个人。"他欣慰地答应了。

到了出发的日子，国王、苏摩夫人、弗巴夫人、文武大臣以及全城百姓都来为善事太子一行人送行。众人将善事太子一行人送到大路口，洒泪告别。

善事太子带领同伴们起程了，没过几天，就到了海边。善事太子拿出三千个金币，用一千个金币置办船只，一千个金币置办粮食，另外一千个金币置办其他需要的东西。如今是万事俱备，只等着季风刮起来，就可以出发了。

过了几天，果然刮起了季风。善事太子命人挂起风帆，大船就像离弦的箭一样朝着大海深处驶去，顺利到了一个小岛上。

大家发现那个小岛上堆满各种各样的珍宝，都欣喜若狂。善事太子聪慧异常，无所不知无所不晓，他将自己掌握的珍宝知识讲给大家听，告诉大家什么样的珍宝是好的，什么样的是次的，什么样的最有价值。他让大家挑选中意的珍宝，也反复叮嘱大家要适可而止。因为挑选的珍宝太多，船载得太重容易翻船；而挑选的珍宝太少又可惜，毕竟是冒险出海，只挑选一点珍宝就不值得了。

安排好后，善事太子和盲眼老人告别众人，另外划着一条小船，又向前驶去。他们穿过许多暗礁，冲破许多巨浪，一直在海上走了好多天。

在经过银山和绀琉璃山之后，有一天，盲眼老人问善事太子："前方应该有座黄色的山，您看见了吗？"太子确实看到了一座黄色的山。盲眼老人说那是一座金山。两个人来到金山脚下，坐在海边的金沙滩上。盲眼老人年岁大了，饱受长途旅行的风吹雨打之后，身体变得更加孱弱，他对太子说："我不行了，看样子是要死在这里啊，接下来的路只能您自己去闯了。您顺着这条路走下去，翻山越岭，过河爬坡，一直走到尽头。您会看到一座城池，城墙上镶嵌着各种珍宝，那是七宝城。如果城门紧闭，您就拿起放在城门边的金刚杵，轻轻撞击几下城门，城门自然就开了。您进城后会受到五百个仙女的迎接，她们会送给您各种各样的宝珠。其中最美丽的仙女会手持青色宝珠，那个就是旃陀摩尼珠。您在拿到这颗宝珠之前，什么东西都不能接受，一定要将旃陀摩尼珠拿到手，放好藏好。这之后，您就可以接受任何您想要的东西了。还有一点，从进城到出城，您绝对不能说一句话，不能发出一点声音，否则就会大祸临头。我死后，希望您看在我陪您到这里来的份儿上，给我举办葬礼，将我埋在金沙中。"盲眼老人说完，头就歪向一侧，死去了。善事太子不由得痛哭起来，他遵从老人遗言，按照宗教仪式为老人举行了葬礼，并将老人埋在了海

边的金沙里。

善事沿着盲眼老人指示的路线前进，果然见到城门紧闭的七宝城。他取过放在城门边的金刚杵，轻轻敲击城门几下，城门就开了。五百名手持各种各样宝珠的美丽仙女欢迎他入城，要把手中的宝珠送给他。众多仙女中，站在前面的仙女最漂亮，手中拿着青色宝珠，正是那颗旃陀摩尼珠。按照盲眼老人教导的，善事先收下了旃陀摩尼珠，将它紧紧绑在衣角上，然后才收下其他宝珠。善事走出城来，踏上返回的道路，从进城到出城没说一句话，也没发出一点声音。

再说恶事太子，他在善事太子走后，就和众人在珍宝岛采集珍宝。恶事想："父王最喜欢善事，以后肯定会让善事继承王位。这次取宝成功的话，善事的声望就更高了。我何不趁着这个机会把他扔在大海上呢？他凭借那条小船肯定回不了国的！"于是，他招呼众人采集了许多财宝，登上船，扬帆起航，回国去了。

等善事驾着小船回到珍宝岛时，那里哪儿还有人影！他大吃一惊，知道别人已经启程回国了，心中焦急，连忙上船往回赶。在海上颠簸了几天后，他远远看见海面上有个人，抓着一块木板，半浮半沉。善事赶忙将船靠过去。那个人看见有船过来，大喊救命。善事靠近一看，水中那人竟然是恶事！

原来，恶事等人的船装得太满了，行驶几天后，遭遇了大风暴，一个浪头压过来，大船就沉了，大船上的人纷纷落水。恶事在慌乱中抓到一块木板，才没被淹死。

善事将恶事拉上自己的小船，询问到底是怎么回事。恶事哭哭啼啼地说："那些人违背您的命令，将船装得满满的，坚持要启程回国，任我怎么劝阻都不听。船行驶几天后，遭遇了大风暴，被打沉了。其他人下落不明，估计都被淹死了。"他又说："咱们告别父母入海寻宝，原本想满载而归，哪想碰到这些事！如今两手空空，怎么好意思回去呢？真是太丢人了。"

善事为人忠厚善良，见弟弟如此伤心，便说："你不要难过，我已经得到了旃陀摩尼珠。有了这颗宝珠，咱们就有取之不尽用之不竭的财富了。"恶事吃了一惊，忙说："快给我看看。"善事解开裹着的衣角，拿出宝珠来。恶事两眼冒光，恨不得将宝珠抢过来。他想："父王本来就喜爱哥哥，这次我和哥哥一起入海寻宝，他得了宝珠，我却两手空空，父王以后肯定会更不喜欢我的。怎么办呢？我只有想办法杀了善事，夺了宝珠，回去就说善事死了，反正这事神不知鬼不觉，谁也不会知道。这样，我不但能发大财，还能得到父王宠爱，以后继承王位。"恶事当即下定决心，要除掉善事，但他转念一想："现在还在海上，我杀了他，恐怕自己一个人难以抵挡风浪，不如等上了岸再说！"

没过几天，小船靠了岸。兄弟俩下船，踏上了回国的路途。这一路上，恶事都在琢磨该如何杀了善事，夺得宝珠。

一天，恶事对善事说："哥哥，前面人家越来越多，咱们带着宝珠不安全，要是有个三长两短，后悔莫及。从今天开始，咱们休息的时候轮流值班吧。"善事听了，觉得他讲得有道理，就答应了。

当晚，善事让弟弟先睡，他在旁边值夜。恶事睡了一会儿，就殷勤地对善事说："哥哥，该你睡了，我来值夜吧。"善事放心地躺下了，因为太过劳累，他没一会儿就睡着了。

恶事偷偷来到旁边的树林里。树林里有一种树，长着长长的尖刺，每根都有一尺半长。恶事掰下两根尖刺，拿在手里，蹑手蹑脚地来到善事身旁。他见善事还在酣睡，就手持尖刺，朝着善事的眼窝猛刺过去，又一把抢过旃陀摩尼宝珠！善事突然感到两眼剧痛不已，又感到有人抢宝珠，挣扎着大喊："恶事，恶事，快来，有盗贼！"可他喊了又喊，哪里有人回应他，恶事早就跑远了。

树林里的树神目睹了这一切，现身出来，告诉善事真相："您不要再喊了。盗贼不是别人，是恶事。是他刺瞎了您的双眼，抢走了您的宝珠。"

善事得知是恶事做的，大惊之余，伤心不已。可此时的他有什么办法呢？他的眼睛疼痛难忍，鲜血直流。他挣扎着爬呀爬，好不容易才爬到一块草地上，疼得晕了过去。

那天清晨，有个牧牛人赶着五百头牛到这块草地上放牧。有头牛看到昏迷不醒的可怜人善事，停了下来，用舌头轻轻舔着善事脸上的血迹。其他的牛见了，也都围拢过来。牧牛人见他的牛都围拢到一起，感到奇怪，走过来一看，发现善事昏倒在地，双眼扎着长刺，鲜血直流。牧牛人很怜悯他，连忙帮他拔掉树刺，将他抱回自己的房子。

牧牛人将酥油敷在善事的伤口上，等善事苏醒以后，又给他拿来吃的喝的，精心照料他。善事的伤慢慢好了，可他的两只眼睛瞎了，看不见任何东西了。

有一天，善事对牧牛人说："谢谢您救了我，这些日子为我疗伤，供我吃喝，您的恩情我终生难忘。如今我已经能行动了，我想到城里去要饭，自己养活自己。"善良的牧牛人说："我们全家都希望您继续住下去，您就别出去要饭了。"善事太子见主人是诚心实意的，也不好拒绝，就又在牧牛人家里住了些日子。

一天，善事太子又对牧牛人说："我在这里，您全家都待我很好，供给我一切，热情周到，但我不能总是依赖您，我还是想进城去，自谋生路。请您派个人送我进城吧。"牧牛人见善事态度坚决，怕惹善事生气，只好答应了。他准备了一些吃的穿的，打成包袱，亲自送善事进了城。善事说："您要是可怜我，就给我买张琴吧。"牧牛人于是给善事买了张琴，再三叮咛之后，才告别善事回家去了。善事以前受过良好教育，琴棋书画无所不通。他以前学到的本领此时派上了用场，从此以后，他每天就在街头巷尾弹琴求乞。

这个城市隶属于梨师跋国，而且国王就住在城中。国王有个果园，里面种有各种各样的果树。每当果子成熟时，总有鹦鹉去偷食，守园人赶也赶不过来，总有不少果子被鹦鹉啄坏。

这天，守园人去给国王送水果。国王见很多水果上都有鸟啄过的痕迹，特别生气，要对守园人施以刑罚。守园人吓得瑟瑟发抖，连忙跪倒在地，乞求道："小人家里缺人手，看护不过来，才使鹦鹉啄坏了果子。恳请国王饶恕小人这一次。小人回去马上寻找用人，认真看守，绝不让鹦鹉偷吃果子了。"国王听了，就饶恕了那个守园人。

守园人从王宫出来，就开始四处寻找用人。他正好碰到在街边卖唱的善事，见善事一副老实忠厚的样子，就问："你愿意帮我看守果园吗？你要是答应，我会给你衣食和工钱的。"善事为难地说:"我是个盲人,怎么看守果园呀?"守园人说:"这倒没关系,我自有办法。我可以在果树枝头上拉起很多细绳子,再拴上一些铃铛。你抓住绳子的一头,听见鹦鹉飞来的声音,只要抓着绳子一晃,那些铃铛一响,就能把鹦鹉吓跑了。"善事太子听了,很高兴:"要是这样的话,我可以做。"从那以后,太子就为他看守果园。

再说恶事。宝铠大王见只有恶事一个人回来,十分震惊,忙问善事哪儿去了。恶事装出悲伤的样子,说:"我们运气不好,装的财宝太多了,船载不动,被大浪打翻了。哥哥、所有商人,还有满船的财宝都被海水吞没了。我侥幸抓住一块木板,拼命挣扎,才保住性命的。"国王和苏摩夫人听了这话,犹如晴天霹雳,当场昏倒,很长时间都没有知觉。侍臣将冷水洒在他们脸上,才使他们苏醒过来。国王和苏摩夫人号啕大哭,整个王宫上下都万分伤心。

以前太子在宫里时,很喜欢一只大雁,亲自给大雁搭窝喂食。宝铠大王看到这只大雁,就想到善事,心里更加难过,他抱着大雁的脖子痛哭:"太子那么喜欢你,如今他被海水淹死了,再也回不来了。你为什么不出去看看呢?看看他的尸体流落在什么地方,回来好告诉我。"他写下一封信,绑在大雁的肚子上,解开绳索,放大雁飞走了。

大雁四处寻找善事太子的下落。一天,它飞到梨师跋国的果园上空,听出善事的歌声,就飞下来查看,连连鸣叫,喜不自胜。善事听出是自己喜爱的那只大雁,欣喜地将大雁抱在怀中。他摸到大雁肚子上有书信,就解了下来。可是他眼睛看不见了,没办法知道信里写的是什么。于是，他找来纸和笔，给父王写了一封信，说明恶事刺瞎自己眼睛的经过，以及一路上承受的种种艰辛与挫折。他又摸索着把信系在大雁的肚子上。那只大雁拍拍翅膀，冲上蓝天，向宝铠大王的国都飞去。

梨师跋王有位公主，端庄美丽，世间少有。国王非常宠爱她，从来不违背她的心愿。一天，公主征得国王同意，到果园游玩，并在那里邂逅了善事。当时的善事蓬头垢面，双目失明，衣衫破烂，坐在树林里。公主心生同情，和善事交谈起来。她发现善事满腹学问，很不一般，不禁对他产生好感。梨师跋王派人叫公主用餐，公主让人将饭送到果园，要和善事一起用餐。善事委婉拒绝道："我是个乞丐，而您贵为公主，我怎么能和您一起用餐呢？如果国王知道了，他定会责罚我的。"公主却说："你不吃，我也不吃。"在公主的再三劝说下，善事只好答应了。

从那以后，公主就经常到果园来找善事，两个人弹琴唱歌，吟诗游玩，渐渐萌生了爱情。公主派人禀告国王，说自己爱上了看守果园的年轻人，想和他结婚，还说除了他以外，什么王孙公子都不爱，希望国王能满足她的心愿。梨师跋王听了使者的话，十分恼怒，可公主从小娇生惯养，他不忍违背公主心意，哀叹道："这真是灾祸啊！我这个女儿如此不孝，竟然做出这种事来。宝铠大王曾经为他的大太子善事求婚，如今太子出海尚未归来，她居然要做乞丐的妻子。这真是有辱名声啊！我的脸面往哪儿搁呀？！"他派人去劝说公主，可公主不改初衷。国王心疼女儿，只好命人将那个看守果园的年轻人藏在宫中，让他和公主成婚。因为实在不喜欢这个女婿，梨师跋王不肯见他，也没有公开公主成婚的消息。

　　善事和公主婚后过着幸福恩爱的生活。有那么几天，公主有事情要办，总是早晨出去，到傍晚才回来。善事太子觉得奇怪，也有些生气，就对公主说："你我已经结为夫妻，你怎么天天早出晚归，心不在我这里，难道你有了异心？"公主见善事怀疑自己，辩解说："我对你始终如一，并无异心。"善事说："有谁可以为你做证吗？"公主发誓说："老天爷可以为我做证，我绝对没有撒谎。请老天爷做证，如果我所言句句为真，就让你的一只眼睛复明，能够看见东西。"公主的话音刚落，善事太子的一只眼睛就复明了。夫妻俩都很高兴。

　　公主问善事："你从来没有向我讲过你的身世，难道你对我还不放心吗？告诉我吧，你是哪国人？父母在哪里？"善事如实告诉公主，宝铠大王是他父王，他是善事太子。公主吃惊地问："你是善事太子，怎么会沦落到这种地步？"善事就将自己出海寻宝和遭到恶事暗算的事情讲给公主听。公主听后，感叹道："没想到你吃过这么多苦，没想到这世上竟然有恶事这么坏的人。"公主又问，"恶事这么可恶，你以后捉住他，会怎么处置他？"善事说："还是算了，我们毕竟是同父所生的兄弟。虽然他如此待我，我还是决定宽恕他。"公主不相信善事会宽恕恶事。善事就指天发誓："老天爷在上，如果我刚才讲的是实话，就让我另外一只眼睛也恢复光明。"善事话音刚落，他另外一只眼睛也恢复光明了。

　　公主见善事两眼炯炯有神，显得比以往更加清秀英武了，高兴得不知如何是好，连忙跑到梨师跋王那里，请他去见善事太子。梨师跋王问："善事太子不是出海寻宝了吗？他回来了？在哪里？""他就是我夫君啊！"梨师跋王忍不住笑了："你大概神经错乱了。善事太子带人出海寻宝，多么威武；你丈夫是个瞎眼乞丐，两人岂能混为一谈？"公主说："您不信的话就亲自去看看吧。"

梨师跋王跟随公主来到善事太子住的地方，仔细辨别，发现果然是善事太子！他大吃一惊，吓得汗毛都竖起来了，慌忙俯伏在善事面前，忏悔道："我此前不知道您是善事太子，多有得罪，还请太子宽恕。"原来，梨师跋王是隶属于宝铠大王的那五百个小国王中的一个。

于是，梨师跋王秘密将善事太子送到国界上，然后在国内发布公告："宝铠大王的善事太子出海寻宝归来了。"接着，他率领大队人马，带着装饰得富丽堂皇的大象、车队，亲自率文武大臣前往迎接。梨师跋王将善事太子迎回国，大宴宾客，并当众宣布将公主许配给善事太子。他又挑选良辰吉日，为善事和公主举办了隆重的婚礼。

再说宝铠大王，他见放出去的大雁飞回来，发现善事太子的亲笔信，终于得知善事尚在人间，也得知了善事的悲惨遭遇。宝铠大王下令将恶事关进大牢，又下令申饬梨师跋王："太子在你国吃尽苦头，沦为乞丐，为何你不向我报告？马上亲自送太子回宫，如有违背，我将亲自前去问罪。"使者星夜去见梨师跋王。

梨师跋王恭敬地用手捧着宝铠大王的信阅读，又连忙给宝铠大王写回信，信中说："善事太子在敝处受了种种委屈，我当时委实不知，请大王恕罪。现在太子的眼疾已然恢复，光明如常。我已将小女许配太子为妻，如今正做各种准备，不日就将亲自护送太子回宫，并当面向大王您赔罪。"

善事太子对梨师跋王说："那个牧牛人对我有恩，我想和他见一面，劳烦您派人将他请来。"梨师跋王当即命人将牧牛人请进宫中。太子当面向牧牛人致谢，又对梨师跋王说："当年我眼睛被刺，全靠这个人为我治疗，供我吃穿，他待我这么好，如同我的再生父母。希望您能替我报答他。"梨师跋王听说这个牧牛人曾经如此帮助过善事太子，当即赏给牧牛人很多昂贵的衣服、大象、马、车、田地、房屋、奴仆以及金银财宝，还将牧牛人放的那些牛也赏赐给了他。牧牛人喜出望外，从此摆脱了贫穷的生活。

　　梨师跋王下令用金银珍宝和各色绸缎装饰五百头大象，赶造并装饰五百辆车子，又甄选五百个小伙子作为太子的随从，以及五百个美丽的姑娘侍奉公主。然后，梨师跋王就亲自率领大臣，护送善事太子回宫。

　　宝铠大王接到梨师跋王的回信，得知善事的眼睛已经复明，又娶了梨师跋王的女儿为妻，不日就将回国，甭提多高兴了。他连忙下令，召集王宫文武大臣，驾起车马，一起去迎接善事太子。

　　途中，这两支欢天喜地的队伍相遇了。善事望见迎面来的是父母的车队，赶忙下车，跑到父母面前，用头面碰触他父母的脚，向他们行礼。国王和苏摩夫人也赶忙下车，和善事拥抱在一起。三个人悲喜交加，千言万语，不知说什么才好。旁边的王公大臣们见到这种场面，也为之高兴，为之感动。大队车马一路上敲鼓鸣锣，载歌载舞，欢天喜地，一直来到城门口。

　　一行人到了城门口，善事太子问父王："恶事如今在哪里？"宝铠大王说："那个十恶不赦的家伙，我连见都不想见他，把他关进大牢里了。"善事请求父王快把恶事放出来。宝铠大王说："他犯了这样的重罪，我正要处罚他呢，怎么能把他放出来！"善事哀求道："您就放了他吧。您不放了他，我就不进城去。"宝铠大王拗不过儿子，只好下令放恶事出来。恶事来到父王和兄长面前，羞愧难当，跪下认罪。善事将他搀扶起来，安慰他，教育他要改过自新。众人一起回到王宫。全城的老百姓见善事对残害自己的恶事能如此宽大处理，胸襟如此坦荡，心肠如此仁慈，更是佩服不已。

　　善事回到宫里，仍然像以前那样仁爱亲密地对待恶事。善事问起宝珠的下落。恶事结结巴巴地说："旃陀摩尼宝珠被我藏在路边的土里了。"善事让他去取出来，可恶事跑到自己藏宝珠的地方，任他怎么翻找都没找到。没办法，他只好跑回宫中，报告宝珠不见了。善事大吃一惊，他让恶事带着他到藏宝珠的地方，结果他随便翻了几下，就见那颗光芒四射的宝珠显露出来。

　　善事太子回宫以后，拿出五百个宝珠，分别赠送给国内的五百个小国王。他自己手持旃陀摩尼珠，说道："如果你真是如意宝珠，请把我父母的宝座变成七宝座，上面还要有七宝篷盖。"他话音刚落，七宝座和七宝篷盖就出现了。太子又说："请让我父母、小国王和大臣们的宝库都装满珍宝财物。"他说完，就捧着宝珠向四方拜揖。果不其然，那些人的宝库都装满了珍宝财物。太子又向诸位大臣说："请你们向所有百姓宣布，七天之后，善事太子将向天祈祷，天降七宝和各种财物。"

　　七天后，太子沐浴更衣，竖起一面大旗。他将宝珠顶在头上，手持香炉向四方拜礼，祈祷道："如果你真是如意宝珠，就让老天降下百姓所需要的一切。"他刚刚祈祷完毕，就见云雾聚集，一阵清风袭来，又云开雾散了，所有污秽肮脏的东西都消失了，接着就天降甘霖，洗净尘土，随后就降下各种美食，接着是五谷，然后是衣物，最后是七宝，全国到处都降下一层厚厚的七宝。

全国百姓高兴异常，个个称赞不已。太子当众宣布："你们已经得到生活所需要的一切，什么都不缺了。你们要感激老天给予你们的这些恩情，从此以后多行善积德。"南赡部洲人民感念善事太子这无量的布施，就勉励自己，听从太子教导，奉行善道。

月亮婆婆

（印度神话）

　　从前，一个织布匠有两个老婆。两个老婆都生了女儿，待遇
却不同。织布匠偏心，事事都听大老婆的，所以大老婆和她女儿

苏克娅过着衣来伸手饭来张口的生活，什么也不用干；小老婆和她女儿杜克娅过着悲惨的日子，挑水、砍柴、推磨、煮饭、洗衣、扫地，所有的活儿都压在她们身上，可就是这样，她们俩只能吃些残汤剩饭，根本吃不饱。

一天，织布匠突然失去了踪迹，不知道去什么地方了。大老婆就独吞了家里的财产，将小老婆母女赶出了家门。这样，小老婆母女俩的日子就过得更加艰难了。她们早起晚睡，纺纱织布，今天织成一块毛巾，拿去卖了买吃的；过些天织成一条裙子，拿去卖了买用的东西。

这天，妈妈把棉絮拿出来晒，让女儿杜克娅坐在那里看着，自己就去洗澡了。可她刚离开不久，一阵大风刮来，把那些棉絮全刮走了。家里就剩下这点棉絮，如今也被刮走了，杜克娅急得大哭不止。

风看见杜克娅哭了，就说："杜克娅，别哭别哭，你跟我来，

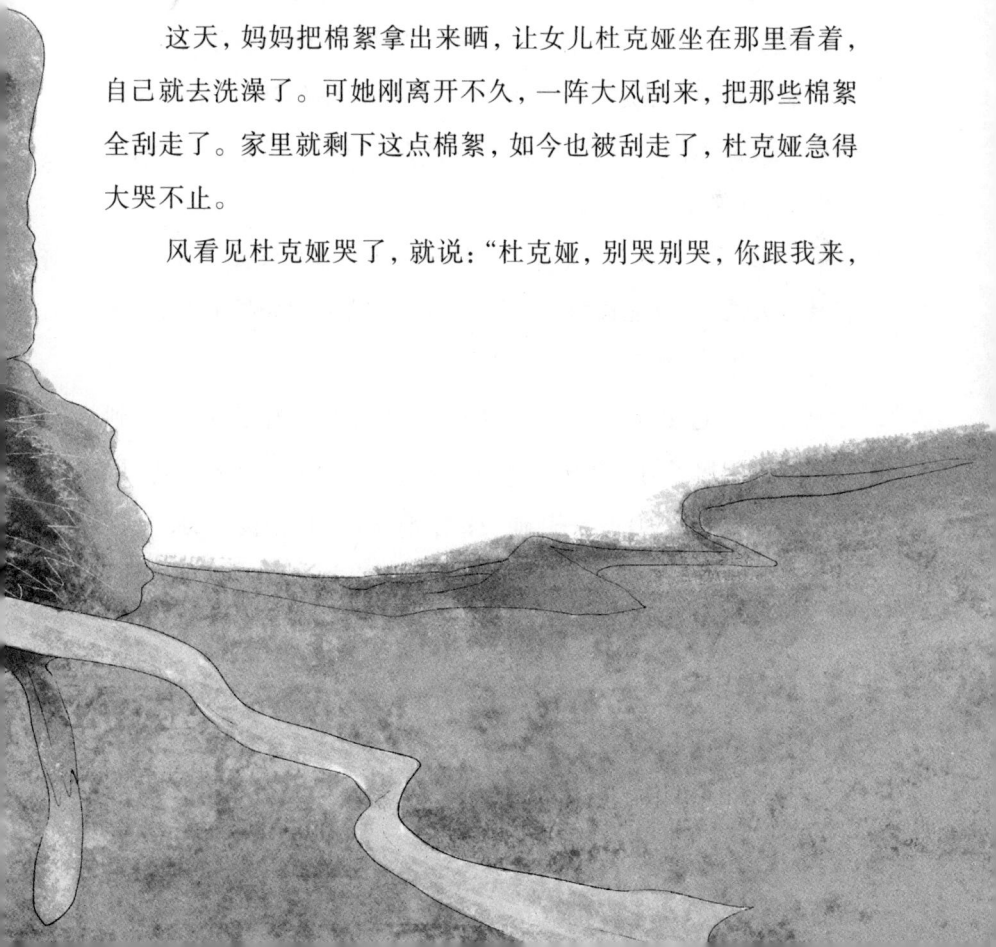

我给你棉絮。"

杜克娅这才不哭了，跟着风往前走。

她走啊走啊，遇见一头牛。那头牛说："杜克娅，你去哪儿啊？帮我把食槽清洗一下吧。"

杜克娅擦了擦眼泪，把牛槽清洗干净，又放了些草料进去，才跟着风往前走。

没走多远，杜克娅看见一棵香蕉树。香蕉树说："孩子，你要去哪儿啊？这些藤蔓缠得我难受，帮我把它们拔掉吧。"

杜克娅拔了那些藤蔓，才继续跟着风往前走。

她走了一阵，又停下来了。赛胡勒树对她说："孩子，你要去哪儿啊？我脚下尽是些石块瓦砾，帮我把它们搬走吧。"杜克娅将那些石块瓦砾都搬走了，将树根周围清理得干干净净的，然后才继续跟着风往前走。

可没过一会儿，杜克娅又碰到一匹马。那匹马说："杜克娅，我肚子太饿了，你能拔两把青草给我吃吗？"杜克娅拔了青草，喂了马，又跟着风往前赶。

不知走过多少路，也不知转过多少弯，杜克娅跟着风，来到一座神奇的房子前。那房子像雪那么光洁，像牛奶那么白净，屋里屋外都银光闪闪的，一片通明；可那房子里面空荡荡的，只有一位老婆婆坐在台阶上纺纱。真奇怪，那位老婆婆纺的纱转眼间就变成了一匹匹的布。

那位老婆婆不是别人，正是月亮婆婆。风对杜克娅说："你可以向老婆婆讨要棉絮。"

杜克娅走上前去，向老婆婆磕头行礼。

老婆婆用手撩开额头前银丝一样的长发，发现是个漂亮的小姑娘，就问："孩子，你有什么事情啊？"

杜克娅回答说："老奶奶，大风把我的棉絮都刮到这里来了，我妈妈知道了会打我骂我的，请您把棉絮给我吧。"

老婆婆说："房子里有衣服，你拿一件浸在河里，用手往河水里摁两下，然后到这间房子里来吃东西，吃饱了我就给你棉絮。"

杜克娅走进那间房子，发现里面有首饰和头油，也有各种各样的衣服，那些衣服一件比一件漂亮，一件比一件贵重。杜克娅从来没见过这么漂亮值钱的衣服。她挑呀挑选呀选，最后却挑选了一条普通的纱丽来到河边。

杜克娅将纱丽往河水里一摁，就见她的容貌变得比以前更漂亮了；她再往河水里一摁，就见她浑身上下都戴满了金银首饰。

杜克娅来到那间房子里吃饭，就见里面摆满山珍海味，整个房间都弥漫着香味。杜克娅稍微吃了些最平常的东西，就来到老婆婆身边了。

老婆婆听见脚步声，说道："你来啦，孩子！那间房子里有装棉絮的匣子，你去拿吧。"

杜克娅走进那间房子，发现里面堆满了大大小小、各式各样的匣子，就好像一个匣子铺！她挑选了一个最小的匣子，来到老婆婆面前。

老婆婆说："孩子，你快回家去吧！"杜克娅拜别老婆婆，就拿着匣子回家去了。

在回家途中，杜克娅又碰到了那匹马。马说："杜克娅，你要回去了，我没什么东西好送你的，就送给你这匹小马驹吧。"

在杜克娅经过赛胡勒树旁时，赛胡勒树说："我没什么好送你的，就送给你这罐金币吧。"

经过那棵香蕉树旁时，香蕉树说："我送给你一串金香蕉。"

杜克娅又遇见了那头牛，那头牛说："你把这头小牛犊领回家去吧。"

杜克娅匆匆带着大家送给她的礼物回到家里。她母亲不知道女儿去哪里了，唯一的那点棉絮也不见了，正急得不知如何是好呢。

这时，杜克娅跑进了院子。妈妈呆住了：女儿变得比以前漂亮了，浑身上下戴着首饰，而且还带回这么多东西！这到底是怎么回事？杜克娅赶忙把事情的经过讲给妈妈听，让妈妈知道这一切都是如何发生的。

杜克娅和妈妈打开那个匣子，发现里面装的不是棉絮，竟然是个英俊的小伙子，而且这个小伙子成为杜克娅的未婚夫！

这样的好事怎么能瞒得了别人呢？苏克娅的母亲打探得清清楚楚，她嫉妒得不得了。于是，她也把棉絮晒在太阳下，让女儿苏克娅看着棉絮，她去洗澡了。那些棉絮也被风吹跑了。苏克娅赶忙追着风跑。

牛也请她帮忙清洗食槽，香蕉树、赛胡勒树、马也请她帮忙，可苏克娅哪里会理睬它们！她只顾追着风往前跑，心里想："谁管你们的破事，我只听月亮婆婆的话！"

苏克娅匆匆忙忙地赶到月亮婆婆跟前，气喘吁吁地说："喂，老太婆，停下来，待会儿再纺纱，先给我东西。你给了杜克娅什么，也得给我什么！"

老婆婆说:"你先帮我把一件衣服浸入河水里,然后来吃饭。吃完饭,你想要什么就拿什么吧。"

苏克娅走进那间房子,将散发着芬芳气息的头油抹在自己的头发上,对着镜子照了又照,然后挑选一条最漂亮的纱丽,就往河边走去。

苏克娅把纱丽往河水里一摁,自己变成了一个丑姑娘;她再往河水里一摁,自己身上的首饰都不见了;她不停地将纱丽往河水里摁,结果越来越糟糕。"天啊,这可怎么办?我都变得不成人样了!"没一会儿工夫,苏克娅就变成丑八怪了!她全身长满疙瘩和脓包,指甲长长的,头发乱糟糟的,像一团乱麻。

苏克娅哭喊着跑到老婆婆跟前,臭骂老婆婆一顿。最后,她还不忘扛个匣子回家去!你一定好奇,房间里的匣子那么多,她会选哪个呢?当然是最大的那个!

一路上,谁见了苏克娅都躲得远远的,谁都讨厌她那副吓人的模样。那匹马狠狠地踢了她一脚,她刚爬起来跌跌撞撞地往前走,赛胡勒树上掉下来的一根树杈又砸在她身上;香蕉树掉下一整串香蕉,狠狠地砸在她头上;那头牛跑来追她,要用大犄角撞她,吓得她哭爹喊娘。就这样,苏克娅一路上踉踉跄跄的,好不容易才赶回家里。

她母亲正兴冲冲等着她回来呢,可见到女儿变成这副模样,就好像当头挨了一棒子!

当晚,苏克娅抱着她好不容易扛回来的大匣子睡觉,心想:"这里边一定是个英俊的小伙子!别的东西没得到,有个英俊的丈夫也不错。"

第二天，太阳都升得老高了，苏克娅还没起来，她房间的门窗还关得紧紧的。她母亲在她房间外面大声喊她，可根本没人回应。她母亲砸开房门一看，发现地上有些人骨头，还有一张大蟒蛇蜕下来的皮，哪儿还有宝贝女儿的踪影啊！

苏克娅的母亲难以忍受失去女儿的痛苦，举起大木棍自杀了。

马巴巴亚造人

（马来西亚传说）

在很久以前，世界才刚刚出现，还没有人类居住，十分安静。生命之神马巴巴亚住在天上，他每天遥望下面的地球，心想：地球是个好地方，可就是空荡荡的，也没什么乐趣，我要想个办法，让她变得充满生机。

一天，马巴巴亚想到一个好主意："我要是创造一些人的话，让他们在地球上繁衍生息，那地球就热闹了。"

他就从天上飞到地球上，用水和泥巴，捏了一些泥人，把它们放到太阳底下晾晒。做好这些以后，他就飞回天上忙别的事情了。

马巴巴亚忙完手头的事情，忽然想起地球上还晒着他捏好的泥人呢，他赶忙飞到地球上去。可是已经太迟了，因为在阳光下暴晒的时间过长，那些泥人变得跟炭一样黑了。

经马巴巴亚的手捏成的泥人，已经有了生命，就是马巴巴亚也没办法更改了。他只好重新捏一些泥人。他觉得自己这次得小心点，不能让泥人晒得时间太长。

可马巴巴亚这次也太小心了，还没等泥人完全晒干呢，他就匆匆把它们收回来了。因为晒的时间太短，那些泥人根本没被晒透，看起来颜色很苍白。

马巴巴亚感觉很无奈，摇了摇头，自言自语道："我再试一次，这次我要看着那些泥人。"

于是，马巴巴亚再一次来到地球，又捏了一些泥人，而且捏得比前两次都多，他相信有了前两次的经验，这次他一定能成功。

他将捏好的泥人放在阳光下，亲自看护。太阳太强烈时，他就把那些泥人转移到树荫下面，让和风吹拂它们。他还不时翻动那些泥人，好使那些泥人的每个部分都颜色均匀。

看着眼前浅棕色的泥人，马巴巴亚不禁舒心地笑了。他感觉自己完成了一项壮举，高兴地喊道："这才是世界上最完美的人！"

后来，马巴巴亚把他三次捏成的泥人送到了世界各地。从那以后，世界上就有了人类——各种各样的人。

四根辫子

（多哥传说）

有一位天神，他看到人间有许多不公平的事情，感到非常忧伤。他想教育人们懂得善良和正义，便下凡来到了人间。

他把自己装扮成非常可笑的样子，变成一个艺人。他的身子又小又瘦，弯弯扭扭，头却又大又圆，好像一个西瓜。

他靠杂耍卖艺为生。由于他动作滑稽，言语幽默，所以人们都爱看他表演，不久他便发了一大笔财。由于他有了钱，虽然其貌不扬，还是娶了一个漂亮的老婆，收养了一个流浪的孤儿。

有一天，他要妻子给他梳了四根辫子，还告诉她这四根辫子都有名字，并嘱咐说，辫子的名字不能告诉任何人。

他的知名度越来越高，最后连皇帝也知道了。皇帝出于好奇，召此人进宫为他和大臣们表演。当表演完毕后，皇帝边笑边问："你怎么梳了一个这样的怪发型？"

艺人回答："这四根辫子，每根都有一个名字，它们预示着不同的事情，我不能说出它们的名字，但你可以猜一猜。"

皇帝一听，说："那好吧！咱们来打一个赌，如果我在三天之内猜出了你四根辫子的名字，我就杀了你，如果猜不出来，我就给你一块金砖和一块银砖。"

两人约好后，皇帝拿出一封信件交给艺人，让艺人送到邻国的皇帝那里。艺人带上信件出发了。

皇帝换上一套便服，来到艺人的家，看到艺人的妻子正在扫地，他走上前去拿出许多金银珠宝对她说："我是皇帝，你只要告诉我你丈夫四根辫子的名字，我就给你这些钱。而且，还为你找一个漂亮的小伙子做丈夫。"

艺人的妻子看到这么多的财宝，毫不犹豫地说："那四根辫子，一根叫'女人不懂得忠贞'，一根叫'皇帝只知道专横'，一根叫'别人的孩子不是你的孩子'，一根叫'给老人一颗善良的心'。"

三天后艺人送完信，来见皇帝。皇帝一口气说出了四根辫子的名字。艺人听完后，默默地低下了头。皇帝马上叫人把艺人捆住，押上断头台，交给刽子手。

断头台周围看热闹的人里三层外三层，许多老人都泪流满面地为艺人求情，可皇帝不为所动。

就在这时，艺人的养子走到皇帝面前，大声说："停停！刽子手先停一停！我父亲穿的长袍还是新的，不能让血溅到长袍上面，那样我就不能穿了。他死倒没什么，可这遗产是我的啊！还是先让他脱下长袍，你们再动手吧！"

听完儿子的话，艺人放声大笑，继而又放声大哭。

这时皇帝走到艺人的面前对他说："你是不是还有什么话要说啊？"艺人大声说："陛下，我是一个可笑的丑八怪，但我的四根辫子却是四样宝贝，它们可以使我逢凶化吉。陛下，你虽然知道了它们的名字，可是，您能解释出四个名字所揭示的真理吗？

让我告诉您吧：第一根辫子名叫'女人不懂得忠贞'，这您心里最明白，不正是我的老婆背叛了我，向您讲了四根辫子的名字吗？"

皇帝无话可说。艺人又接着往下说："第二根辫子是'皇帝只知道专横'，大家心里都有数，我就不必具体讲了。第三根辫子名叫'别人的孩子不是你的孩子'，您今天看得很清楚，我收养孤儿这么长时间，可在我快死的时候，他不是想办法救我，而是动脑筋要遗产。第四根辫子的名字是'给老人一颗善良的心'，看，为我求情的不正是他们吗？"说完这些话，艺人挣脱了捆住自己的绳子，一跃飞到了半空中，向人们说道："我的预言，已经被证实了，让公平和正义与你们同在吧！"然后他就飘然而去。

创造天地的神话

（北欧神话）

很久很久以前的洪荒时代，天地一片混沌，没有沙石，没有大海，没有天空和大地。在这一片混沌的中间，有一道深深开裂着的、无比巨大的鸿沟。这条鸿沟叫金恩加鸿沟。整个鸿沟里面是一片空荡和虚无，没有树木，也没有野草。

金恩加鸿沟的北方，是一片广袤的冰雪世界尼夫尔海姆。在那里，浓雾终年笼罩在万年不化的冰峰和积雪上，非常寒冷和黑暗。一股巨大的泉水从尼夫尔海姆最深邃和最黑暗的地方奔涌而出，形成了许多川流不息的溪流；这些溪流夹带着冰雪世界里的万年寒气，其中有的含着剧毒，由北而南地向金恩加鸿沟奔腾而来。当溪水汇入鸿沟的时候，奔腾的急流骤然跌入无比深邃的沟底，发出雷霆一般巨大的轰响。同时，尼夫尔海姆的无数冰块由溪流夹带而来，历经千万年的时间，慢慢地在金恩加鸿沟的旁边堆积起了许多冰丘。

在金恩加鸿沟的南方，有一个名为摩斯比海姆的火焰之国，那里终年喷射着冲天火焰，整个地方都无比酷热、无比光亮。一个叫作苏特的庞大生灵，手持光芒之剑，守卫火焰国摩斯比海姆。

火焰国中喷射出的冲天火焰，飞溅出许多灼热的火星，落在金恩加鸿沟的两岸上，也落在鸿沟旁边堆积着的冰丘上。冰块遇到高热的火星后融化成水汽，又被从尼夫尔海姆吹来的强劲寒风再次冻结起来。就这样循环重复，千年万年之中，在火焰国的热浪和冰雪国的寒气不断作用下，这些冰丘慢慢地孕育出了生命。

巨大的生灵伊米尔就这样

诞生出来了。

　　在无尽的黑暗和弥漫的大雾中，有着巨大身躯的伊米尔在混沌世界中徘徊，寻找食物。在很久以后，他遇到了同样也在热浪和寒气作用下诞生于冰丘的一条牝牛奥都姆布拉。巨大的牝牛在身下流淌出了四股乳汁，汇成了四条源源不绝的白色的河流。于是，庞大的伊米尔就以奥都姆布拉的乳汁为食，而牝牛则舔食冰雪为生，特别是冰地上偶然会有的一些盐霜。在混沌黑暗、冰天雪地的洪荒时代里，只有这样两种巨大的生灵存在着。

　　无数岁月以后，终日饱饮牛乳的伊米尔变得非常强壮。有一次，在他饮完牛乳沉沉睡去的时候，从他的双臂下面忽然生长出了一男一女两个巨人。接着，他的双足下面也生长出了他的一个儿子。从他的双臂下面生出来的那对巨人后来成了一对夫妻，生下了许多巨人子裔。在他们的许多孩子中，有一个叫作密密尔，是个极其富有智慧的巨人。从伊米尔的足下诞生的是一个有六个头的邪恶巨人，后来他也有了许多后代。但是他

的子裔大都是一些体形庞大、生性愚笨的巨人，有的有许多个头，有的则是野兽。巨人之祖伊米尔自己也在此后又生下了其他的一些巨人。所有出自伊米尔一系的巨人们，都被称为霜的巨人，他们是巨人世界的主人、世界秩序的破坏者和神祇们的敌人。

牝牛奥都姆布拉日日夜夜地舔食着冰雪，不断地寻找盐霜。有一天，在它用力舔食石头上的盐粒的时候，它的舌头底下忽然舔出了一些头发。它继续地舔着，第二天，一个完整的脑袋出现了；到第三天，它舔出了一个活生生的人形。众神的始祖布里就这样诞生了。布里是一个高大英俊的男人，强壮有力而性情温良。不久他生下了一个同样高大而雄壮的儿子博尔。

博尔在长大以后，娶了女巨人培丝特拉为妻。培丝特拉是从伊米尔双臂下面生长出来的那对巨人的女儿，也是智慧巨人密密尔的姐姐。博尔和培丝特拉不久生下了奥丁、威利和维三个儿子。天地之间没有语言可以形容他们的高大和雄健，他们是三位伟大的神明，也将是所有世界的主人。

博尔的儿子们逐渐成长起来，变得越来越强壮，同时也开始不再满足于生活在这样一片黑暗、寒冷和混沌的世界之中了。经过一番计划后，奥丁、威利和维三位神祇向洪荒世界的统治者——巨人的始祖伊米尔发动了攻击，并且最后成功地杀掉了这个庞然大物。

奥丁的故事

（北欧神话）

当奥丁、威利和维三位神的祖先创造了大地和人类以后，又在大地的上方、宇宙最中央的地方，划定了一片广大而神圣的区域，作为神的居所。自此以后，神祇们就开始致力于建设家园的伟大工作。在建设家园的同时，奥丁也经常出外旅行。这样，他就能不断地丰富自己的知识和智慧，同时也能排解寂寞和寻欢作乐。

有一次，奥丁在旅途中爱上了一个名叫"大地"的女巨人，后来，"大地"就为奥丁生下了一个儿子，名叫托尔。托尔很快就长得非常高大，并且力大无穷。后来，他成了神国中的力量之神，也是众神的领袖。此后，奥丁又在巨人国爱上了一个美丽的姑娘芙莉格，决定娶她为妻。但是，尽管芙莉格对奥丁也一见钟情，巨人们却因为和神之间的宿怨，也因为奥丁的风流成性而十分讨厌见到奥丁。

奥丁在一个漆黑的夜晚，跳入了巨人国的宫殿里。这一对情人决定私奔。芙莉格穿起了她的宝物"鹰的羽衣"——那是她的巨人爸爸在她小时候送给她的礼物——和奥丁一起腾空飞上了天际。他们很快飞到神国，结成了夫妻。

结婚以后不久，芙莉格为奥丁生了很多孩子。所以，奥丁除了和女巨人"大地"所生的长子托尔外，还有巴尔德尔、布拉奇、泰尔和维达尔等几个儿子，以及奥丁最钟爱的小女儿莎加。

奥丁的儿女们奇迹般地迅速长大了，他们也纷纷娶妻生子，成家立业。这样，在神的居所，迅速繁衍出了一个兴旺的神的家族。这个家族里的神祇，都被称为亚萨神。

随着神族的不断扩大，奥丁也率领众神在神国大兴土木，建起了一座规模无比巨大的城池，这个城池就叫亚萨园。其实，神的国土中充满了黄金和白银，取之不尽，用之不绝。所以，除了建筑时必须用的木材和铁器外，亚萨园的宫殿都是用黄金和白银建造的。因此，那个时代也就被称为黄金时代。

亚萨园，众神的家园，是一片无比辉煌的城堡和宫殿。在那里，每一位神祇都有一座自己的豪华宫殿。这些宫殿，有一半是以金子为顶的，有一半是以银子为顶的。这些金银屋顶放出的光芒，比太阳和月亮还要耀眼。

亚萨园里，奥丁自己居住的宫殿叫作华拉斯盖亚夫，那是一个以白银为顶的壮丽豪华的巨大宫殿。

所有来到这里的人，

一眼认出奥丁那高耸入云的宫殿；

无数箭镞和盾牌构成屋顶，

两翼布满了铠甲。

所有来到这里的人,

　　一眼认出奥丁那高耸入云的宫殿;

　　西边的大门旁巨狼蹲踞,

　　天空上盘旋着翱翔的鹰。

　　众神之主,一只眼睛的奥丁神就经常坐在宫殿正中的御座上。他穿着宽大的上衣和亚麻布做成的紧身马裤,还戴着一顶宽边帽。他的膝下围绕着两条驯服的狼,格里和弗雷克。

　　宫殿正中的那个奥丁的御座,是亚萨园中的一件神奇的宝物。每当奥丁坐在这个御座上的时候,他的一只眼睛能够一下子看到全世界正在发生的事情;而他的那只在密密尔泉底下张着的眼睛,则能看到一切过去的事情和将要发生的事情。

　　奥丁独目的视线也有被宇宙树挡住的时候,那样他就不能完全地了解整个宇宙里的事情了。但是,他肩膀上的两只乌鸦,每天在日落时分便会分头飞出亚萨园,一直飞到世界的尽头。当清晨来临的时候,两只乌鸦会从满天的朝霞中飞回来,一只停在奥丁的左肩,一只停在奥丁的右肩,然后把它们在外面飞行中所见到的和听到的事情,统统告诉它们的主人。就这样,众神之主奥丁对天下的事情无所不知。

　　兴旺的神国亚萨园中,有许多伟岸强壮的亚萨神,也有许多美丽的女神。在众神中,有十二位是神的首领,他们通常和奥丁一起坐在他那宏大的宫殿里,共同讨论整个世界中发生的大事或者饮酒作乐。

奥丁的长子托尔是十二位神的首领中的领袖，同时他也是宣过誓的亚萨园的保卫者。但是，托尔是巨人们的天敌，经常到东边的巨人国中去和巨人作战，因此他很少在亚萨园中。奥丁和妻子芙莉格所生的长子巴尔德尔是亚萨园的王子，他高大英俊，性情温和，是亚萨园中最受爱戴的神祇，所有的亚萨神都愿意他以后能够继承奥丁的地位，成为亚萨园的主人。

　　奥丁的儿子泰尔是最勇敢的亚萨神，也是亚萨园中地位崇高的神的首领。也正因为他英勇无敌，他成了世界上一切战争的保护神，总是把胜利赐给战斗中的勇敢者。和战神泰尔相反，奥丁的另一个儿子布拉奇是个相当温文尔雅的神的首领，是一位伟大的诗人，能够出口成章地吟唱长篇的诗歌。因此，布拉奇也被称为诗歌之神。

洛基的恶作剧

（北欧神话）

　　土地和收获女神西芙是托尔的妻子，她美丽善良，有一头垂到脚跟的金色长发。有一天，到处做恶作剧的洛基（奥丁的结义兄弟）把目标转向了西芙。他趁西芙熟睡的时候，竟剪掉了她的一头金发。西芙醒来后非常悲伤，把事情告诉了托尔。托尔抓住了洛基，决定狠狠地修理他一番。

　　洛基感到情况不妙，马上求饶，并许诺为西芙制作一副会生长的金子头发。为了西芙，托尔只好饶他一命，警告他说："如果你找不到你说的那种金子头发，我就把你的骨头一根一根拆下来。"

　　生活在地下的侏儒们大都拥有高超的技术，能打造出各种神奇精美的宝物。老侏儒伊凡尔第和他的儿子们是地下侏儒国中最有名的工匠，而且他们和亚萨神族的关系十分友好。洛基马上来到侏儒国，找伊凡尔第的儿子们帮忙。友好的侏儒为他打造了会生长的金子头发，还让他帮忙献上送给奥丁的长矛和送给弗雷的神船。

　　满载而归的洛基遇到了布洛克，布洛克也是伊凡尔第的儿子。洛基扬扬得意地说："听说你的哥哥辛德里是伊凡尔第的儿子中最有本领的一个，但是他也做不出来和我的三件宝物一样神奇的东西吧？"布洛克相信哥哥的能力，说："如果能做出来呢？"洛基说："那我就把我的脑袋送给你。"

洛基和布洛克找到辛德里，说明经过。辛德里二话不说就开始工作。他分别用猪皮、金子和生铁制成了金鬃山猪、金镯和铁锤。洛基和布洛克带着宝物回到亚萨园，让奥丁、托尔和弗雷评定这些宝物哪个更神奇。

洛基把金子头发交给西芙，西芙戴上后更加美丽，托尔决定暂时放过洛基。洛基献上送给奥丁的长矛，这长矛是全世界最锐利的武器，可以穿透任何盾牌，还能准确投中目标。接着，洛基又献上送给弗雷的神船，神船能容下千军万马，还能够折叠起来放在口袋内。

接着，侏儒布洛克拿出了他的三件宝物。他把金光灿灿的手镯献给奥丁，每隔九个晚上，金镯就能生出八只一模一样的金镯。布洛克把金鬃山猪献给弗雷，山猪能越山跨海，头上的金鬃能把黑夜照亮。最后，他向托尔献上了铁锤，锤子可以砸毁任何东西，抛出去击中目标后还会飞回来，而且神锤也能变小。

奥丁、托尔和弗雷认为献给托尔的神锤最神奇、最实用，因为托尔要与巨人战斗。由于其他宝物平分秋色，所以洛基输了。按照赌约，洛基的头颅就属于辛德里和布洛克了。

洛基准备逃走，却被托尔抓住了。他只好凭他的三寸不烂之舌保住他的命："亲爱的布洛克，你要我的脑袋也没有什么用处，不如这样，我用金子买回我的头怎么样？"决心已定的布洛克一口回绝:"不,我只要你的头!"狡猾的洛基又想到一个办法:"好吧,头可以给你,但你不能割掉我脖子上的一点皮肉。"

布洛克无法拿走脑袋却不带一点脖子上的皮肉。于是,布洛克便离开了。围观的众神也离开了,保住性命的洛基也扬扬得意地离开了。

尔辽温丁和他的神灯

（阿拉伯神话）

很久很久以前，在阿拉伯的一座城市里，有一个名叫穆司塔发的穷裁缝，他有一个独生子名叫尔辽温丁。这孩子聪明、调皮，但就是不喜欢读书，也不肯学点正经手艺。整天东游西逛，过着饭来张口、衣来伸手的小寄生虫生活。

儿子不成器，穆司塔发又急又气，竟然一病不起，去世了。从此，裁缝铺也无法维持了。尔辽温丁的母亲不得不卖掉店铺，靠着终日纺线来维持母子两人的生计。

就这样，尔辽温丁长到了十五岁。面对着贫困的生活，他和母亲整天唉声叹气，不知怎么办才好。

当然，尔辽温丁做梦也想不到，有一个人——一个非洲的魔法师，正在绞尽脑汁地想找到他这个一文不名的穷光蛋。

原来，这个魔法师从一本书中知道在阿拉伯某个地方有一盏奇妙无比的神灯，谁拥有它，谁就将拥有无穷无尽的魔力。世界上的万事，只要他想做，就能不费吹灰之力地做到；世上的万物只要他想要，就可以轻而易举地得到。但是，这盏神灯被放在一个装满了金银珠玉的秘密地下宝库里。只有一个名叫尔辽温丁的孩子，才能打开宝库，取出神灯。

至于为什么只有尔辽温丁才能开启宝库，这位非洲魔法师也讲不清楚。反正书中就是这样说的，那准保不会有错。

一天傍晚，刚刚吃过晚饭，一个陌生人突然来到尔辽温丁家。一进门，他就急切地问：

"请问，这里可是我的兄弟穆司塔发的家吗？"说着，他转向尔辽温丁，"也许，你就是我那兄弟的儿子吧，你和你父亲长得真像！"

"不错，这里正是穆司塔发的家，不过，他已经在几年前过世了。只是，他怎么从未提起自己还有个兄弟呀？"尔辽温丁的母亲看着来人，半信半疑地说。她没看出来，这陌生人与死去的丈夫有多少相似之处。

"哎呀，我可怜的穆司塔发，我的好兄弟。"陌生人听罢，立刻悲伤地哭了起来。他边哭边说："我是穆司塔发的异父兄弟，我们已经分别四十年了。这期间，我一直辗转各地经商。现在我发了财，想回来见穆司塔发一面，没想到这点希望也落了空。"

说着，他拿出钱来，给尔辽温丁买了新衣服。当他听说这孩子只是整天游荡、无所事事时，马上沉下了脸，训斥他不应该这样做，并表示要拿出钱来，带侄子去学做生意，把他培养成富商大贾。

本来，尔辽温丁的母亲对陌生人的来历、目的很有些怀疑。但她看到陌生人这样伤心，又这样慷慨大度时，疑虑完全消除了。她诚恳地要求陌生人住下来，并请求他把这里当作自己的家。陌生人对此正求之不得，很痛快地就答应下来。

第二天，陌生人把尔辽温丁带到一座巍峨的大山前，对他说：

"你看着吧，你马上就要看见你从未见过的奇妙景象了。"

说着，陌生人点燃了一束干树枝，将一些乳香撒在火焰中，对着冒起的青烟喃喃地念起咒语来。念着念着，他脚下的大地突然晃动起来，紧接着，一道闪电似的白光直接窜入地下，在惊天动地的一声巨响中，地面裂开了一条大缝，露出了一块长方形的云石板。

尔辽温丁见了大惊失色。陌生人却十分温和地对他说：

"听着，我的孩子，你现在揭开石板，沿着下面的阶梯走下去，就会看到数不尽的财宝，你愿意拿多少就拿多少。不过，你千万不要忘记，在台阶最下边有一座富丽堂皇的大厅，那里面点着一盏油灯，你一定要把它取出来。"

看着尔辽温丁惊惶不安的样子，陌生人从自己的手指上摘下一个戒指，戴到了他的手上，对他说，尽管大胆地往下走，这只戒指具有神奇的魔力，一定可以作为他的护身符，保护他的安全。

尔辽温丁看了看戒指，恐惧消除了。他按照陌生人的吩咐，揭开石板走了下去。果然，迈过十二级阶梯后，眼前出现了一间珠光宝气的大厅，大厅中挂着一盏看上去毫不起眼的油灯。尔辽温丁取下灯，又收集了许多宝石，循着原路走了回去。但是，当他走到地道口时，由于身上背的东西太重，无论如何也爬不上最后一级台阶了。于是，他高声叫道：

"伯父，你伸手把我拉上去吧！"

"很好，孩子，"陌生人看见了油灯，迫不及待地说，"你先把

灯给我，我再拉你上来。"

尔辽温丁心中一动，他想：难道一盏灯比我的性命还重要吗？不，一定不能把灯递出去，说不定这里面会有什么秘密呢！所以，他叫道：

"伯父，你先把我拉上去，再说灯的事吧！灯一点也不重，我拿得动。"

陌生人生气了，他以为尔辽温丁是不愿意把灯送给他。他心一横，恶狠狠地念起咒语来。立刻，大石板飞了回去，把洞口封死了。

读者肯定明白，这个陌生人就是非洲的魔法师。他千里迢迢来到阿拉伯，结果却什么也没得到，怒气冲冲地回非洲去了。

尔辽温丁被封闭在地下，这时他才明白，这个陌生人并不是自己的伯父，而是一个地地道道的骗子。正当他毫无办法、痛苦绝望时，他的手无意间擦了一下魔法师送给他的戒指。立刻，一个神出现在他的面前，恭恭敬敬地对他说：

"我是戒指神，谁拥有这个戒指，谁就是我的主人。现在，我的主人，请你吩咐吧，你要我做什么？"

尔辽温丁喜出望外，愉快地说：

"戒指神啊，我要你把我带回地面去。"

话音刚落，尔辽温丁头上的大地突然裂开，猛然间，他已经来到了地面上了。

回家后，尔辽温丁向母亲说了事情的经过。母亲见灯上落满了尘土，打算把它擦干净。没想到她刚擦了一下，面前立刻出现了一个巨神。巨神瓮声瓮气地说：

"我是灯神，是神灯的仆人。谁拥有神灯，谁就可以指挥我。我的主人，你有什么吩咐，请说吧！"

尔辽温丁已经有了过去的经验，并不感到惊奇。他平静地说：

"灯神呀，请你弄些可口的食物来吧，我和母亲现在饿得很！"

不一会儿，灯神果然端来一桌丰盛的饭菜摆在母子面前，然后鞠了一个躬，突然化成一道青烟，隐没到灯里面去了。

尔辽温丁有了大批从地下宝库中得到的珍宝，有了奇妙的神灯。从此，他不再四处游荡，而是学起了做生意，几年后，他成了这一带有名的富商。

一天，尔辽温丁在集市上，看到了皇帝的女儿——美丽无比的芭洛尔贝多公主。他对公主一见倾心，马上带上大批的名贵宝石去献给皇帝，并恳求皇帝同意把公主嫁给他。皇帝见了那些珠宝很高兴，他说：

"能筹备这样一大批聘礼的人，一定是个了不起的人。这样的人难道还不应该娶我的女儿吗？"

几天后，皇帝亲自为尔辽温丁和公主主持了隆重的婚礼。婚后，尔辽温丁命令灯神在皇宫对面建起了一座豪华的宫殿。这座宫殿的墙壁是用上等的纹石、玛瑙和大理石砌成的，窗户上装点着钻石、红宝石和翡翠。尔辽温丁和公主住在这里，过着幸福的生活。

几年过去了。在这期间，非洲魔法师一直以为尔辽温丁早就困死在地下了。但有一天，他突然心血来潮，想证实一下尔辽温丁是否死了，就运用魔法卜了一卦。结果，他非常惊讶，尔辽温丁不但没有死，还靠着神灯，一直在走好运。魔法师又气又恨，马上启程赶往阿拉伯，希望能夺取神灯。

到了阿拉伯后，魔法师找了一个尔辽温丁不在宫中的日子，带上十二盏漂亮的新油灯，来到尔辽温丁住的宫殿前。

"换油灯啊，换油灯！旧油灯换新油灯！"魔法师围绕着宫殿走过来又转回去，大声吆喝着。

公主在宫中也听到了这叫喊声，她叫来一个宫女，对她说：

"去，把这盏油灯拿去换一盏新的吧！它是这样破旧，和这座宫殿太不匹配了！"

宫女拿起神灯，很快换回了一盏漂亮的新油灯。公主想：只有这样的灯才配摆在自己的卧室里。尔辽温丁看到后，也一定会高兴的。

魔法师拿到神灯之后，迫不及待地用手一擦，巨神立刻站到了他的面前。

"我命令你，"魔法师对灯神说，"立刻把尔辽温丁的宫殿，连同里面的人，一起搬到非洲去。"

灯神并不问是谁下的命令，灯在谁手上，他就服从谁。魔法师的命令马上被执行了。

第二天清早，皇帝从窗户向外望去，不禁大吃一惊。尔辽温丁的宫殿不见了，公主也不见了，那里只有一片平地。他立刻命卫兵把尔辽温丁抓了回来，要判他死刑，尔辽温丁表示，希望给他四十天时间，如果在这期间找不回公主，就自愿伏法。皇帝想了想，答应了。

离开皇宫后，尔辽温丁唤出了戒指神，对他说：

"请你马上把我的宫殿搬回来，把公主也找回来。"

"我办不到啊，"戒指神为难地说，"我是戒指神，不是灯神，无法破坏灯神的法力。"

"那么，我命令你利用戒指的力量，把我带到宫殿去和公主会面。"

这个命令被执行了。尔辽温丁立即来到了非洲，在自己的宫殿里和公主见了面。两人商量了一番，定下了一条夺回神灯的妙计。

当天晚上，公主假情假意地和魔法师共进晚餐。她偷偷地把一包毒药放进了酒杯里，魔法师喝了之后，痛苦地挣扎了一番，就死掉了。

尔辽温丁从魔法师身上取出神灯，唤出了灯神，命令他马上把宫殿连同自己和公主立刻送回阿拉伯去。现在，尔辽温丁重新成了灯的主人，灯神当然照办。一眨眼工夫，宫殿就被移回到了原来的地方。

从此，尔辽温丁和公主就一直住在这座宫殿中，过着无忧无虑的日子。

老雷公与食人怪兽

（印第安传说）

很久以前，有个印第安人和他的狗住在靠近哥伦比亚河口的山峰上。一天晚上，当他和狗正在讲话的时候，忽然听见有人用劲地敲门。他打开门一看，来者是个吃人的怪物！怪物想吃顿晚饭并要个睡觉的地方，这个印第安人和他的狗尽力地盛情款待这个不受欢迎的怪客。

深夜，印第安人醒了，他突然听到那个怪兽在含糊不清地说着它想吃掉主人的计划，还暗自笑了起来。印第安人决定在屋内挖洞逃走。他在自己的床上藏了一根木头伪装成有人在睡觉，并告诉狗说他想要逃到提拉木克部落以外的地方。狗就蹲坐在洞口上掩护主人逃亡，并准备将主人的错误去向报告给怪物。

怪物醒来之后，向印第安人的床上扑去，却只抓到一根木头。它问狗："人呢？"狗用鼻子向河的上游指了指，说："往那边跑了。"怪物沿着河向上游跑了几英里，才察觉受骗了，便又返回印第安人的住处。"好你个大胆的狗，竟敢骗我！"怪物一边大声吼叫，一边把狗踢飞，这样，印第安人逃跑的洞口就被发现了。怪物将狗吃掉，就向海边跑去追印第安人。怪物又大又笨，它在追赶时发出的声音就像远方的雷声。

到达靠海边的内卡尼肯河口时，怪物碰到了孔瓦舒玛，孔瓦舒玛又名"老雷公"。老雷公的腿非常长，如果有人想摆渡到河对岸，他只要把腿一伸，你就可以踩在他的腿上到达对岸。怪物身带一根用死人骨头做成的大棒。那时候，对于神灵来讲，骨头就意味着邪恶。所以，当老雷公看到怪物的骨棒时，便说："你可以从我的腿上过去，不过，你绝不能让你的骨棒碰到我。"怪物答应照办。

然后，老雷公把长腿一伸，怪物就开始过河。可是，由于怪物是那样急于找到印第安人，不小心使骨棒碰到了老雷公。老雷公立即收回长腿，怪物便掉进河中。在怪物被河水冲向大海的时候，老雷公向它叫道："你就要到大海里了，从今以后，人们将会听到你那拍岸涛声似的吼叫。人们还可以听你的吼声来预测天气，当你在南边吼叫时，就说明风暴即将来临！当你在北边吼叫时，就说明风暴过去了。"就这样，怪物消失在大海中，以后人们只能听到它的吼声了。

印第安人的诞生

（印第安神话）

印第安人的祖先流传着一个关于人类诞生的奇异神话。

很多很多年前，这一天阳光灿烂，天上连一丝云彩也没有。忽然间晴空万里的天空炸起了可怕的响雷，雷声吓得地面上的各种动物东躲西藏，不知道要发生什么样的祸事。"咔嚓！"又是一个晴天霹雳，一道耀眼的闪电直刺

天空，霎

时间天空被闪电撕破了一道长长
的口子，闪电把天空打伤了。鲜
红的血液从伤口汩汩流出，裹住闪电
的光柱。慢慢地血干了，凝结成一层外壳，红黑红
黑的，在天空中形成了一种可怕的景象。

黄昏的时候，血壳脱落，一块块地掉在森林里、平原上。这
些血块一沾到土地，立即变成了一种非常奇怪的东西，他们用两
条腿走路，和大地上已有的任何动物都不同。大地上的动物都围
着这些奇怪的东西观看，觉得很新奇，有些凶猛的动物则对这新
出现的东西充满敌意。

这些奇怪的东西就是地球上最早出现的人。成千上万的人
突然出现在大地上，他们你看看我，我看看你，不知如何是好。
他们试着说话，竟然能够懂得对方的意思，立刻觉得亲近不少。

天黑下来了，他们成群结队地躲进山洞里去。因为一些凶猛可
怕的动物乘着天黑跑出来袭击他们，有几个人便被它们抢去吞食了。

第二天，他们从山洞里出来，眼前的景色使他们兴奋不已。
天上悬着一个红红的、圆圆的美丽太阳，太阳发出温柔的光，照
在他们身上，暖暖和和的舒服极了。许多可爱的小鸟在树枝上跳
来跳去，唱着悦耳的歌儿。高大的树木，翠绿的草儿，鲜艳的花
朵……第一次见到这么多美丽可爱的东西，他们又惊又奇。一条
溪水在山坡下潺潺地流着，发出闪闪的波光。他们跳到溪里，玩
起水来，觉得水这东西真奇怪，泼到人身上能自动流下来，把人
身上的脏东西顺便带走，如果泼到地面上，它们就不见了。

这时候，人很谨慎，只在平原和森林边缘走动，不敢到他们不熟悉的森林深处和远方去。

　　到了中午，他们有了一种异样的感觉：筋疲力尽，浑身难受，肚子咕噜咕噜地响了起来。他们不知道自己是饿了，也不知道要吃东西，只是无力地躺在地上，靠在树上，你望着我，我看着你，一筹莫展。

　　突然，靠在树上的一个人看见几只小鸟在树枝上跳来跳去，用力地啄一种黄绿色的圆圆的东西。其中一个人似乎受到了启发，高兴地喊了一声，便爬上树去，采摘果子放在口中吃了起来。他觉得味道很好，又连摘了几个吃起来，肚子便好受多了。其他的人也都学他的样子，纷纷爬上树采摘果子吃。这样，他们学会了吃杧果，后来又学会了吃其他各种各样的果子。

　　在大自然中，为了生存下去，他们慢慢地学会了各种各样的本领。再后来，他们有了自己的组织——部落。印第安人就是这样产生的。

火山湖

（印第安神话）

住在克拉玛特的人，都知道有个火山口，在火山口的深处有一泓圆形的、湛蓝的湖水，就像一只盛满水的大碗一样。湖水的四周被高大的岩壁所包围，湖心还耸立着一座岩石岛。山岩上有一个洞口，终年吐出通红的火舌，冒出浓烟。这个湖就是火山湖。

火山湖中住着一位大神，这位大神有一条法规：除了巫师外，任何人都不准接近火山湖。如果有谁破坏了法规，必遭死亡，他的灵魂也将坠入永世不灭的大火之中。

克拉玛特族人大部分都安分守己，不会轻易接近火山湖。如果有什么事，就请巫师帮忙。

当印第安人遇到大困难时，巫师会到湖边去，向大神讨主意。

当印第安人生病时，巫师会到湖边采些难找的药草，带回来给人们治病。

当印第安人想知道死去的亲人的消息时，巫师也会代为传话。

总之，需要接近火山湖的事，几乎都由巫师代劳。

巫师也会回来跟人们说，火山湖是一个通向地心的洞。"那个洞深极了，是个无底洞！就像天一样深，够不着底。湖四周的山深深地伸到地下，山峰直插云端。我们的先祖好久好久以前，就是从这湖里出来的。如果克拉玛特有人死了，他的灵魂也会回到湖心小山上的。"

巫师也会向人们描绘他们在火山湖看到的和听到的许多事。"恶人的灵魂寄住在火山口上空袅袅升起的烟云之中。他们千方百计地逃避惩罚，而大神不停地撵他们，不让他们安宁。好人的灵魂则可以在湖中、山间和草地上尽情欢乐，自由翱翔。有些灵魂驾着独木船在湖上游弋、捕鱼；有些灵魂像飞鸟一样在湖上盘旋，从一个山头飞到另一个山头……"

人们对巫师的话深信不疑。但是，有两个猎人却不把巫师放在眼里。"我们在森林里捕杀最凶猛的野兽，我们打败了一切强敌，火山湖有什么可怕的！"一个猎人说。

"对呀！"另一个猎人附和道，"火山湖有什么可怕的。不就是一个大神吗？我们去看看。"

两位猎人出发了，他们无所畏惧地朝火山湖走去。他们想证实巫师的话。

湖的四周是高耸的山峰，就像一个巨大的碗的边缘一样。他们小心地顺着斜坡往上爬，终于来到一片林中空地。远远往下看，一个圆形的深湖就在眼前，一切如巫师所讲的那样。湖面有无数类似飞禽的灵魂在振翅，火山口传来恶人受煎熬的灵魂的哀叫声。

两位猎人好奇地打量着，怎么也看不够，竟忘了回家。

这时，大神把湖中水怪叫到跟前，把站在山岩上的猎人指给它看。

湖怪迅速地游到岸边，用爪子抓住一个猎人。它带着这个吓得半死的猎人，游回山头。另一个猎人拼命逃跑，一直跑回村子。他向村民们讲述他的经历，可是话还没说完，便倒地死了。大神的预言应验了，猎人的灵魂被投入湖心那座火山的喷火口里。

为什么大神不让人们接近火山湖呢？这里还有一个传说。相传，很早以前，人们可以随意在湖边玩。天上的神、地上的神以及地下的鬼魂，经常与人们在一起玩。

有一次，冥王从地心出来，在湖边碰见了部族首领的女儿罗哈。罗哈身材匀称，笑起来就像桃花一样灿烂，是一个人见人爱的美女。冥王对她一见钟情，便向姑娘表达了爱慕之情，并邀她到地府里去。罗哈没有答应。

于是，冥王派遣他的一个武士参加罗哈部族的一个节日，命他当众宣布冥王向罗哈求婚的消息。"姑娘到了冥王那儿，会长生不老、无疾无灾的。大王要我把她带去。"武士向印第安人承诺道。谁知姑娘这次又拒绝了他。怎么办呢？酋长们商量了三天三夜，也不打算说服她了，只是叫她以后别到湖边玩，免得让冥王看见。

武士返回地府向冥王禀报，冥王勃然大怒。他用雷霆般的声音立下誓言，要荡平罗哈所在的部族，让他们受到火的惩罚。随着一声可怕的巨响，冥王从火山口里冒了出来。

冥王口喷火焰，烈火像无边无际的海浪一般，沿着山坡和谷地，铺天盖地滚滚而来，所到之处，一切全淹没在火的海洋之中。

无情的烈火很快卷到人类居住的地方，人们惊恐地逃去。

有两个巫师赶紧到湖边向大神讨主意。大神说："人类犯了错误，才受到火的惩罚。只有贡献生灵才能平息冥王的愤怒。"

"怎么办呢？"听到巫师的话，酋长们商量道，"我们部族里有谁愿做牺牲呢？年轻人牺牲太可惜，老年人牺牲又太残酷了。而且，愿意牺牲的人，还得有胆量举着火把跳进火坑，只有这样才能赎罪。"

冥王听到了酋长们的商量，说："快点，否则，你们的田园将要荒芜，你们会颗粒不收。"

这时，两位巫师从水里走了出来，举着火把，向着冥王的山头走去。他们默默地注视着从山的洞口喷出的烈焰和浓烟，毅然把燃烧着的火把高举过头，纵身投入火坑之中。顿时，群山摇晃起来，大地抖动。冥王钻进自己的地府，所有的火都浓缩在火山口。

所以，后来湖中的大神就定下法规，不让凡人靠近火山湖湖边，免得发生麻烦。

山神和他的女儿

（印度尼西亚神话）

古时候，天下万物俱全，唯独没有椰子树。直到有一天，一位女神心甘情愿地变成了椰子树，大地上才开始出现这种挺拔纤细、千姿百态的植物。关于椰子树的诞生还有一段有趣的神话。

当时，世界上生活着人类、神和一种力大无比、身高数丈的巨人。人类生活在大地上；神有时住在天宫，有时也在凡间定居；巨人则只能围绕着地球漫游。

有一个年轻、漂亮的女神，名叫拉娜，是山神司梅鲁的独生女儿。山神十分宠爱她，从不让她跑到山外面的世界去，因为那些地方处处潜伏着巨大的危险。比如，野兽和巨人可能使她受到伤害，风沙可能会刮破她娇嫩的皮肤，阳光强烈的地方会使她变黑，日照短暂的地方又会令她脸色苍白……总之，只有把女儿庇护在自己强有力的权威下，山神才放心。

但是，拉娜对父亲的安排却很不满意。她非常希望了解山外边的情景，她从父亲的朋友——那些云游天下的神仙嘴里知道，山外边有一个十分奇妙的世界。

拉娜十七岁那年，山神为她举行了一场规模盛大的生日宴会。那一天，来了成千上万的年轻神仙。他想让女儿从中挑选一位中意的丈夫，那样，女儿就可以永远住在山里，当然也可以住到天国，这样就可以打消她总是想到处闯荡一番的心思了。

拉娜明白父亲的苦心。但是，在宴会开始前，她向父亲请求：

"爸爸，如果你希望我生日快乐的话，就放我出山去看看吧，只要一天就行。"

"那怎么行，"山神反对说，"你知道，今天我是让你在宾客中选一位丈夫的呀！你走了怎么行？何况，山外边要多危险有多危险……"

"爸爸，你总是这样吓唬我，"拉娜不高兴地说，"你说，有谁敢欺侮大神司梅鲁的女儿呢？何况，我已经是十七岁的大人了。反正，今天你要是不让我出去，我谁都不见。"

司梅鲁拗不过女儿，只好点点头同意了。在出发之前，山神踏上云端，四处张望，只见天空一片清和，地上没有走兽，也看不见巨人的影子，没有一点发生危险的征兆，山神这才送女儿出山。

第一次来到外面的世界，拉娜愉快极了。她这里走走，那里看看，啊，真美呀！湖水漾起万顷碧波，鸟儿大展清丽的歌喉，在阳光照耀下，花儿争妍斗艳，人类唱着歌在劳动……天地间一片祥和，一点没有山中那阴沉沉、凄惨惨的肃杀景象。一切都令她流连忘返，心荡神迷。她多么希望永远生活在这生机勃勃的天地中呀……

但是，眼看夕阳西下了。想起和父亲约定的时间，想起不得不马上离开这美好的一切，她忍不住失声痛哭起来。

"你为什么一个人坐在这里，哭得这样伤心呀？"突然，一个声音从她身后传来。拉娜回头一看，只见身旁站着一个年轻人，一个容光焕发、英气勃勃的小伙子。他望着她，态度是那样亲切、和蔼。一时间，拉娜把一切愁烦都抛到了九霄云外。

"你是什么人？"她问。

"我是这个国家的王子，"年轻人回答说，"我出来打猎，恰巧路过这里。请问，你从何处来，为什么这样伤心？如果你有什么难题，我会帮助你的。"

听王子这样一说，拉娜的眼泪又流了下来。她抽泣着，把自己的来历和伤心事通通倾诉出来。王子望着她美丽的面庞，对女神的遭遇十分同情，心中也燃起了对她强烈的爱。

"做我的妻子吧，"他热切地说，"那样，你就可以一直留在山外边，再也不用回去啦！"

拉娜动心了。实际上，她第一眼看到他时，就深深爱上了他。他不像山里的神，一个个都冷冰冰的，摆出不可一世的样子。这个王子，是个感情丰富、有血有肉的人。

拉娜和王子手挽着手，一道向深山中司梅鲁的宫殿走去。这时，司梅鲁正在焦急不安地盼望着女儿归来。远远地，他望见了女儿，立刻满脸带笑。但当他看到跟在女儿身后的王子时，马上火冒三丈。这里是凡人的禁地，来人无论是谁，都得死！

拉娜看到父亲冷冰冰的脸色，仍然毫不畏惧地走上前去，向父亲倾诉了自己对王子至死不渝的爱，恳请父亲让自己与心爱的人结为夫妻。

司梅鲁气坏了，神的女儿——一位冰雪聪明的女神，怎么能嫁给凡人呢？就是王子也不行！不过，杀人也要有杀人的理由。不然，天帝降罪下来，自己可要吃不了兜着走呀！

"年轻的王子，你真的爱我的女儿吗？"他尽量装出和善的样子，平心静气地问。

"是的，她是我从未见过的可爱姑娘。"王子答道。

"那好吧，你可以娶她。不过，"山神说，"你只有在一夜之间移走一座大山，才有资格和神的女儿结婚。听着，年轻人，如果在第二天鸡啼之前，你还办不到，你就会变成一块石头。你同意吗？"

"我同意，"王子斩钉截铁地回答说，"只要能娶到拉娜，再大的难题我也不怕，哪怕是刀山火海我也愿意去闯！"

王子安慰了惴惴不安的拉娜一番，策马赶回王宫，向他的父亲——国王讲了自己和拉娜的事。国王是个很开明的人，他并不认为人和神结婚有什么不好。而且，他还是一个法力无边的魔法师。他给了王子一只可以铲去泥沙和石块的魔碗，同时教给了他变成巨人的符咒。

黄昏时分，王子来到山神指定要搬走的大山底下，摇身一变，变成了一个顶天立地的巨人。他拿出魔碗，向山顶铲去，然后把铲下的泥沙抛到几里外的地方，在那里形成一个新的山丘。这只碗看上去微不足道，但一碗下去，山头就矮了好多。

拉娜赶来了，看着王子巨大的身躯和神奇的魔碗，她露出了甜美的笑容。看起来，父亲虽然有意刁难，却根本难不倒勇猛的王子。

山神也躲在一边窥视着。看到这一切，他大吃一惊：这么个干法，一夜之间肯定可以移走这座大山。不行，他绝不能让女儿

和凡人结婚，一定得想个办法阻止王子才行。

时间一小时一小时地过去，东方已露出了鱼肚白。眼看王子再用魔碗铲两下，就可以大功告成了。这时，一只公鸡突然叫了起来，紧跟着，所有的公鸡都被唤醒了，也大声啼鸣起来……

"拉娜啊，请原谅我！"王子大喊了一声，手中的魔碗滑了下去，他自己也随之变成了一块冰冷的石头。

拉娜扑到石头上，吓得毛骨悚然。她已经听出来了，那第一声鸡啼，是她父亲伪造的。如果山神不这样卑鄙，王子就会成功了。

这时，山神满面笑容地从密林中走了出来。他越走越近，马上就要来到女儿身边……没想到，拉娜突然绝望地举起双手，高声呼喊道：

"仁慈的、主管一切的天帝啊，我不愿回到这样背信弃义的父亲身边。我愿意永远留在王子身边，你成全我吧！"

天帝——万神之王听到了拉娜的呼唤，立即把她变成了一棵大树，一棵椰子树，紧紧地依傍在王子化成的石头旁边。

山神司梅鲁只身留在山里。所有的神明都谴责他的不义，远远离开了他。从此，他没有了亲人，没有了朋友。但是，这能怪谁呢？只能怪他自己。

琴师与水神

（俄罗斯传说）

诺夫哥罗德是俄罗斯的一座大城市。城里有一些商人，每天晚上都要聚在一起寻欢作乐。在各种娱乐之中，他们最喜欢听一位叫沙迪克的人弹独弦琴。他演奏技巧高超，琴声娓娓动听。当其中一些人喝着伏特加酒、非常痛苦地回想起朋友们的背信弃义，或情人的寡情寡义之时，沙迪克的琴声会使他们心情愉快，忘记忧愁。

那些享受着爱情幸福、有着忠心耿耿的朋友、乐天知命的人，喝着酒，听着沙迪克弹奏的悠扬悦耳的独弦琴，也会心情激荡，对生活更加感到称心如意。

当太阳开始融化窗子上的冰花时，那些富商们常常倒在地上，把晕晕乎乎的脑袋放在桌子上。

这时，沙迪克收好独弦琴，打开门，深深地吸一口早晨洁净而清新的空气，然后快步向家中走去。他一边走，衣兜里那些弹琴挣来的金币和银币一边叮咚作响。

就这样，他过着舒适而充实的生活。此外，他艺名远扬，在市场上或街上，人们遇见他时，总是有人用胳膊肘碰一下自己的

伙伴说："沙迪克到这里来了。""看，那是沙迪克。"然而，众所周知，人们都是见异思迁、喜新厌旧的。别的艺人，虽然技艺拙劣，但是因为他们善于迎合商人们的喜好，他们的艺名也很快传开了。沙迪克反而被冷落了，他在家里待了很长时间，不想见任何人，感到前途渺茫。有一天，他抱起琴向耶门湖走去。

他坐在湖边的一块大石头上，旁边是茂密的白桦树森林。湖中清波荡漾，使他心中突然涌出了一种任何歌手也未曾有过的激情。他演奏了奇妙动听的乐曲，而他自己也仿佛置身于一个崭新的世界。

这时，突然发生了一件他意想不到的事情。只见湖水疯狂地上涨，平静的湖面一时变成了怒涛狂涌的海洋。伴随着波涛的轰响，湖中传来了一个强壮有力的声音：

"沙迪克，不要害怕。我是湖中的水神，我住在湖底，听到过无数的琴声，但都不如你的，我知道你受到了小人的冷落，生活很困苦。你回去吧，我会帮助你，不久商人们就会来请你的。"

果然，没过几天，沙迪克的琴声又在城市的上空回荡了。

毒蛇与银河

（大洋洲神话）

很久以前，地球上人不多。有个人名叫珀拉，他独自生活着，许多年连一个人也没见过。他已经到了结婚的年龄，可是他周围没有女人。他天天在丛林里徘徊，希望能找到一个女人，他决定把遇到的第一个女人娶做妻子。

珀拉走过一条河，河水是红的，他想："这附近可能有一位姑娘。"他向小河的上游走去，一直到源头。在那儿，果然有位姑娘。她的腿和下半身在水里，上半身躺在河岸上。

"她是毒蛇蒂拉的女儿。"珀拉对自己说。

他向姑娘跟前走去。开始的时候，姑娘并没有发现他。可当珀拉走近她的时候，他的影子落在了姑娘的身上。姑娘翻身向水里逃跑。

珀拉抓住了她。他把姑娘抱住之后，说："你是我遇到的唯一的女人，你可以做我的妻子。"

姑娘不懂他的话，很怕他。珀拉在沙地上画了一个男人，一个女人，两人一起躺着。他说："那就是你和我，咱们是夫妻。我们以后永远一起生活，一起睡觉。"

珀拉娶这个姑娘做了自己的妻子，可是他知道，她爸爸——毒蛇一定会来追赶的。他不得不逃到别的地方。

毒蛇一直沿着他的足迹在追赶他，珀拉不知道要跑多远才能逃脱。他跑了好多天，每当一停下，他就觉得毒蛇已经到了附近，就要赶上他了，他只好生起一堆火来。在夜晚，火可以驱赶毒蛇。早晨来到的时候，珀拉就拿着一只大火把，一边走，一边不时地敲打它。火把的火星落在他走过的路上，这样，毒蛇就不能靠近他了。

有一天，下起了大雨，珀拉拿着的火把熄灭了。大雨中，突然涌来的大雨使河水上涨了。珀拉必须从河上过去。

"来呀，"他对妻子说，"我帮你过河。"

他妻子没有答应。他四下一看，妻子不见了。他喊了起来。

"我会回来的，"他妻子在水中回答，"我爸爸蒂拉不会再追你了。"

然而，毒蛇就想抓住珀拉，一直不停地追赶。珀拉想："我必须到一个蒂拉抓不到我的地方去。"

从那以后，谁也没有再看见他。可是，珀拉还是害怕毒蛇，在天空中行走的时候，他带着燃烧的火把从天的一端走到另一端。在那儿，你看不到珀拉，可是，在天空中，在他身后留下的一条很长很长、布满火星的路，却可以看见。后人把它叫作银河，然而那却是珀拉走过的路。

马尔杜克的故事

（巴比伦神话）

为了应对海神提亚玛特的挑战，淡水水域的诸神一致同意让埃阿的儿子马尔杜克担任他们的首领。

众神举行会议，给马尔杜克封赐荣耀。首先他们为马尔杜克建造了一个华美的御座，供他坐在上面发号施令。然后他们说："马尔杜克，你是神祇中举足轻重的大神。你的统治是无与伦比的，从今天起你的话具有至高无上的权威，你的圣谕永世长存。我们许诺你成为整个宇宙的统治者。"

说完，众神拿来一件袍服，放到马尔杜克面前，说："为了证明你的威力，让这袍服消失，然后让它再现。现在，显示一下你的威力有多大吧！"

于是，马尔杜克命令袍服："消失！"随着他的话袍服不见了。接着他又下令："出来！"袍服又完整地再现眼前。众神见他果然有无限神威，欣喜地叫道："马尔杜克是众神之王！"

然后众神又纷纷拿出各种武器献给马尔杜克，嘱咐他一定要杀死提亚玛特，并把她的血洒到无人知晓的地方，并祝愿他万事如意，得胜而归。

马尔杜克为自己制作了一张巨弓，并在弦上搭好箭，挂在腰边。他右手持狼牙棒，左手握一株解毒药草，身后还背着一张网，这是他捕缚提亚玛特用的。他的胸前安装着雷电，体内灌注进熊熊的火焰。随后，他把东西南北风置于前后左右，在这样的铜墙铁壁中，提亚玛特根本无法逃脱。

　　接着马尔杜克招来七种风，有恶风、旋风、飓风、四重风、七重风、龙卷风以及无与伦比的狂风，他让它们在水神提亚玛特的体内上下翻搅。他把四只猛兽——"摧残""冷酷""蹂躏"和"飞行"——套到自己那辆所向无敌的风暴车上，杀气腾腾的"打击"坐在他的右侧，所向披靡的"战斗"坐在他的左侧。这两只猛兽都长着尖牙利齿，上面滴着毒液。

　　最后，马尔杜克穿上使人胆寒的甲胄，戴上令人发怵的光环，又往嘴唇上抹了些红色唇膏，用来保护自己不受邪恶势力伤害。临行，他唤来引发洪水的暴风雨。一切准备就绪后，他出发去迎战狂怒不已的提亚玛特。

　　一见马尔杜克，提亚玛特的统帅金古顿生惧念，心神不安。金古的队伍无法面对马尔杜克身上的熠熠辉光，仓皇掉头逃遁了。而提亚玛特，也最终被收进网里。

　　紧跟着，马尔杜克放出了雷电，伴随着轰隆隆的雷声和闪耀的电光，提亚玛特被击毙了。

　　世界恢复了平静。从此，马尔杜克成为天空、海洋、陆地至高无上的神。

森林巨人

（挪威传说）

古时候，在古德布兰兹代尔有个叫瓦加的小农庄，庄上住着一对贫苦的夫妇。他们有很多孩子，其中两个儿子还没有成年。由于家境不好，这两个孩子不得不在乡村一带漫游乞食。因此他们熟悉所有的道路和小径，他们也知道到赫达尔的一条捷径。

有一天，他们要到赫达尔去。他们听说有几个猎鹰的人在麦拉搭了一个小屋，他们想在那里停留一下，看看小屋里的鹰，也看看他们怎么抓鹰。所以他们越过龙莫斯，打小路走过去。但这时已是晚秋时节，夏天在草原工作的挤奶女工已经回家去了，孩子们找不到避风雨的地方，也找不到食物，只得一直在通向赫达尔的路上走着。那是一条杂草丛生的羊肠小道，天又快黑了，他们迷路了，也找不到猎鹰者的小屋。不知不觉间，他们走进了比约尔斯塔德密林。他们找不到出去的路，就开始用带来的小斧子砍树枝生起火来，同时用松树枝给自己搭了一个掩蔽处，并搜集杂草和苔藓，铺成一张床。

他们躺了一会儿以后，听见有什么东西在用鼻子很响地呼吸。孩子们全神贯注地听，想搞清楚来者是一只野兽呢，还是一个森林巨人。不久，鼻子喷气的声音更响了，那东西说："我闻到了基督教徒的血腥气味！"

接着他们听见那东西走路时的沉重脚步声，以至于他脚下的土地在震动。他们敢肯定，是巨人来了。

"快救救我们啊！我们现在该怎么办呢？"小男孩对他哥哥说。

"噢，你就待在你现在站着的枞树下面。你准备好，看见巨人来了，就拿着袋子逃命。斧子我来拿。"哥哥说。

正说着，他们看见三个巨人冲过来了。巨人很大、很高，他们的头和枞树的顶相齐。但是他们三个巨人只有一只眼睛，他们轮流使用这只眼睛。每一个巨人的额头有一个放眼睛的洞，巨人用手来操纵眼睛。走在前面的巨人必须有这只眼睛，走在后边的则拉着前面的巨人。

"快跑，"大孩子说，"但是要注意情况的变化，不要跑得太远。既然巨人的眼睛很高，我跟在他们后面，他们很难看到我。"

于是弟弟就往前跑，巨人就在他后面追。这时候，哥哥跑到巨人们的后面，用斧子猛砍最后一个巨人的脚踝，使他发出可怕的尖叫声。第一个巨人吓得跳了起来，他的眼睛掉到地上，男孩子赶紧把它捡了起来。这只眼睛比两个锅盖还要大，它非常清澈。虽然周围是漆黑的，但用这只眼睛来看东西时，黑夜如同白昼一样明亮。

巨人们发现男孩拿走了他们的眼睛，而且还伤害了他们中的一个，他们开始威胁男孩，说："假如你不立即归还我们那只眼睛，你会遭到各种各样的灾祸。"

"我不怕巨人，也不怕你们的威胁，"男孩说，"我现在一个

人有三只眼睛，而你们三个人一只也没有。况且你们两个还要搀扶着第三个巨人。"

"如果你不立刻归还我们的眼睛，我们要把你变成木棒和石头！"巨人们吼叫着。

但男孩不慌不忙，他说他既不怕恐吓，也不怕妖术。如果他们不肯走的话，他就要用斧子砍他们三个人，要他们沿着山岭爬行，像蠕动的爬虫一样。

巨人们听到这话，害怕起来，开始换一种口吻讲话。他们用温和的口气恳求说："如果你把眼睛还给我们，你可以得到金子和银子，以及你想要的任何东西。"好，男孩想，这是很好的事情，但是他首先要拿到金子和银子。于是他说："如果你们中的一个回家去拿很多的金子、银子来装满我和我弟弟的袋子，另外还给我们兄弟俩两把很好的钢做的弓，那么你们就可以得到这只眼睛。但是在这些事没有办到之前，我要保留这只眼睛。"

巨人们继续恳求说："没有眼睛可以看，我们当中没有一个人能够走路。"但是后来，他们中的一个开始喊叫一个老妇人，因为有一个老妇人照顾他们三人。过一会儿，从远远的北边的山上传来说话声。于是巨人们叫她带两把钢弓和两桶金银来。不久她就来了。当她看到所发生的事情时，她开始用妖术来威胁小男孩。但是巨人们更害怕了，告诉她要小心这个小男孩。老妇人害怕男孩会把她的眼睛也拿走，因此她把满桶的金子、银子和两把钢弓扔给男孩，然后她和巨人们大步走回山里去了。从此以后，没有人再听见过巨人们在赫达尔森林一带寻找教徒的事情。

赫拉克勒斯的故事

（希腊神话）

在赫拉克勒斯出生之前，宙斯曾当着众神宣布，珀修斯的长孙将统治其他的珀修斯的子孙们。这个荣誉本来是要给予他和阿尔克墨涅的儿子的。但是阴险的赫拉，为了不让她情敌的儿子得到这个荣誉，让同样是珀修斯孙子的欧律斯透斯比赫拉克勒斯提前出生，因此欧律斯透斯成了阿耳戈斯地区的密刻奈的国王，而后来出生的赫拉克勒斯则成了他的臣民。

欧律斯透斯担忧地注意到他年轻的手足声誉越来越高，于是像对待仆人一样派给他不同的工作去做。赫拉克勒斯不愿服从，宙斯于是命令他为阿耳戈斯的国王效力。但是赫拉克勒斯不愿意听命于人类，他来到得尔福请求神谕。神谕给了他这样的回答：被欧律斯透斯窃取的统治权会被神祇进行纠正，但是赫拉克勒斯必须完成欧律斯透斯要他做的十件工作，然后才可以升为神。

赫拉克勒斯由此陷入了深深的忧郁中：服从一个低微的人，这违背了他的自尊以及他的尊严；但是不听从他的父亲宙斯的话，会带来灾祸，而且也是不可能的。这时赫拉觉察到这点，并使他的烦闷转变为野性的暴怒。赫拉克勒斯变得疯狂了，他甚至想谋杀他所珍爱的侄儿伊俄拉俄斯。当他的侄儿逃跑时，他射死了墨伽拉为他生的儿子，因为他想象他是在射杀巨人。他疯狂了很久，直到他清醒过来，克服了所遭遇的巨大不幸。最终，时间缓解了他的苦闷，他决定接受欧律斯透斯安排的工作，并且来到了国王的领地提任斯。

赫拉克勒斯最初的三件工作

国王交给他的第一件工作是要他把涅墨亚狮子的毛皮带回来。这个庞然大物栖身于伯罗奔尼撒的森林里，人类的武器不能伤到它。有些人说它是巨人堤丰和巨蛇厄喀德那的儿子，还有些人说它是从月亮上掉下来的。

赫拉克勒斯出发到克勒俄奈去追捕狮子，在那里他受到了一个叫摩罗科斯的穷苦人的热情招待。他遇见摩罗科斯时，摩罗科斯正要为宙斯宰杀祭祀品。"好人，"赫拉克勒斯说，"让你的动物再多活三十天吧。那时如果我幸运地打猎归来，你再为宙斯宰它们吧。如果我死了，你把我作为长眠的英雄祭祀神祇。"

赫拉克勒斯继续出发，他背着箭袋，一手拿着弓，另一只手拿着用连根拔起的野生油树做成的木棒，这是他遇见赫利孔后同他一起拔起的。一天后，他到达涅墨亚森林，赫拉克勒斯用目光扫视各个角落，要在狮子发现他之前找到这个巨大的动物。中午时分，他没有找到涅墨亚狮子的足迹，也没有打听到通往它兽穴的小路,因为在森林里他没有遇到一个牧人,所有的人都由于害怕远远地躲在自己的农庄里。

　　整个下午他走遍了树叶茂盛的树林,他决定在他发现狮子时证实一下自己的力量。最后,黄昏时分,这只狮子顺着林间小道跑了出来,在狩猎之后返回到它的峡谷。它已经饱餐一顿血肉。赫拉克勒斯躲在茂密的灌木丛后,远远地看着,等到狮子靠近,就向它的肋骨和胯之间射了一箭。但是这一箭并没有射到肉里,就像射到石头上一样,箭被弹了出来,落到长满苔藓的地上。狮子向上抬起了它血淋淋的头,转动眼珠四处寻找,并且张开大嘴露出可怕的牙齿。现在它的胸部正对着半神人赫拉克勒斯,于是他很快向它的心脏中心射出第二支箭。但这一次又没有伤害到它,箭被弹了出来落在巨兽的脚下。当狮子看到赫拉克勒斯时,他马上又向它射出第三支箭。狮子把它的长尾夹在两腿之间,脖子因恼怒而肿胀,它的鬃毛竖了起来,背部弓起,跳向它的敌人。赫拉克勒斯扔掉手中的箭和背上的兽皮,右手挥动着木棒打向狮子,当它从地上跳起一半时他击中了它的脖子。在它开始喘息之前,赫拉克勒斯抢先冲了过来,他扔掉弓和箭袋,腾出手从后面扑向狮子,用手臂勒紧它的咽喉,直到它窒息而死。狮子可怕的灵魂回到冥王哈得斯那里。

　　赫拉克勒斯试了很久要把狮子的皮剥下来,可是它的皮不会被铁器和石器所伤,最后他终于想到用狮子自己的利爪来剥。狮子的皮被剥了下来。后来他用这张狮子皮给自己做了面盾,用它的上下颚给自己做了一个新的头盔。现在他穿起他来时的衣物,带着武器,把涅墨亚狮子皮扛在肩上,回提任斯去了。

当他回到正直的摩罗科斯的家时，正是第三十天。当英雄进入农庄时，摩罗科斯正准备祭祀赫拉克勒斯。现在他们一起祭祀宙斯。之后，赫拉克勒斯高兴地与他们告别。当国王欧律斯透斯看到他带着这可怕的动物的皮归来时，赫拉克勒斯非凡的神力把他吓得躲在一口锅里，他通过科普柔斯把命令传达给城外的赫拉克勒斯。

英雄的第二件工作是杀死许德拉，许德拉正是堤丰和厄喀德那的女儿。它来到陆地上，撕碎牲畜，使田野成为荒野。许德拉是一条非常巨大的九头蛇。赫拉克勒斯勇气十足地面对这次战斗：他马上架车和他的侄子伊俄拉俄斯向勒耳那出发。

终于他们在阿密摩涅河的源头发现了许德拉，那是它的洞穴。赫拉克勒斯让伊俄拉俄斯勒住马，他跳下车点燃箭，想把九头蛇从它的洞中逼出来。果然许德拉喘着气冲了出来，它摇摆着九条细长的脖子，就好像狂风中摇摆的树枝。赫拉克勒斯无畏地向它走去，用力抓住它。但它却缠住他的一只脚，不打算正面交战。赫拉克勒斯试着用木棍打它的头，但是没有成功。因为打掉了一个头，许德拉就又长出两个头。赫拉克勒斯叫伊俄拉俄斯来帮忙，伊俄拉俄斯用烧着的树枝点燃附近的树木，以火焰烧灼巨蛇刚刚生出来的头，使它不能长大。最后，赫拉克勒斯砍下了许德拉传闻中不会死去的头颅，把它埋在地里，并推了块巨大的石头压在上面。他把许德拉的躯干分为两段，并把他的箭浸在它有毒的血液中，从此以后他射中的敌人无药可治。

欧律斯透斯的第三项任务是要他生擒刻律涅亚山的赤牝鹿。这是一只非常漂亮的动物。它有金色的鹿角和铜蹄，在阿耳卡狄亚的山上吃草。它是女神阿耳忒弥斯狩猎练习时捕获的五只鹿之一，只有它被留在森林中，因为命运女神决定赫拉克勒斯要辛苦地追逐它。他追逐它整整一年，经过许珀耳玻瑞俄和伊斯忒耳河的源头，终于在拉冬河附近追到了它。因为没有别的办法可以抓住它，所以他用箭使它瘫倒在地，并把它背起来。在那里他遇到了女神阿耳忒弥斯和阿波罗。他们责备赫拉克勒斯要杀死她的祭祀物，并想夺走赫拉克勒斯的猎物。赫拉克勒斯为自己辩护说："我不是故意这样做的，伟大的女神，我是被逼无奈，否则怎样才能完成欧律斯透斯的任务呢？"他平息了女神的愤怒，带着被生擒的牝鹿回到密刻奈。

赫拉克勒斯的第四、五、六项任务

紧接着他开始执行第四项任务：活捉厄律曼托斯山的野猪。它同样是阿耳忒弥斯的祭祀物，厄律曼托斯一带的地方一直受到它的祸害。在他开始这次冒险的路上，他遇到了西勒诺斯的儿子福罗斯，他同所有马人一样是半人半马，对待客人十分友好，会把烤肉给客人吃，虽然他们自己吃生肉。但赫拉克勒斯向他要求美酒来佐食这顿佳肴。"亲爱的客人，"福罗斯说，"在我的地窖里正好有一桶酒，但它属于所有的马人，我不敢打开它，因为我知道，其他马人们不喜欢客人。""勇敢地打开它，"赫拉克勒斯回答，"我向你保证，我保护你不受任何人攻击，我现在很渴。"

这桶酒原是交给一个马人看管的，并命令他不要自己打开，直到一百二十年后赫拉克勒斯来到这个地方。现在福罗斯走到地窖，他刚刚打开酒桶，所有的马人都闻到了这桶陈年葡萄酒的香味，他们蜂拥而来，向福罗斯的洞中扔石块和树枝。第一个冒险闯入者被赫拉克勒斯用燃烧的树枝赶了出来。他边射箭边追赶其余的马人，直追到赫拉克勒斯的老朋友——善良的马人喀戎居住的玛勒亚半岛。马人们逃到喀戎这里，赫拉克勒斯弯弓向他们射了一箭，箭穿过另外一个马人的肩膀，不幸地射中喀戎的膝盖，钉在那里。现在赫拉克勒斯认出了他童年时的朋友，他关心地跑上前去，把箭拔出来，给他敷药，那药正是精通医药的喀戎亲手送给他的。但是由于箭在许德拉的毒血里浸过，所以伤口是不可治愈的。马人要他的兄弟们把他抬到他的洞中，希望在好朋友的怀中死去。可怜的喀戎忘记他是不死的。赫拉克勒斯挥泪告别被痛苦折磨的马人，并向马人许诺，他会不惜任何代价要求死神——苦难的解脱者到这里来。

　　当赫拉克勒斯和其他马人回到他朋友的洞穴中时，他发现福罗斯死了。这是因为福罗斯把一支致马人于死地的箭拔出来，一边疑惑为什么区区一支箭会射死这样巨大的生物。而这支有毒的箭从他的手中不慎滑落下来，刺伤了福罗斯的脚，毒发后福罗斯立即毙命。赫拉克勒斯非常悲伤，他为福罗斯举行了隆重的葬礼，将福罗斯埋在大山下面，后来这座山就被称为福罗山。

　　赫拉克勒斯继续出发，寻找野猪。他大声叫喊，把它从茂盛的灌木丛中赶出来，跟着它爬进雪山，他用绳索套住这头野猪，把它活着带到密刻奈，完成了他的使命。

国王欧律斯透斯派他去做第五项任务，一件英雄不屑去做的工作。他需要在一天内把奥革阿斯的牛棚打扫干净。奥革阿斯是厄利斯的国王，他拥有非常多的牛，他的牛分年龄在宫殿前面用篱笆围起来，这三千头牛已经被养了很长时间，牛粪也就堆积得很高。赫拉克勒斯要在一天内完成这个不可能完成的工作。

而当这个英雄站在奥革阿斯面前，自愿提出这个请求时，他没有提及欧律斯透斯国王的命令。奥革阿斯打量这个披着狮皮、有着健美身材的人，想到如此一个高贵的战士愿做奴隶做的工作，就忍不住要笑出来。但他又想，重赏之下必有勇夫，也许他来做这事是贪图厚利。他想，给他重赏是无妨的，因为在一天内将牛棚打扫干净，这是无论何人都不能做到的。因此，他安慰赫拉克勒斯说："听着，外乡人，如果你能够在一天内把所有的牛粪打扫干净，我将把牛群的十分之一赏给你。"

赫拉克勒斯接受了这个条件，国王以为他将开始挖粪，但赫拉克勒斯先叫来奥革阿斯的儿子费琉斯为此作证，然后在牛棚的一边挖了条沟，让阿尔甫斯河和珀涅俄斯河通过沟渠流进来，把牛粪冲掉，通过另一个出口流走。他就这样完成了这个侮辱性的工作，而且没有降低自己的身份去做一个神祇不屑做的淘粪工。

当奥革阿斯得知赫拉克勒斯是奉欧律斯透斯的命令来完成这件事时，他拒绝付酬金，并且否认他曾许下的诺言。但他解释说，他准备让法官来解决此事。当法官开庭裁判时，费琉斯出庭作证反对自己的父亲并且解释说，在赏金上他父亲确与赫拉克勒斯达成协议。奥革阿斯不等结果宣判，就在盛怒之下命令儿子放弃自己的地位和财富，让他如外乡人一样离开。

经历了这次新的冒险，赫拉克勒斯回到欧律斯透斯那里。但欧律斯透斯却宣布他这次的工作无效，因为赫拉克勒斯从中获得了报酬。于是他马上派赫拉克勒斯去开始第六次冒险，即驱赶斯廷法罗斯湖的怪鸟。这是一群硕大的隼鹰，像鹤一样大，有着铁翼、铁嘴和铁爪。它们栖身于阿耳卡狄亚的斯廷法罗斯湖边，它们的羽毛可以像箭一样射出，它们的嘴可以啄穿铜盾。它们在那里伤害了许多人畜。

赫拉克勒斯在经过短暂的旅程之后到达了湖边的树林。在这片树林里他刚好遇到一大群怪鸟，它们正在逃避狼群的袭击。赫拉克勒斯无助地站在那里，他望着这些怪鸟，不知该如何对付这一大群敌人。他感到有人轻轻地拍他的肩，回头一看，是雅典娜。她给他两面坚硬的铜钹，这是赫菲斯托斯为她铸造的，是专门用来对付斯廷法罗斯湖的怪鸟的。赫拉克勒斯爬上湖边的一个小山上，敲击铜钹吓唬怪鸟们。它们由于忍受不了这种刺耳的呼啸声，恐惧地飞出树林。赫拉克勒斯抓起弓，一箭箭地将它们从空中射下来。逃走的怪鸟则离开这个地方，不再回来了。

赫拉克勒斯的第七、八、九项任务

克里特的国王弥诺斯曾对海神波塞冬许诺，将海中最先浮出的东西祭献给他，因为他强调自己没有一头值得献给这样一个高贵的神的动物。波塞冬要考验一下他，就让一只美丽的牛浮出海面。弥诺斯把这只体形美丽的牛藏在自己的牛群里，用另一只牛来祭祀海神。海神因此非常愤怒，作为惩罚，他让这只牛发病，并在克里特岛上造成巨大的混乱。赫拉克勒斯的第七项任务就是驯服它，并把它带给欧律斯透斯。

当赫拉克勒斯带着这个命令来到弥诺斯这里，弥诺斯对可以除去这个破坏者感到非常高兴。他亲自帮助赫拉克勒斯去捕捉这只发狂的动物。欧律斯透斯对这个工作结果十分满意，虽然在满心欢喜地看过这只动物后就把它给放了。当这只牛感到赫拉克勒斯不再控制它后，它又开始发狂。它跑遍了整个拉科尼亚和阿耳卡狄亚，通过海峡跑到阿提卡的马拉松，把这里破坏得像以前的克里特岛一样，一直到很久以后忒修斯才又驯服了它。

赫拉克勒斯的第八项任务是要将特拉刻的狄俄墨得斯的牝马带回到密刻奈。狄俄墨得斯是阿瑞斯的儿子，他是好战的比斯托涅斯族的国王。他拥有这些狂野强壮的牝马，它们被人用铜槽和铁链锁住。它们的饲料不是燕麦，而是来到城堡的不幸的外乡人。他们被扔到马槽里，牝马以他们的肉为食物。当赫拉克勒斯来到这里时，他首先抓住这个凶残的国王，把他扔进马槽里，然后制服了马厩中的看守者。牝马们饱餐之后，变得驯服了。赫拉克勒斯于是把它们赶到海边。但是比斯托涅斯人拿着武器追了过来，赫拉克勒斯只得转身与他们战斗。赫拉克勒斯把这些牝马交给他的最好的朋友和追随者阿布得洛斯看守，他是赫耳墨斯的儿子。当赫拉克勒斯把比斯托涅斯人打跑返回时，他发现他的朋友已经被牝马撕裂了。他深深地哀悼阿布得洛斯，并为纪念他建立了阿布得洛斯城。然后他再次驯服牝马，平安地把它们带给欧律斯透斯。

第九项任务是对抗亚马孙人。他的这次新冒险是要把亚马孙人的女王希波吕忒的腰带带给欧律斯透斯的女儿阿特梅塔。亚马孙人住在蓬托斯的忒耳摩冬河畔。这是一个女人国，她们买卖男人，并且只养育她们的女儿。她们成群结队地去作战，希波吕忒是她们的女王。她戴着战神亲自送她的腰带，以显示她的荣耀和勇武。

赫拉克勒斯召集一些自愿前往的战友到一条船上，在经过许多的冒险后，他们到达了亚马孙城的忒弥斯库拉海港。在这里亚马孙的女王遇到了他，英雄的美貌引起了她的注意。当她探听到他来此的目的时，她答应把腰带给他。但是赫拉——赫拉克勒斯的不可调解的敌人变成亚马孙人的样子，混在其他人中间，传播谣言，说有个坏人要拐走她们的国王，结果立刻所有的人都骑上马到城外对赫拉克勒斯进行攻击。普通的亚马孙人和赫拉克勒斯的随从战斗，高贵的亚马孙人与赫拉克勒斯本人进行艰苦的战斗。第一个开始与他战斗的战士叫作埃拉，她以快速著称。但她发现赫拉克勒斯比她还要快，她不得不屈服，并在逃跑时被他抓住杀死。第二个敌人刚与他交手就倒下了。第三个叫普洛托厄，她曾在两人决斗中七次获胜。在她失败后，又有八个人倒下，其中三个曾在阿耳忒弥斯的狩猎中取胜。阿尔喀珀，她曾经发誓终身不嫁，也战死了。此后亚马孙人的首领墨拉尼珀也被捉住，赫拉克勒斯捉住了所有的逃跑者，女王希波吕忒把腰带交了出来，就像她在战前许诺过的那样。赫拉克勒斯把它当作赎金放了墨拉尼珀。

赫拉克勒斯的最后三件工作

当赫拉克勒斯把国王希波吕忒的腰带放到欧律斯透斯的脚下时，欧律斯透斯不允许他休息，而是命他马上出发，把巨人革律翁的牛带来。在伽得伊剌的海湾边一个名叫厄律提亚的岛上有一头漂亮的棕红色的公牛，这头牛属于巨人革律翁。公牛由另一个巨人和一只两头狗来看守。革律翁长得无比巨大，有三个身躯，三个脑袋，六条胳膊和六只脚，还没有一个人敢向他挑战。

赫拉克勒斯为这次艰巨的工作做了许多准备。他要与著名的伊柏里亚国王克律萨俄耳，也就是革律翁的父亲作战。除了革律翁，还有克律萨俄耳的三个儿子与他作战，每个儿子都拥有由好战的男人们组成的人数众多的军队。由此可以看出，欧律斯透斯交给赫拉克勒斯每项任务时，都希望他憎恶的这个人的生命能够在恶战中结束。

但是赫拉克勒斯并不惧怕所面对的危险，就像先前一样。他在克里特岛上集结好他的军队，这个岛是他从野兽的利爪中解放出来的。他们首先到达利比亚，在这里他与该亚的一个巨人儿子安泰俄斯格斗。安泰俄斯一触摸到大地——他的母亲，他就可以重新恢复力量。赫拉克勒斯用强有力的手臂将他抱起，并把他举起来，在空中把他扼死。赫拉克勒斯把食人的猛兽从利比亚清除干净。在他完成的任务中，他遇见的都是由这些野兽和邪恶的人

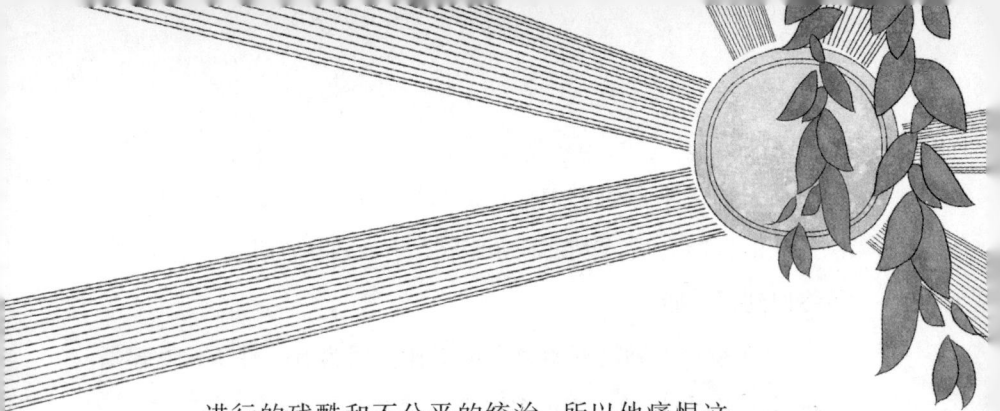

进行的残酷和不公平的统治，所以他痛恨这些野兽和邪恶的人。

经过长时间的跋涉，赫拉克勒斯来到了大西洋。在这里他竖起了两根石柱，这就是后来的赫拉克勒斯石柱。

太阳在可怕地燃烧着。赫拉克勒斯不能忍受，他瞄准天空，弯弓搭箭威胁要把太阳神射下来。太阳神钦佩他的勇气，借给他一只金碗让他可以继续前进，太阳神每晚用它从地面回到天上。赫拉克勒斯用这只碗和他的同伴们向对面的伊柏里亚航行。

在这里他发现了克律萨俄耳的三个儿子和三支庞大的军队，三支军队都在相距不远处扎营，但赫拉克勒斯只用两次战斗就杀死了他们的统帅，征服了这片土地。

然后他来到了厄律提亚岛，革律翁和他的牧群居住在这里。当那头两只脑袋的狗发现赫拉克勒斯的到来时，它想逃跑。但赫拉克勒斯还是用棒子打死了它。牧牛的巨人看到狗被打死，上来援助，也被赫拉克勒斯打败。赫拉克勒斯绑住那头牛，但是革律翁抓住他不放，于是他们开始一场恶战。赫拉现身亲自帮助巨人，但赫拉克勒斯一箭射中她的胸部，女神也被吓走了。他射出的第二箭射中巨人的身躯，杀死了他。在经历了各种各样的冒险之后，赫拉克勒斯带着牛经过伊柏里亚、意大利，最终回到了希腊。

现在赫拉克勒斯开始第十项工作。因为有一件工作欧律斯透斯不承认，所以他还要再多完成一些工作。

很久以前，在宙斯和赫拉举行婚礼时，所有的神祇都带着礼物献给他们，就连地母该亚也不落后，她从海洋西岸带来一颗长满金苹果的树。夜神的四个女儿赫斯珀里得姊妹看守着这个有金苹果树的圣花园，此外还有生着上百个头的巨龙拉冬也守在那里，它永远不睡觉。它的每个咽喉都发出不同的声音，所以一听到声音就知道它在附近。

欧律斯透斯的命令就是让赫拉克勒斯摘圣花园的金苹果。这个半神人踏上了漫长而又危险重重的旅程。首先他到达了巨人忒墨洛斯居住的忒萨吕，忒墨洛斯遇到赫拉克勒斯，他要用坚硬的脑壳撞死半神人，但是赫拉克勒斯的脑壳把巨人的头撞得粉碎。接着，在厄刻多洛斯河，英雄碰到了另一个怪物，阿瑞斯和皮瑞涅的儿子库克诺斯。当赫拉克勒斯向他询问去赫斯珀里得姊妹的花园的路时，库克诺斯向这个过路人挑战，但被赫拉克勒斯杀死。这时阿瑞斯现身，战神要亲自为被杀死的儿子报仇。赫拉克勒斯被迫同他开战，但是宙斯不愿意他的儿子们自相残杀，一道闪电突然在他们中间炸响，把他们分开了。

赫拉克勒斯继续前进，经过伊吕里亚，跨过厄里达诺斯河，遇到宙斯和忒弥斯的女儿们，她们就住在这河岸上。赫拉克勒斯向她们打听去赫斯珀里得花园的路。"去找老河神涅柔斯，"她们回答，"他是个先知，知道许多事情。在睡觉时袭击他，绑住他，这样他会被迫给你指出正确的方向。"赫拉克勒斯听从这个建议，制服了河神，虽然他像往常一样变换为不同的形象。他抓住河神不放，直到打听出赫斯珀里得的金苹果树花园在什么地方。英雄继续向利比亚和埃及进发。

在埃及，那里发生了严重的饥荒，波塞冬和吕西阿那萨的儿子波西里斯统治着那里。先知对他预言，如果每年为宙斯杀死一个异乡人可使贫瘠变为富饶。波西里斯为了感激他的神谕，先把这个先知杀掉。渐渐地这个野蛮人喜好上这种行为，把所有到埃及的外乡人都杀死。所以赫拉克勒斯也被抓起来，拖到宙斯祭坛前。英雄挣断绳索，把波西里斯、他的儿子和祭司撕成了碎片。

经历了另一些冒险后，赫拉克勒斯终于到达了阿特拉斯背负着天的地方，这里离赫斯珀里得看守的金苹果树很近。普罗米修斯建议他不要自己去抢金苹果，而是让阿特拉斯去摘它。而赫拉克勒斯自己则替阿特拉斯背负天空。阿特拉斯同意他的办法，于是赫拉克勒斯用强有力的肩膀负起了天空。阿特拉斯诱使巨龙盘在树下睡觉，并杀死了它，然后骗过了看守者们，摘下了三只金苹果，平安地带给赫拉克勒斯。这时，阿特拉斯说："我的肩膀头一次感到没有黄铜天空的负担，我不愿再扛着它了。"他把苹果扔到赫拉克勒斯脚下，让他继续背负着不能忍受的重负。

赫拉克勒斯必须想个对策来获得自由。他对阿特拉斯说："让我往头上绑团棉花，不然我的脑袋就会被这可怕的重物压碎了。"阿特拉斯认为这是个合理的要求，就又接过了重负。他想用不了一会儿，自己就不用背天了。但要等到赫拉克勒斯重新接过重负，他就要一直等下去。这个骗子也被骗了。赫拉克勒斯从草地上捡起金苹果，把它们带给欧律斯透斯。欧律斯透斯以为他会因此丧命，但赫拉克勒斯却没有死，于是就把金苹果赐给了赫拉克勒斯。而赫拉克勒斯把它们供给雅典娜，但女神知道这些圣果是不可以放到别处的，就把金苹果又带回到赫斯珀里得的花园。

最后一次冒险，狡诈的国王让英雄到他的英雄力量无法施展的地方去完成任务：与地府的黑暗力量搏斗。国王要他把冥王哈得斯的看门狗刻耳柏洛斯从地府里带出来。这只怪物有三个头，每张可怕的嘴都流着毒涎。它的头和背上的毛盘着咝咝作响的毒蛇。

赫拉克勒斯为了给这次可怕的行程做准备，来到了厄琉西斯城，在那里，一个见闻广博的祭司向他透露了上天和地府的秘密。赫拉克勒斯带着神秘的力量来到伯罗奔尼撒的泰那戎城，在这里他找到了地府的门。由灵魂的陪伴者赫耳墨斯引导，他下到幽深的山谷里，来到冥王哈得斯的城堡，即普路同的地府之城。那些在哈得斯城门前悲惨徘徊的阴魂们，一看到活生生的有血有肉的人就逃跑了，只有墨杜萨和墨勒阿革洛斯的灵魂敢驻足。赫拉克勒斯想用剑杀死他们，可是赫耳墨斯拉住他的手臂，告诉他，这些灵魂只是空壳，剑无法伤到他们。半神人同墨勒阿革洛斯的灵魂友好地谈话，并答应他向他在人间的亲爱的姐姐问候。

在快到哈得斯大门时，他看到了朋友忒修斯和庇里托俄斯。忒修斯是陪庇里托俄斯到地府向珀耳塞福涅求婚的。而这两个人由于这次狂妄的大胆行为而被普路同锁在他们休息的大石头上。当他俩看到好朋友时，向他伸出求助的手，颤抖地期望着可以依靠赫拉克勒斯的力量，重新回到上面的世界。赫拉克勒斯抓住忒修斯的手，解开他的锁链，把他扶起来。当他要释放庇里托俄斯时，却失败了，因为他脚下的地面开始摇动，无法打开锁链。

冥王哈得斯站在死亡城市的门口，挡在那里。但英雄的箭却射穿了他的肩膀，他感到死亡般的疼痛。当赫拉克勒斯请求他把看门狗交出时，他很快答应了。但他有一个要求，赫拉克勒斯必须不用武器去制服这只狗。于是赫拉克勒斯只穿着胸甲，披着狮子皮，去找寻这只怪物。他发现它蹲坐在阿刻戎的门口。他不管它的三个如钟一样大的头发出如雷声般的狂吠，用胳膊抱着它的脖子，腿夹住三个头，不让它跑掉。怪物的尾巴是条活着的蛇，它扑到前面，咬他的身体。他任由怪物咬他，死扣住它不放，直到把这个难以驾驭的怪物驯服。于是他举起它，通过阿耳戈利斯的特洛——那儿有地府另一个出口，他又平安地回到了人间。

这只狗看到地上的阳光，恐惧地开始口吐毒涎，于是这里长出了有毒的乌头树。赫拉克勒斯马上锁住它，把它带到提任斯。当这个怪物被带到欧律斯透斯面前时，他惊讶得不敢相信自己的眼睛。他这才相信除掉他所恨的赫拉克勒斯是不可能的，这是命运的安排。最终，国王听从了命运的安排，并让赫拉克勒斯把恶狗带回地府。

我为自己读书

青少年 四堂 必修课

把自己变成想要的样子

刘锋 —— 著

北京时代华文书局

致广大青少年读者朋友

　　青少年，谁不对未来充满期待？谁不憧憬着自己美好的人生？

　　然而，究竟怎样才能使自己健康地成长？怎样才能使自己能够真正地实现人生精彩的目标？

　　美国有位老人。一生事业成功，曾创办了十多家企业，还担任过州议员。当人们向他请教人生的秘诀时，他说："人的一生，没有了爱情，只是失去了十分之一；没有了健康，只是失去了一半。但如果没有了梦想，你就失去了一切。什么都可以没有，但不能没有梦想。

　　梦想，就是人生追求的方向。成就梦想，就是不断地激励自己在困境中奋斗，在挫折中前行。青少年正值花季，人人都怀揣着不同的梦想，要实现很多的愿望。然而，今天的青少年，当自己被不断花样翻新的电子产品包围时，是否想过未来之路该怎样走？当自己正被充满刺激的网络游戏诱惑时，是否想过自己的人生谁来做主？当自己正为日益加重的成长压力苦恼时，是否想过今天的奋斗究竟是为了什么？

　　如果此时此刻你还没有想好答案，还不知道如何规划自己的未来人生，那么，不妨抽出时间仔细阅读一下这套《我为自己读书：青少年四堂必修课》丛书，也许你能从中找到自己最想要的理想答案。

　　《我为自己读书：青少年四堂必修课》，是一套专为青少年成长与成才量身定制的励志图书。整套丛书共分四个分册，从不同的角度为青少年成长答疑释惑，为青少年成才加油鼓劲，为青少年规划远大前程提供有益的人生指导和精神帮助。

作为《我为自己读书：青少年四堂必修课》丛书的分册之一，《把自己变成想要的样子》一书侧重于青少年美好品德的修炼，旨在指导青少年从学会做人起步，为未来的成才奠定品德基础；从自我修炼开始，为人生的成功积聚人格资本。这能够帮助广大青少年避免在内心空虚中迷失自我，在品格缺位中误入歧途。

整套丛书，寓情于理，以一个个朴实深刻的道理，为青少年拨亮心灯，点燃梦想；以一个个真切动人的故事，让青少年心灵触动，产生震撼；以一个个实用可行的方法，让青少年励志奋进，受益终生。

编辑出版这套丛书的目的，是帮助青少年都能乘上英才成长的直通快车，让我们国家未来涌现出更多更强的英才，让今日的青少年都能成为民族未来的中流砥柱。真诚希望这套丛书能为广大青少年的健康成长与未来成才提供帮助。

著　者

2018 年夏

$Contents$

目录

第一章

真诚待人，筑固人生之本 ▶

第二章

选择善行，拥有一颗善良的心 ▶

第六章

做谦谦君子，培养谦让品格 ▶

第七章

宽容显大爱，大度对待他人 ▶

第十一章

尊师如亲人，真诚地热爱老师 ▶

第十二章

友爱写真挚，重视同学友谊 ▶

真诚待人，筑固人生之本

　　真诚赋予一个人公平处世的品格。一个真诚的人，因为有正义公理作为后盾，所以能够无畏地面对世界，并得到大多数人的信赖，进而拥有灿烂的人生。而一个虚伪作假的人，只能骗人一时，而最终会被众人所抛弃。每个青少年朋友都有美好的理想，渴望取得成功。我国古代圣贤说，"敦厚之人，始可成大事"。这就是说，忠厚真诚的人才是可以信任的人，才可以成就大事。

诚实是为人之本

所谓诚实就是不弄虚作假，不搞阴谋诡计欺骗他人。诚实既是中华民族的传统美德，又是世界各国公认的优秀品质。

大家都听过《狼来了》的故事，不诚实的人连性命都保不住，还谈得上会有什么别的作为？

诚实乃为人之本，具体来讲表现在以下四个方面：

其一，诚是真善美的高度统一，它是做人的根本，也是一切德行的基础和根本。

其二，由诚而善，不仅对自身有好处，而且还可以由于自己的诚实感化、影响他人，使他人也能够诚实善良。

其三，诚实不仅是德、善的基础和根本，也是一切事业得以成功的保证。

其四，诚实也是最健康的心态，它能给人带来巨大的精神快乐。孔子说，君子坦荡荡，小人长戚戚。

温馨提示
WENXINTISHI

诚实是每个人为人处世的道德之本，是中华民族的传统美德。诚实的青少年会给他人一种踏实感、亲切感，从而广为人们所接受，为成就美好的人生铺平道路。

诚实的品质无比珍贵

诚实犹如埋藏在泥土里面的种子，谎言犹如枝头上妖艳的花朵。虽然谎言能给人暂时的美感，但它的枯萎是不可避免的，而诚实则会在泥土里生根发芽。

在商业经营上，诚实的表现是给足尺寸，不缺斤短两，样品真实，服务周到，严格履行责任。诚实是一个经商者必须具备的品格。

乔治·韦奇伍德是美国一个具有真正的诚实精神的日常用具制造商。虽然他出身低下，但他在尽全力做好工作之前，从不自满。他尤其看重工作的质量，看是否满足别人的需要或受到别人的欣赏。这是他工作的力量和事业成功的源泉。他对低劣的产品无法忍受。如果做出的东西不符合他的设想，他就会挥起棍子把器皿打碎并扔掉，嘴里还说"这不是乔治·韦奇伍德做的"！正是因为他的这种为顾客着想的诚实精神，使他受到了广大消费者的信任。如今，他已将过去的一个小作坊式的工厂发展为一家年赢利数千万美元的大企业。

社会上有不少人认为，欺骗、说谎话是一种有利的行为。有些人甚至以为，在商场中，欺骗的手段与资本运营一样，是必需的。他们相信，在言行一致的同时想要在经营上得到大的成功，实在是很难的。

当我们的社会进入竞争经济时代的时候，很多人的信用观念早已不复存在。人们开始玩小聪明，耍歪手段；羡慕阴谋诡计，弄虚作假；崇尚无原则办事，投机倒把……一时间，大街小巷皆见教人智谋，中学大学频见捧读厚黑韬略，大商小贩倾心坑蒙拐骗。在一个信誉被肆意践踏、真诚渐被抛弃的年代，人们无不为失去这些而扼腕叹息。正因如此，在今天，真诚尤其显得珍贵无比。

这些社会中的不诚实的现象令人可耻，青少年千万不能被这些现象所迷惑，认为社会就应当这样。那些不诚实的现象其实不过是一些唯利是图的人在社会上造成的一时浊流，他们最终将被社会所淘汰，弄虚作假者最终会吃大亏。因此，我们应该坚信，不为利动，没有私心，在任何情形下都有诚实的美誉，这才是一个人、一个社会的根本。

没有诚实品格的人是很危险的。那样的人在平时也许是愿意诚实的，但是一旦关系到自己的利益时，他们就要离开诚实，就会选择弄虚作假。

假的终究是假的，经不起事实的考验。欺骗手段可能会一时奏效，但远不如诚实更有用。以实为本，力戒虚伪才是青少年修身的根本。所以，世间不知有多少人会在日后觉悟到，欺骗的行为是不可靠的，是要失败的！

| 温馨提示 |
WENXINTISHI

没有诚实品格的人不会明白，在他们多得到一分小利的同时却损失了无价之宝。他们钱袋中的钱固然是有所增加了，但他们的人格却降低了！

真诚的人处处受欢迎

所谓真诚，就是不拘形式，不虚张声势，不矫揉造作。青少年处于成长的关键时期，培养真诚待人的品格显得尤为重要。

北宋词人晏殊参加殿试时看过试题后发现自己以前做过，便对宋真宗说："我十天前已经做过这个题目，而且文章草稿还保存着，请皇上换别的题目吧。"宋真宗非常喜欢晏殊的这种诚实，不仅赞赏了晏殊，而且还在晏殊及第之后重用他。

有一年，宋真宗允许臣僚们挑选旅游胜地举行宴会。各级官员都踊跃参加，连肆楼酒店也都设置帷帐以供宴会和旅行住宿需要。晏殊这时手头拮据，没钱出游，便独自居家与兄弟读书论理。一天，宋真宗挑选辅佐太子的官职，出人意料地在百官中选任晏殊。宰相问真宗用意，真宗解释说："我听说各级官员，无不游山玩水、大吃大喝、通宵达旦、歌舞不绝，唯有晏殊闭门与兄弟读书，如此谦厚，正可担当辅佐太子的重任。"晏殊听说后，便老老实实地向真宗说："我并不是不喜欢游乐吃喝，只是因为我现在没钱。如果有钱，这些旅游宴会我也会参加的。"宋真宗听后越发佩服晏殊的诚实，又因为晏殊懂得为臣之道，便越来越受到真宗的重用，到宋仁宗时，晏殊被任命为宰相。

学会真诚的办法很简单：别找借口，去掉虚伪。这样，你会发现原来自己和别人一样渴望交往，彼此的差异并不多，距离并不大。如果你是一班之长，你就不要只在老师面前毕恭毕敬，把你的想法不妨告诉你的同桌，尽管他只是一名普普通通的学生；如果你是一名学校的小名人，你就不要在意大多数同学的眼光，坦然和每个与你接触的同学交往，并把自己的学习经验和理想真诚地告诉同学；如果缄默是你一贯的作风，那么从今天起，你可以试着把你内心里的喜悲与你的朋友一起分享，不要再让他们觉得你难以捉摸又过于心思缜密，忽近忽远的。

在深圳的职场上，流传着这样一个故事：

一企业拟聘4名高级职员。经过口试、笔试选拔出来的佼佼者，由董事长亲自主持面试。

当一个青年走进考场，董事长仔细端详一番后，惊喜地说：

"是你……"董事长一下说出了这位青年的名字，并紧紧地握住了他的双手。

"原来是你！我找你好长时间了。"董事长激动地对另几位考官嚷道，"先生们，我来介绍，这位就是救我女儿的好心人。"不容分说，拉着他并肩坐到沙发上，然后接着说，"上次我带女儿到昆明湖划船，由于技术太差，女儿起身要换我位置，不小心掉进湖里，要不是这位年轻人搭救，我女儿可就没命了。真抱歉，当时只顾照看女儿，还没来得及道谢，他就走了。"

这位青年见董事长稍停了一会儿，马上说道："董事长先生，我以前从未见过您，更没救过您女儿……"

董事长一把拉住他说："你忘了？可我永远不能忘记：4月2日，昆明湖公园，一个脸上有黑痣的青年。看看，证据就在这里！肯定是你。"董事长指着他脸上的标记，满脸的喜悦和兴奋，充满着诚挚感激之情。

年轻人站起身来，严肃认真地说："董事长先生，我敢肯定是您弄错了，因为我确实没有救过您女儿。"

董事长听到这生硬坚定的辩驳，先是一愣，继而一喜，展颜笑道："年轻人，我很欣赏你的诚实。我决定，你被录用了。"

原来，这是总裁刻意导演的一场心理测试。他口头制造了一起"救人"事件，其目的是要考查一下求职者是否真诚。在这位求职者前面进来的几位，也许因为都想将错就错，乘机揽功，结果反被总裁全部淘汰了。而这位求职者却在面试的时候，成功地展示了自己真诚的美德，所以轻松地将自己带入成功。

信任，是建立友谊的桥梁。我们要想取得他人的信任，首先要信任他人，而不要总怀戒心，以为别人会坑害或利用自己。我们只要以热心、诚意来待人，别人对我们就不会冷漠不关心。北宋思想家程颐说得好："以诚感人者，亦以诚而应；以术驭人者，人亦以术而待。"对别人缺乏信任的人，便无法对他人流露出热忱，从而也无法使别人信任自己，而热忱与开朗，正是具有吸引力的气质之一。

　　朋友不会无缘无故地找到你，也不会无缘无故地与你成为知己。要得朋友，必须首先使自己成为一个比较容易被人欣赏的人，这种欣赏当然包括容貌、风度。但更重要的是一个人所表现出来的真诚。

| 温馨提示 |
WENXINTISHI

　　真诚的处事方式是人类生存和社会发展的重要精神力量。不矫揉造作，不找借口，去掉虚伪，这样方能使人与人之间的关系和睦，令人深感温馨。

真诚为人朋友多

　　青少年正处于人际交往的初始阶段，积累广泛的人脉对于未来的成长十分重要。但在与人交往中，必须记住要以诚待人。因为真诚是做人的基本品质，是人们相互信赖和友好交往的基石。每个人都喜欢同真诚正派的人打交道，与真诚正派的人交往。

　　真诚不仅对一个人的事业发展有所裨益，而且在人际交往中也大有帮助。因为只有真诚，才会使你交到真正的朋友，在复杂的人际交往中立于不败之地。倘想获得知己，必先以诚待人。把交友当经商般地经营，路遥知马力，日久见人心。

　　在与朋友交往的过程中，就是以诚相待，说实话，办实事，做老实人，对朋友不可虚情假意，也不可口是心非，切忌对朋友施小心眼，耍小聪明。当朋友真诚地与你交往，关心你、爱护你的时候，要以同样的真诚，甚至更多的真诚去回报朋友。滴水之恩，当以涌泉相报，这样才能以心换心，朋友之间的友情才会根深叶茂。

东汉时期，有一位名叫荀巨伯的人。一日得急信，说一位朋友得了重病。朋友远在千里之外，但荀巨伯还是决定去看望朋友。可是到了朋友所住的郡地时，却发现这里被胡人包围了。他只得潜入城里去看望朋友，朋友看到荀巨伯时非常高兴，但又忧虑地说："谢谢你在这个时候还来看望我。现在城已被胡人包围了，看样子是守不住了。我是一个快死的人，城破不破，对我来说已无所谓了。可你没有必要留在这里，趁现在还有时间，你赶快走吧！"荀巨伯听后责备朋友说："你这是说的什么话！朋友有福同享，有难同当，现在大难临头，你却要我扔下你不管，自己去逃命，我怎么能做这样不仁不义的事情呢？"胡人攻破城后，闯进他朋友的院落，见到安坐的荀巨伯，大发威风说："我们大军所到之处，所向披靡，你是何人，竟敢不望风而逃，难道想阻挡大军不成？"荀巨伯说："你们误会了，我并不是这城里的人，到这里只是来看望一个住在这里的朋友。现在我的朋友病得很严重，危在旦夕，我不能因为你们来，就丢下朋友不管。你们如果要杀的话，就杀我吧！不要杀死我这位已痛苦不堪、无法自救的朋友。"胡人听了这样的话非常惊奇，半晌无语。过了好一会儿，有一位头领看了看手中的大刀，说道："看来，我们是一群根本不懂得道义的人。我们怎么能在这个崇尚道义的国家里胡闯乱荡、为所欲为呢？走吧！"胡人竟因此而收兵，一郡得以保全。

且不说荀巨伯对待朋友的义气感化了胡人，保全了朋友郡地的安危，单就荀巨伯对待朋友的真诚本身而言，足以令人感动了。像这样以真诚的言行对待朋友的人，天下还有谁不愿意与其结交呢？朋友之间的友情怎能不深呢？

| 温馨提示 |
WENXINTISHI

唯有以诚待人，说实话、办实事的人，才能赢得他人的信赖，才能得到真正的友情。诚实的人永远不会吃大亏。

诚信为事业铺就成功之路

以诚相待，一诺千金。当朋友真诚地关心、爱护我们时，自己也要以同样的真诚去回报朋友。滴水之恩，当以涌泉相报。这样才会换得根深叶茂的友情常青树。

现在许多人好像喜欢运用巧诈的手段与人交往，其实，人际关系的基本原则，古今无多大差别。喜欢诈术的人，虽然能一时欺瞒别人，也能获得利益，但是，久而久之，就一定会露出马脚，失去别人对你的信赖的。最终可能不但获利难得，可能反而损失更大。拙诚的人也许不会一下子就抓住人心，但是时间一久，他的诚意就会逐渐深入人心，赢得大家的信赖，从而获得事业成功。所谓"路遥知马力，日久见人心"，诚信正是交友的重要原则之一。

交了朋友后，始终能保持一种积极的心态，也是非常重要的。假如有一个朋友很欣赏你，在各种场合、各种时候、各种情况下非常关心你和爱护你，而你只是很舒服、很感温暖地享受这份友情，却不懂得也应该以同样的真诚去回报他，那么这一段本来发展得枝繁叶茂的友谊，也许就会中途夭折。付出以心相许的情感，才能得到终生不渝的友谊。故古人云："百心不可得一人，一心可得百人心。"

经商有经商的规矩，游戏有游戏的规则，做人有做人的分寸，处世有处世的方圆，今天的我们扪心自问，我们的诚信可以轻易地抛弃吗？答案很简单，我们今天更需要诚信。

人们对台湾台塑集团董事长王永庆的成功很感兴趣，当被问及什么是他创造亿万财富的秘诀时，王永庆答道："我啊，其实长得也不英俊，最要紧的是诚信待人。如果你失去诚信，你周围的人迟早会离开你。一个企业不只是靠一个人，更要靠大家的力量。单单你一个人，再有能力也没有用。历史上项羽力能扛鼎，非常能打仗，但最后还是失败了。这就告诉你，一个人再有能力，也成不了事。你要以诚待人，有好的管理，有好的人员，有好的制度，每个人都帮你的话，你一定能成功。"

身为公司或企业的老板，如何使员工更卖力地工作是一件很重要的事。暂且不论公司的形式或体制，在老板的心里，保持着"请你这样做"这种诚恳的态度能使所有的员工更加勤勉。如果拥有一两万名员工，这样做还不够，必须有"请你帮我这样做"的态度；而拥有五万名员工时，就更要以"两手合起来拜佛"这种态度，否则部下很难发挥其优点而更卖力工作。

真诚是一切人性优点的基础，它本身要通过行动体现出来，要通过说话展现出来。它意味着值得信赖，能让人确信它是可信的。当人们认为一个人是可信的时候，他就是一个坦诚的人。也就是说，当一个人说他知道某件事时，他确实知道这件事；当他说他将去做某件事时，他的确能做而且做了这件事。因此，值得信赖是赢得尊重和信任的通行证。

在人与人的交往之中，在商场上、在同事间、在同学中、在夫妻间，诚信之天平无处不在衡量着每一个人的人格。讲究诚信的人，不仅会受到人们的欢迎和尊敬，而且事业容易一帆风顺；而不讲诚信者，必将遭到人们的唾弃，最终只能落得自悲自叹的下场。

| 温馨提示 |
WENXINTISHI

真诚是一笔无形的财富，它能够使你获得别人的尊重与认可，从而走向成功。因此青少年应真诚待人、真诚处世，做一个品德高洁的人。

选择善行，拥有一颗善良的心

　　善良的情感是人道主义精神的核心，是人性中最光辉、最美丽的阳光。

　　善良是一种智慧，是一种远见，是一种自信，是一种精神力量，是一种以逸待劳的沉稳，又是一种乐观向上的精神。没有良心的人不会拥有真正的幸福。过度地放纵会使他放弃寻找，过分地贪婪会使他的幸福得而复失。青少年要使自己成为对社会有价值的文明和高尚的人，就必须从小事上培养自己善良的理念，让善良伴随自己一生。

善良是人道精神的核心

　　善良的情感及其修养是人道精神的核心，青少年需早培养这种情感。瑞士教育家查尔斯·赫梅尔说："我们的星球，犹如一条漂泊于惊涛骇浪中的航船，团结对于全人类的生存是至关重要的。"为了人类未来的航船不至于在惊涛骇浪中颠覆，为了使青少年成为"地球之舟"合格的船员，我们要拥有勇敢、坚定、机智的美德，成为一个心灵丰富的人，懂得善良、同情、友爱、关怀。一个人假若没有善良，没有给予他人的真正发自肺腑的温暖与关爱，那么，他的聪明、勇敢、坚强、无所畏惧等品质越是卓越，将来对社会构成的危险就越可怕。

　　马宇歌是国内10多家媒体的小记者，父母均为国家普通公务员。她和许多同龄青少年一样，每天背着书包上学，课间和同学一道玩耍，放学后和同学一样回家做作业，有时还要帮妈妈做饭……她并不比别的孩子高大、早熟，也不比别的孩子多两只手或两只脚，她的时间也不可能比别的同学更多，但她却比同龄孩子走了更多的路，见了更多的人，做了更多的事，也有着更大的知名度。

　　2000年暑假她只身一人乘火车远行4000多公里，走过了小半个中国的城乡。在中国最权威的《人民日报》以及《中国教育报》等高层次报刊上发表过作品。她采访过的知名人士有数十位，其中有北京故宫博物院副院长单士元，我国著名航天技术专家、梁启超先生之子梁思礼，曾任国际奥委会第一副主席的何振梁……

　　这位知名的小记者在学校里表现出善良的品质。只要班上有请病假的同学，不管晚上放学多迟，天气多恶劣，宇歌都要去同学家帮助他（她）将落下的功课补上。但有一次，宇歌自己病了，却没有一个同学主动去看她，这使善良的宇歌非常伤心。还有一天，父亲下班后，总不见女儿回来，就很焦急地去学校找宇歌，走到宇歌的教室看见只有她一个人在打扫卫生。

宇歌从小就对人真诚、热情，有礼貌。邻居唐爷爷是位退休老教师，已有80高龄，宇歌第一笔稿费，就为酷爱书法的唐爷爷买了两支毛笔。马宇歌就是凭着她的爱心打动了人们的心，结交了数不尽的朋友。

善良来自哪里呢？来自对他人的热爱。青少年首先要热爱并尊重自己的父母，因为人正是从爱父母开始扩大到爱老师、爱科学、爱他人、爱祖国的！连自己的父母都不爱的人，是不可能去爱别人的。苏联著名教育家苏霍姆林斯基每当一年级新生入校时，总要在校门口悬上大幅红字标语："孩子，请爱你的妈妈！"因为"人生最圣洁、最美好的就是母亲"。爱妈妈是"爱"的萌芽，"善"的开始。青少年尊重妈妈，就不要对妈妈高声大嚷，不要嫌弃妈妈的唠唠叨叨——因为这也是妈妈的爱。关心妈妈，要关心妈妈的身体。在妈妈遇到困难的时刻，站在妈妈的身旁说："妈妈，不怕，有我在这里。"拥有对妈妈感恩的心，感谢妈妈为了我们付出了自己美丽的青春和宝贵的一生。如此可以培养青少年细腻温柔的爱心。

| 温馨提示 |
WENXINTISHI

青少年朋友不仅要爱自己的父母，还要对周围的人表现出同情，帮助身边正遭遇痛苦和不幸的人，充满向社会"献爱心"的热忱。

选择善行是一种人生态度

人是自然界的一分子，呱呱坠地的时候，无所谓好坏，无所谓恶善。人的善恶不是先天赐予的。而是后天养成的。黎巴嫩大哲学家纪伯伦说："当你努力奉献自己的时候，你便是善。"引而申之，当你不择手段地寻求私利、满足私欲的时候，你便离恶的深渊不远了。善与恶作为两种界限分明的行为，每个人都有选择的权利和机遇。

青少年选择善行，其实就是选择一种人生态度。人们相聚一处或邂逅异国他乡，都应视为一种天赐的缘分。如果人人都献出一颗爱心，那么，生活的大地就不会长出仇恨的杂草和魔鬼的庄稼。因为，爱心是善行的种子。种豆得豆，种瓜得瓜嘛！

沈阳有位老太太叫马淑芬，70多岁了，在抗战时期参加过闻名中外的百团大战。进城后，她本来可以选择（或者听从上级安排）一个高位，即使不养尊处优，也可以发号施令，但她却选择了居委会，三十几年夙夜操劳，为老百姓办事，她永远记着徐向前、彭绍辉的一句话："要热爱老百姓，要对老百姓好！"因此，老百姓有什么困难，她都尽力去解决。有一个小孩掉进化粪池，别人都不敢下去救，她，一个老太太，跳进粪池就把孩子抱了上来；有一个孤寡老人年三十想吃豆芽馅饺子，她赶紧回家把饺子包好送过去……马淑芬之所以选择居委会，她的解释是"那里离老百姓近"，可以"为他们做点服务性工作"。马淑芬老人的善行，影响了许多人，中小学生经常在假期去听她讲有关革命的故事。她在向青少年讲述革命故事的过程中，总不忘向他们讲一些人生的道理，以及学雷锋做好事对自己道德品质和世界观的影响。

正是在马淑芬老人的影响和教导下，沈阳的青少年都把帮助别人和做好事当作自己的自觉行为。可见，他们的世界观、他们的思想已经种下了善的种子，形成了以善为本的良好品德。

选择善行，其实也是选择一种品格。品格是道德风范的外化。有一位哲人说："爱虽给你们加冠，也将钉你们在十字架上；他虽栽培你们，也将修剪你们。"善良是最美的花朵，青少年要学会爱护这美丽的花朵，每时每刻都要反省自己、警策自己。

一个品格高尚的人，其善行的脚步如同流水向东，是不需要号令的推动的。善行不是说的，而是做的。它是你对家人的责任，对朋友的帮助，对陌生人的微笑，拥抱善良，幸福一生。

让善良伴随你一生

"人之初，性本善，性相近，习相远……"这是我国著名的传统蒙学读本《三字经》的开头几句。它告诉我们，人性本来就是善良的，所有的恶气和不善都是社会对人的影响而造成的。确实，社会上因人们的自私和贪欲所造成的各种罪恶和不善、不幸无处不在，无时不有，这些污浊的东西必然给青少年道德品质的修养和心理成长带来负面影响。因而青少年在成长过程中，要洁身自好，拥有一颗善良的心。特别是要认识到，唯有善良人生才会得到幸福，善良让人们和平愉快地相处，善良可使自己把精力集中在有建设性意义的事情上，也可以帮助自己摆脱没完没了的恶斗与自我消耗。

这就是善良的力量。善良来自人类的文明、理性和科学。当然更属于文明、高尚和发展得良好的人。

善良既可以与天真联系在一起，也可以与成熟联系在一起。多数情况下，善良之人不为恶，非不能也，是不为也。也就是说，善良的人不是不会自卫和抗争，只是不滥用这种"正当防卫"的权利罢了。青少年本应该是善良的，真正渗透了人生与世界的强大的人也是善良的。

有位哲人说：凶恶每"战胜"一次善良，就把自己压缩了一次，因为它宣告了自己的丑恶。善良每打败凶恶一次，就把自己弘扬了一次，因为它宣扬了自己的光明。

善良助你突破逆境

一位女大学教授曾在课堂上给学生讲述过这样一个故事，那是她家的一段历史：

"文革"时期，父亲一夜之间被打成"现行反革命分子"。消息传来，母亲当即昏厥，待醒来已神志不清，语无伦次——她疯了。和美之家一下子抽去了两根顶梁柱，剩下的，除了一个年过半百的姥姥，就是我们几个未成年的孩子了。

精神失常的母亲时不时对这个破败之家来个毁灭性的摧残。她有个怪癖，平日安安静静、不言不语，但只要一听到鞭炮声（后来才明白她误会成枪声），便歇斯底里地大哭大闹，摔盆砸碗，直至声嘶力竭、动弹不得。

春节临近了，按乡村的规矩，腊月二十三为小年，要烧香、磕头、放鞭炮、敬拜祖先，而除夕夜吃年夜饭、放鞭炮则是来年好运的预兆。早已被折磨得不成人形的姥姥心力交瘁，万般无奈中将我们姐弟叫到跟前，吩咐道："你们出去给家家户户磕磕头、说说好话，看能不能过小年不放鞭炮，三十再放，省得你母亲接二连三地发作，我实在是怕了。"看着小火炉，我们静静地等候鞭炮声给这个家带来的灾难。

那一夜好长好长，躺在被窝里的我怎么也睡不着。只听姥姥轻声吩咐8岁的二姐守前门，11岁的哥哥守后门，她和姐姐则设法招架母亲，二姐和哥哥的任务是坚决别让母亲跑出屋。时间一分一秒地过去，我终于熬不住，睡着了。也不知过了多久，公鸡的啼鸣声将我唤醒。那一夜，辞旧迎新的鞭炮声始终未曾响起，整个村庄熟睡一般鸦雀无声。好心的人们为了不让我们这个风雨飘摇之家雪上加霜，摒弃了几千年来流传的习俗，竟然连除夕也没放鞭炮。

以后的日子好过多了，被判刑15年的父亲只关了一年便得以平反昭雪。父亲出狱后，母亲也奇迹般地康复了。再后来政府又补发了父亲的工资，并将我们全家迁居城镇，就此我们告别了那一方乡土，告别了那些善良的人们。

20多年过去了，岁月的流水冲淡了许多记忆。但是，那个寂静的除夕夜却令我永生难忘，乡亲们善良的义举时时感染着我。熟识的人都说我特富于同情心，那是因为我被乡亲们关爱过。我深深懂得，一个看似微不足道的举动也会给别人带来终生的慰藉，一如我，一如我们全家。

我再次遥望远方，默默祈祷：愿善良的乡亲们永远平安。

这个故事对我们有什么启示呢？

人本主义心理学认为，人的本性是善良的，只要我们提供良好的环境条件，人就会健康地成长。而在所有的环境条件中，周围人的善良是使人心理健康发展的最重要条件，缺乏善良的环境氛围是人成长的最大阻碍。

女教授的母亲之所以发疯，是因为冷酷的斗争环境——父亲一夜之间成了"现行反革命分子"造成的。而母亲奇迹般地康复，与乡亲们的善良、父亲平反归来、全家生活环境的改善息息相关。

看了这个故事，我们为冷漠、残酷的环境而悲哀，也为善良的人们所感动。那么，青少年朋友，我们应该怎样对待他人呢？

君子坦荡荡，小人常戚戚。恶人因树敌太多，他们常常四面楚歌，如临大敌，其鸣也凄厉，其行也荒唐，其和也寡，其心也惶惶。而善良者因人缘好，则常常微笑着面对现实，而且做什么事都会心想事成。

这就是善良的力量。善良的力量，属于更文明、更高尚的人。

善良才有幸福，善良才能和平愉快地相处，善良才能把精力集中在建设性的有意义的事情上，善良才能摆脱没完了的恶斗与自我消耗，善良才能赢得人心，才能使自己受人尊敬、受人支持。

善良使你的人生更快乐

善良是每个人人格品性的本质。善良赋予人们自制力——抵制诱惑和蔑视诱惑的力量。每个青少年都应致力于发展自己善良的个性，努力寻求正当的生活道路，并在该道路上前进。一颗善良的心会使你更能体会到生活的快乐，更能感悟到人生的美丽。

青少年要想在各个领域都做到并维系自律自制的美德，就只能通过善良的升华——责任感的落实，这样才能实现。正是善良使一个人坚定地站立起来，使他摆脱自己的激情和癖好的控制，使他的行为更符合他所属的社会共同的利益。真正的快乐只有在履行职责的道路上才能找到。这样的快乐将作为劳动的自然果实而出现，这样的快乐使任何被人瞧不起的轻微工作都变得光荣、高尚。

善良会引导人们去做那些能给人们带来最大意义和快乐的事情。

在意大利佛罗伦萨市的一座公共建筑物的台阶上，有一位年老的士兵正坐着拉小提琴。他已经残废了。在他的身边站着一条忠诚的狗，它的嘴上衔着这个老兵的帽子。经过这里的人不时地向帽子里放上一枚硬币。这时有一个绅士路过，他停了下来，向老兵要来了小提琴。他先调了调音，接着就演奏起来。

路人不由得被这个景象吸引住了：在这样一个简陋的场所，一位穿着体面的绅士正在拉小提琴，这真是不可思议的！人们纷纷停下了脚步。音乐是如此美妙，路人们都情不自禁地陶醉于其中。于是，捐给那个老兵的钱越来越多了。帽子变得非常沉重，以至于那条狗都开始发出呜呜声。帽子里的钱被老兵取空了，但很快又被装满了。集聚到这里的人越来越多。这位演奏者又演奏了《祖国的天空》系列曲中的一首，然后将小提琴归还给它的主人，很快地就离开了这里。

其中一个围观者叫了起来："这个人就是世界闻名的小提琴家阿玛德·布切。他出于善意做了这件好事，让我们向他学习吧！"于是，帽子在一个又一个人的手中被传递着，很快又收集到了一大笔捐款，这笔捐款全部给了这个老兵。布切先生并没有拿出自己的一个便士，但他却使老兵的一天沐浴在灿烂的阳光之中。

这就是善良的伟大之处，正是因为每个人都存在善良，所以，爱才会在世界上流行。

| 温馨提示 |
WENXINTISHI

人生的幸福不仅仅是物质的，更多的是精神的。拥有一颗善良之心会使你的人生更快乐、更幸福。

善心、善举起自平常

善良并不是遥不可及，它就在我们身边。青少年只要从平时的琐事做起，尽自己所能地帮助别人，就可以让我们周围的空气少一点污染，多一份亲切。

善良之心其实对孩子来说，是一件最纯真的事。

美国的一个小镇上一个年轻人殉情自杀了，这在信仰天主教的居民中掀起了轩然大波，他们认为自杀是有罪的，从此那个家庭不会有好的名声，也不会有好男孩青睐这个家庭的女孩，或者好女孩青睐这个家庭的男孩。过了会儿警察来了，他们走访现场，询问死者家人后得知这个年轻人把他心仪女孩送给他的项链当了定情信物，死者生前随时带着。没多大一会儿，警长大声宣布："这是他杀！不是自杀！死者随时带着的项链没了，凶手一定是为财杀人的，后将死者伪装为自杀！"大家都说有道理，镇上的人们也开始纷纷安慰这个家庭。但他们没人注意到警长兜里那条项链。

当今社会，"崇高"之类的词可能已经大大贬值，但农村女孩，那种纯洁无瑕的爱心感天动地；"红背心"的舍己救人仍然让人久久难以忘怀。因为这原本都是人类最基本的情感，或者可以说是人类赖以生存的情感。不敢设想，如果所有的人都没有了一丝爱心，那人与人之间还将如何相处，世界又将是怎样的一片混乱？我们得知就在同一场洪水中，有的人一心想着他人；有的人却趁火打劫，竟然开着大汽车半夜到无人区去偷抢财物；还有的人甚至不顾三令五申贪污救灾粮款，这些人类渣滓的所作所为理应受到严厉的惩治。

| 温馨提示 |
WENXINTISHI

心怀慈善，每个青少年都可以做到，只要从平常的生活点滴做起，自己生活的空间就会因这颗善良之心变得更加美好起来。

仁爱得真情，培养仁爱之德

仁爱是为人处事的一种高尚的品德。历观古今中外，大凡胸怀大志、目光高远的仁人志士，无不修身持德，以仁爱为怀，置区区小利于不顾。鼠肚鸡肠、谨小慎微、片言只语也耿耿于怀的人，没有一个能成就大事业的。所以，要想成就大事业，首先应具有仁爱之心。

爱是人间的美好情操

爱是人间的一种道德，爱心是人类最美好的一种情操。青少年朋友，你们具有乐观而又积极的心态吗？我们想成为一个幸福的人吗？你们想朋友遍天下、成为一个事业成功的人吗？青少年朋友对上述问题的回答一定都是肯定的。那么，怎样才能实现这些愿望呢？这里有一条实现目标的重要途径，那就是培养自己的爱心。

首先，养成爱和怜悯的习惯。大海靠一滴滴水汇集而成，爱的殿堂是靠一沙一石来构建的。给予他人同情和怜悯的情感，就是在自己身上培植善良之心。

积极创造实施爱心行动的机会，如主动帮助落后同学补补课、帮助左邻右舍干些力所能及的事。

在人的一生中，财富、地位并不是最重要的，最重要的是有一颗爱心。一颗崇高、善良、关爱的心，能使人获得全部的尊重和爱戴。青少年要为自己的幸福生活做准备，就要积极地塑造自己的爱心。

对于家庭来说，爱是一个家庭的灵魂，如果缺少爱，就失去了快乐与和谐。心中有爱的人，总是充满朝气、情绪平和、乐观进取，令人愿意接近，且具有自尊心与自信心，克己而又乐于了解别人，与人相处经常表现出亲切、仁慈与关怀，因此善结人缘。

有个住在山上的孩子，有一天，因为做错一件事被父亲责骂后，内心愤愤不平。为了发泄情绪，一个人跑到屋外，坐在山腰哭了一阵，然后大声喊叫："我恨你！"山谷远方立刻传来同样的回声，他顿时被吓住了，以为有人很凶恶地在和他对骂，又继续哭了起来。

他边哭边往家里跑，看到了父亲后，他气急败坏地告诉了父亲方才的遭遇。父亲听了反而露出微笑，温柔地替儿子擦干眼泪，拉着他的手，又来到山崖边，要孩子大声叫："我爱你！"

孩子喊完以后，满怀期待地看着山谷。几秒钟以后，奇迹出现了。

对面山谷也传来同样的回声，孩子破涕为笑。

父亲拥着他，说："孩子，你给别人什么，别人就会给你什么。"

通过这个故事，我们应该得出这样的结论：爱和恨都是相对的，如果你是以爱去对待别人，别人也会同样爱你。

爱是一盏灯，照亮别人也温暖自己，捧一颗爱心上路的人，一生也将生活在爱里，爱是一种非常美好的人生情感，像花开，美丽给别人，自己也结果实。

| 温馨提示 |
WENXINTISHI

奉献爱心，去爱每一个人，是人人都很容易做到的事。一句话，一个微笑，一束花，等等，这时我们并不损失什么，却可能因此帮助别人走出困境，同时也美丽了自己的人生。

送人玫瑰，手有余香

关心和帮助他人是人类生存和发展的需要，也是个人生存和发展的需要。青少年朋友要明白这个道理：关心和帮助他人，生活才能美好。帮助他人其实就是帮助自己。

帮助别人就是帮助自己，在青少年的学习问题上，这句话具有深刻的含义。

首先，当我们主动地帮助别的同学的时候，我们的大脑处于学习的最佳境界。因为，我们一定会努力像老师那样高明地思考问题。俗话说，"要给别人一杯，自己得先有一桶"，为了能帮助同学，我们在心理上就会对自己提出更高的要求，这样一努力，对于知识的掌握和理解就会有一种"会当凌绝顶"的感觉，很快就超出自己原来的水平。

其次，当我们无私地帮助同学的时候，心中是自豪的、宽容的。当我们全身心投入的时候，无形之中冶炼了自己的自信心。对于下一步的学习，就会更加充满热情和活力，因为学习的价值在帮助别人的时候得到了充分的展现。

再次，当我们乐于帮助同学的时候，形成了良好的习惯，对于竞争和合作就会有更加准确的理解。他甚至会认为，竞争实质上就是一种合作。在这样的状况下，对于学习就会有更高层次上的主动性和积极性，学习起来，就更加从容、豁达、有效。

我们主动帮助他人，哪些方面无私不是"无底线"。比如代替同学做作业就不是无私的，恰恰是自私的。不是吗？代替了同学做作业，实质上就是代替了同学应付老师，代替了同学思考；实质上就是不想让同学进步嘛！所以，于人于己都是自私的。经过教育专家的研究，发现青少年应当在以下这些方面尽力帮助同学：

· 同学因事或者因病漏课了，需要进行补课。
· 对于基本概念的掌握和理解，可以为同学讲解。
· 考后一起分析出现错误的具体原因。
· 对于作业中的难题可以在同学积极参与的情况下进行讨论。

青少年养成乐于帮助他人的习惯，应从以下几方面做起：

（1）自觉帮助生活中的弱者

要在生活中热心帮助弱者，帮助需要帮助的人。青少年只有互相帮助、共同努力，才能携手构建一个完美的世界。当然，帮助别人一定不是为了获取什么，而是一种无私的、坦荡的自觉。

（2）从小事做起

无论是生活上还是学习上，在同学有困难时，事情不分大小，而在于用心、主动地去帮助，从小事做起恰恰是养成帮助别人的关键。所谓用心，就是坚定地认为，别人的事情一定比自己的事情重要。

（3）注重可实现性

需要强调的是，帮助别人一定要有可实现性，青少年应结合自己的实际，使用自己的长处去帮助别人，逐渐形成习惯。

| 温馨提示 |
WENXINTISHI

生活中帮助别人，一是别人的问题在自己的助力下得以解决，内心会有一种快乐；二是在帮助别人时也提高了自己的能力。所以，青少年要养成乐于助人的习惯。

把帮助别人作为快乐

青少年之间要学会相互帮助。受到别人的帮助理应感谢别人，同样自己帮助了别人，也希望得到别人回报，这是一种正常的心理状态。有时候在实际生活中，会出现自己帮助别人后并没有得到别人的回报，因而会产生心理不平衡。青少年要用仁爱的心来看待类似的事。

一个道德修养好的人，应富于同情心和友爱心。只要别人有困难，就应该毫不犹豫地伸出友谊之手，而不是想得到什么回报，存有什么奢望，应该把为别人做好事看作是应该的，把它作为一种快乐。

首先，要明确自己帮助别人是为了解决他人之忧，同时也提高了自身的道德修养，得到心灵的安慰，而不是为了贪图别人的回报。当看到别人有困难需要援助时，自己如果撒手不管，过后总会感到内心不安。如果不存在助人的条件，倒也罢了，假如明明能提供帮助却没有去做，自己会受到良心的谴责的。看到别人在自己的帮助下顺利渡过了难关，往往比自己战胜了困难还高兴。

其次，要想到自己虽帮助了别人，但却是微不足道的，因为自己也常受到别人的帮助。一个人的成长，总是处在"我为人人，人人为我"的氛围中。老师、同学、朋友及许多素不相识的人，在直接或间接地帮着我们。这不一定能被我们直接感受到。你如能体会到这些，那就不仅不会计较他人是否回报自己，还会感觉到身处人帮我、我助人的氛围中的无穷乐趣，社会空间在这里净化，人类的互助互爱是多么的重要。

再次，要有宽容的态度。对一些为别人做了好事，反遭怪罪的"好心没好报"的事，要先自省是不是帮了倒忙，给别人带来了麻烦，如果是这样，就应该向别人道歉。不要认为自己是好心，即使做错了事也是好意。你应该吸取教训，以后不要再做这种事。如果确实是为别人做了好事，对方不但不领你的情，反而以某些原因怪罪你，你也不必计较，因为你本来就不是为别人领情而做好事的。至于那些讽刺、挖苦别人做好事的人，你就更不必理睬。

总之，帮助别人不图回报是一种美德；帮助别人引以为乐是良好的素养，社会需要人们相互关心、互相爱护和互相帮助，从"把关心留给他人"出发，让助人为乐精神在人们心中生根开花。

| 温馨提示 |
WENXINTISHI

只要青少年认定自己做的是有益于别人的事，就不要在乎别人的态度。只要心胸坦荡、言行磊落，完全可以放手去做。时间一长，别人都会理解你、赞美你。

学习雷锋要付诸实际行动

随着时代的变迁，雷锋精神被人们不断以新的形式、新的内容加以充实，雷锋精神鼓舞着一代又一代青少年的健康成长。雷锋将自己短暂的一生都投入到为人民服务的事业中去，这正是仁爱之心最完美的体现，作为青少年要用实际行动学习雷锋精神，提高自己的品德修养。

（1）提高认识

要经常学习雷锋的事迹，不断提高认识，明确开展学雷锋活动的意义。应该看到，广大青少年积极参加学雷锋活动是主流，但也有一些模糊、错误的看法在一定程度上影响着活动的健康开展。在发展市场经济的今天，有的人认为："现在搞市场经济，学习雷锋活动没有必要了，没有什么现实意义了。"为此，我们要结合新的形势特点，充分认识到这是转变社会风气、加强社会主义精神文明建设的具体表现，通过提高认识，使同学们自觉投身到活动中来。

（2）学雷锋要学根本

雷锋精神的实质就是全心全意为人民服务，就是"把有限的生命投入到无限的为人民服务中去"。我们要根据当前的形势和特点，采取多种多样的活动方式，为人民做好事，送温暖献爱心。

（3）有计划地安排活动

开展学雷锋活动要做到有的放矢，落到实处。比如，根据居委会中军烈属、退休老人的情况，定点、定期登门服务，做力所能及的事情；发挥自己的小特长，义务给人写对联，给小学生做家教等。

青少年通过开展学雷锋活动可以使自己的道德修养提高一个水平，并在学习雷锋精神的过程中感悟助人为乐的快乐。

对长辈要有敬爱之心

尊敬老人是中华民族的传统美德。老人们几十年如一日为家庭、为社会、为民族奉献了自己的力量。"老吾老，以及人之老"。青少年不仅要在家中孝敬老人，还要把对自己家中老人的爱推广到别的老人身上。

（1）开展服务活动

到敬老院或者鳏寡孤独老人、老工人、老劳模、老干部、老教师或百岁以上的老寿星家里拜望，打扫卫生、整理环境、帮做家务等，特别要关怀那些鳏寡孤独的老人，他们是社会的弱势群体，他们无儿无女、无依无靠，饱尝人世间的辛酸，过着凄凉的晚年。我们要把他们当作自己的亲人，亲切的话语，温暖的问候，都会使他们感到欣慰而开心。

（2）开展文娱活动

老人们平常的生活可以说是十分平静而寂寞的，儿女忙于工作，自己活动又不太方便，所以往往在一个狭小的空间内生活，没有欢乐和朝气蓬勃的氛围。所以我们可以借节日精心选排文艺小节目，如唱歌、跳舞等，活跃他们的生活气氛。在活动中，要积极让他们参与进来，即使只是拍拍手、散散步，也会让他们感受到久违的愉悦。与此同时，我们要注意自己的衣着打扮，要干净得体、鲜艳多彩，烘托喜庆的节日氛围。

（3）利用重阳节的风俗习惯开展活动

重阳节的风俗很多，主要有登高远足、吃重阳糕、门插茱萸、观赏秋菊等。登高可视老人的身体状况量力而行，能者则扶其登高揽胜；精细制作重阳糕，可用来孝敬老人，表示祝福；九九重阳正值金菊开放之时，"世情儿女无高韵，只看重阳一日花"。赏菊、品菊、吟诗，情趣无限。

另外，我们在与老人们相处的过程中要保持一份关心和尊敬的态度。当然，最好的方式就是谈谈心了。可以询问他们近来的身体状况、饮食情况，也可以讲述一些我们生活中遇到的新鲜事等，达到加深感情的目的。

| 温馨提示 |
WENXINTISHI

青少年在准备敬老节时要精心组织，充分安排好各种活动，不仅要使老人们心情舒畅地过好节日，而且要使他们感觉到社会对老人的尊重。

关爱与鼓励失学儿童

家庭条件好的青少年在平时可多关爱和帮助贫困地区的失学儿童，他们本该拥有和大家同样灿烂的美好生活，却因为命运的捉弄，与上学失之交臂。如果你也想帮助贫困地区的儿童，却不知道该怎么办，以下几点建议也许对你有所帮助。一是把你的想法和打算告诉你的父母，争取得到他们的支持并积极参与进来。因为毕竟我们还不是一个经济独立的个体，在经济上主要还是依靠家里。另外，父母社会经验丰富，可以为你献爱心提供不少建议。二是与你所在地的团组织（团市委或团县委）取得联系，向他们提出你的愿望和相关要求。如，你想帮助某一地区的儿童，是男孩还是女孩，是还未上学或失学的，还是正在上学的等，以便确定具体的帮助对象。三是在确定了具体的帮助对象之后，你便可以直接与他（她）建立联系，了解对方的生活学习情况，也告知自己的情况。四是在了解了对方的具体情况后，再根据自己及家庭的情况确定以何种方式来帮助对方。如对方是还未上学或失学儿童，则先由家长出面给予经济上的资助让其入学，再议其他；如是上学儿童，则以你为主（也可和同学一起）提供以下三方面的帮助：学习方面的帮助，如介绍学习经验和学习方法；赠送学习用品和书籍；解答学习上的难点和疑问等；生活方面的帮助，如省下你的零花钱和过年时的压岁钱邮给对方，作为对方的学杂费；寄去你的新衣裤；寒暑假把对方接到你家住上一阵子等。政治思想方面的帮助，这主要是经常了解关心对方的思想状况，鼓励他（她）越是在困苦的条件下越是要自尊自强，勤奋读书，长大后成为对国家建设有用的人。

| 温馨提示 |
WENXINTISHI

当青少年伸出援助之手帮助别人的时候，相信你的精神也得到了升华，心灵也得到了净化，变得更加纯洁、美好。

正义在胸，成就豪迈人生

在我们放学的路上，或在校园内，有时会遇到以大欺小的情况。那么，遇到这种情况时，你该怎么办呢？当然不能视而不见，而应该伸张正义，竭力劝阻。路见不平，奋起抗争是中华民族传统的美德。不平则鸣，意思是说，受到不公平的待遇，就应发出不满的呼声。

正直是人生的信用证

正直为人，坦荡处事，方可塑造成功的自我正直这种人生的良好品格，具有无限的魅力，它使人敬仰，使人油然而生效仿之意。正直是一种诚实的品格，它是一种忠实于事实，对人诚恳的坦荡态度，是一种仰俯无愧的坦然，是为人的最为重要的品格。

美国成功学研究专家A.戈森认为，在英语中，"正直"一词的基本词义指的是完整。一个真正的人他的品格也是完整的，他不会把自己分成两半，不会心口不一，想一套，说一套——因为实际上不可能撒谎；也不会表里不一，信一套，干一套——这样才不会违背自己的原则。正是由于没有内心的矛盾，才给了一个人额外的精力和清晰的头脑，使其必然获得成功。

正直为人的良好口碑是我们刻在事物上的标记。正是这种无法涂抹的标记，决定了所有人、所有劳动的全部价值。

古往今来，多少名人志士，凭着自己正直的品格赢得了世人的敬爱。诗人屈原为人正直，其虽遭小人谄害，被流放边远之地，但人民心中的敬爱时时在。当他因感到自己国家无望而投身汨罗江后，江边聚集起了人流，江面上粽子团团簇簇。后来他投江的这一天成为端午节。每到这一天，江边依然人影绰绰，江面粽子一片，甚至大江南北，人们包粽子、送粽子、吃粽子，"粽"影连连。

抗倭英雄戚继光，一身正气，为打败倭寇入侵，捍卫民族尊严，毅然训练起一支纪律严明、英勇善战的"戚家军"，"冻死不拆屋，饿死不掳掠"，战福建，斗浙江，终将东西沿海一带的倭寇肃清。至今东南沿海一带还有很多他的塑像。

不仅国人如此，世界各地皆一样，正直在人们的心中地位无上。

两度出任英国首相的政治家约翰·罗素说："在英国，所有的政党都有一种天然的倾向，他们都试图寻求天才人物的帮助，但他们只会接受那些具有正直品格的人作指导。"

文艺复兴时期的著名诗人彼德拉克有一次要上法庭作证，本来他要像一般人那样履行宣誓程序，但法庭却告诉他，他们相信他的正直，他不需要为自己的证词进行宣誓。同时，法庭将以他的证词为准，因为他的正直是公认的。

古往今来，很多正直的人物彪炳史册。也许，这种光芒太耀眼；也许，这种光芒常常要以坎坷的遭遇乃至生命为代价。所以，在这个大家日渐"聪明和乖巧"的年代，正直正在日渐离我们远去。当务之急需要清扫的，不是正直的品性本身，而是蒙在正直身上的世俗的灰尘。

| 温馨提示 |
WENXINTISHI

可以说，任何时候，在任何地方，一个人的正直都会为他赢得好口碑。好口碑，就是行走天下无阻的信用证。

遇到不平敢于"鸣"

中华民族崇尚道义，在人际交往中讲究容谅宽厚，谦和待人；在国家和公众利益面前，人们识大体、顾大局，宜忍则忍，该让则让。但是，面对压迫和欺凌，中国人民决不畏缩，不平则鸣，奋起抗争，表现出英勇顽强的斗争精神。人们情绪的变化，与客观环境的影响和外物的作用密切相关。当受到不公平的待遇时，情绪的波动起伏变化就会被激发出来，受到不公平待遇的程度愈深，这种激发就愈强烈。人们由此而发出不满的呼声，对暴虐、强权等邪恶进行无情的谴责、抨击和鞭挞。

不平则鸣——北宋王小波、李顺领导的农民起义，针对地主官僚和广大农民贫富极为悬殊的状况，在中国历史上第一次提出了"均贫富"的口号；不平则鸣——南宋钟相、杨幺领导的农民起义，针对阶级压迫非常严重的状况，提出了"等贵贱、均贫富"的口号。这表明农民不仅在经济上要求均分财富，而且在政治上要求平等；不平则鸣——明末李自成领导的农民起义，针对土地高度集中、赋税十分沉重的状况，提出了"均田免粮"的口号，要求分给农民土地，减免农民赋税。"均田免粮"口号的提出，标志着中国封建社会的农民战争已经发展到向封建土地所有制进行冲击的新水平。古往今来，许多仁人志士在百姓遭受苦难的时候，慨然向前，挺身而出，为百姓不平而鸣。他们不计个人安危而为民请命，维护正义，令人钦佩。唐代的魏徵，多次对唐太宗犯颜直谏，促使其实施清明之治。明代的海瑞，冒死上疏嘉靖皇帝，指斥抗议他昏庸无道，以致官贪吏虐，民不聊生。

不平则鸣是拥有自信和正义之心的体现，青少年在面对不平时要善"鸣"。它要求人们在"不平则鸣"之际，还要做个"敢鸣者"、"善鸣者"和"公平者"。

遇到不公平之事"敢于鸣"，说明自己有道德的正义感。但光"敢于鸣"还不够，还要"善于鸣"，"鸣"之前先要好好想一想该不该鸣和怎样来鸣。也就是说要"慎鸣"。因为自己认为"不平"之事不一定是真的"不平"。想好了，看准了再"鸣"亦不迟。

| 温馨提示 |
WENXINTISHI

不平则鸣，有助于促进人们做一个说话办事的"公平者"。青年人是国家的未来，每一个青少年都应当培养一颗正义之心，这样我们的国家和民族才更有希望。

勇于保护弱小同学

校内欺负小同学的行为常表现为：低年级同学在篮球场、乒乓球台打球，高年级同学来了，蛮横地将小同学哄走，抢占活动场地，有的大同学还强迫小同学为他服务，有的还会随意打骂小同学等。我们如遇到这类事情的发生，就应该和大同学讲道理，不能无原则地让步，助长这种欺负弱小的不良行为。应向他们指出，欺负弱小是不道德的行为，每个人都应该注意自己的行为准则，为小同学做榜样。大部分同学还是讲理的，特别是在校内。当然，如果和他们说不通就应及时喊执勤同学或老师来处理，避免发生大的矛盾。

欺负小同学的人，如是比自己小或和自己差不多大小的学生，我们应当立即上前进行阻止、教育。假如觉得自己一人力量不够，也可以请执勤同学或者自己班的同学一道维护小同学利益，让欺负人的人认识自己的行为不道德，并向被欺负的小同学道歉、认错，也可将他们由学校老师处理，使他们下次不敢再犯。

假如你在校外遇到的是不三不四的青年，或比你大得多的人在欺负小同学，那你就不能随便冲上去和他们评理，免得受到不必要的伤害。这样不仅不能帮助小同学，反而让自己陷入尴尬境地。此时，我们应该大声呼喊，争取路人的帮助，和大家一道制服这些人。当然，如果条件允许，我们还可以乘欺人者不备，带走受欺负的小同学，脱离一时的困境。

如果事情发生在家门口或学校门口，那就好处理得多了。我们应该赶快去找同学或老师，让他们帮助自己共同制服欺人者。但如果事情发生地附近没有人，就应记住这些人的相貌，还可以暗地跟踪，及时报告学校或公安部门，尽早抓住他们。

| 温馨提示 |
WENXINTISHI

青少年遇到欺负小同学的行为，一定要伸张正义，多动脑筋，用各种办法去解决问题，保护被欺负者，同时也要保护好自己。

尊重他人，成就和谐人生

尊重他人，是一个人走向文明的起点。尊重他人是做人的基本美德。

人与人之间是需要互相尊重的，因为人人都有自己的尊严和人格，你若不尊重别人，别人便会不尊重你。没有人喜欢不尊重自己的人，而要取得别人的尊重，你就必须先尊重别人。因此说，青少年为人处事，首先要学会尊重他人，并把这当作待人的基本宗旨。

每个人都渴望被人尊重

卡耐基说过，与人交往有一个极为重要的法则，这一法则就是时时让别人感到自己重要。如果我们遵从这一法则，大概不会惹来什么麻烦，而且可以得到许多友谊和永恒的快乐。如果我们总是以自我为中心，不顾别人的感受，那么和别人的交往就会十分困难。著名哲学家约翰·杜威曾说过："人类本质里最深层的驱动力就是希望具有重要性。"哈佛著名心理学家威廉·詹姆士也说过："人类本质中最殷切的需求是渴望得到他人的肯定。"

以上的话说明了这样一个道理，渴望他人的尊重这种需求使得人类有别于其他动物，也正是这种需求成为推动人类文明和历史发展的重要动力。被他人尊重可以唤起一个人心中的价值感和自豪感，可以成为他上进的动力。

第二次世界大战后受经济危机的影响，日本失业人数陡增，工厂效益很不景气。一家濒临倒闭的食品公司为了起死回生，决定裁员1／5。有3种人列其中：一种是清洁工，一种是司机，一种是无任何技术的仓管人员。三种人加起来有50多名。经理找他们谈话，说明了裁员意图。清洁工说："我们很重要，如果没有我们打扫卫生，没有清洁优美、健康有序的工作环境，你们怎么会全身心投入工作？"司机说："我们很重要，这么多产品没有司机怎能迅速销往市场？"仓管人员说："我们很重要，战争刚刚过去，许多人挣扎在饥饿线上。如果没有我们，这些食品岂不要被流浪街头的乞丐偷光？"经理觉得他们说的话都很有道理，权衡再三决定不裁员，重新制定了管理策略。最后经理令人在厂门口悬挂了一块大匾，上面写着"我很重要"。每天当职工们来上班，第一眼看到的便是"我很重要"这4个字。不管一线职工还是白领阶层，都认为领导很重视他们，因此工作很卖命。这句话调动了全体职工的积极性，几年后公司迅速崛起，成为日本有名的公司之一。

杜弗伦是美国卡耐基成人教育班里的一名讲师，他曾经在一次课堂上提起过自己在初级手工艺班授课时的一位学生布雷德的故事。

布雷德是个安静、害羞、缺乏自信心的男孩，平常在课堂上很少引人注意。一天，我见他正在伏案用功，便走过去与他搭话。当我问他喜不喜欢所上的课时，这个年仅14岁的男孩，脸上的表情起了极大变化。我可以看出他的情绪波动很大，想极力忍住泪水。

"你是说，我表现得不够好吗，杜弗伦先生？"

"啊，不！布雷德，你表现得很好。"

那天，上完课走出教室的时候，布雷德用他那对明亮的蓝眼睛看着我，并且肯定、有力地说："谢谢你，杜弗伦先生！"

布雷德教了我永远难忘的一课——我们内心深处的自尊。为了使自己不致忘记，我在教室前方挂了一个标语："你是重要的"。这样不但每个学生可以看到，也随时提醒我：每一个我所面对的学生，都同等重要。

| 温馨提示 |
WENXINTISHI

每一个人都在内心渴望别人的尊重。尊重别人一个很重要的原则，就是巧妙地把"你衷心地认为他们很重要的意思表现出来"。

尊重他人就是尊重自己

在这个社会中，人与人之间是应当互相尊重的，每个人只有懂得相互尊重、相互关心，才能够愉快地生活在一起。作为未来社会的建设者，青少年应当恪守礼仪，养成尊重别人的习惯，只有这样才能构建一个和谐的社会，为未来社会的发展贡献出更大的力量。敬人者，人恒敬之。如果要让别人尊重你，首先要学会尊重别人。

2000多年前，古希腊哲学家亚里士多德就曾教导他的门徒：你要别人怎么待你，就得先怎样待别人。中国的孔夫子也曾这样教育弟子：己欲达而达人，己欲立而立人。尊人者，人尊之。把尊重、理解、爱献给别人，自己也会获得尊重。

温馨提示
WENXINTISHI

青少年要懂得将心比心，凡事不仅要为自己想，也要为别人着想；你有自尊，人家也有；你尊重别人、爱护别人，别人才会尊重你、爱护你。

也许你曾遇见过或者听说过这样的事情，有人问路时言语不礼貌，人家就会不理睬，甚至故意指错方向让他吃苦头；和人家一起办事情，如果傲慢无礼，人家就不会合作。我们每个人都有自尊心，都希望别人友好地对待自己、尊重自己。因此，尊重他人是人与人接近的必要且首要的态度。一个不懂得尊重别人的人当然也不会赢得别人的尊重。

有一天，一位中年妇女领着一个小男孩走进了一座豪华的写字楼下面的花园里，然后在一张长椅上坐下来。这座写字楼是一个知名国际集团的总部，而这位中年妇女就是这家公司的一名主管人员。她不停地在跟男孩说着什么，似乎很生气的样子。不远处有一位头发花白的老人正在修剪灌木。忽然，中年妇女从随身挎包里揪出一团白花花的卫生纸，一甩手将它抛到老人刚剪过的灌木上。老人诧异地转过头朝中年妇女看了一眼，中年妇女也满不在乎地看着他。老人什么话也没有说，走过去捡起那团纸扔进一旁装垃圾的筐子里。

过了一会儿，中年妇女又揪出一团卫生纸扔了过来。老人再次走过去把那团纸拾起来扔到筐里，然后回原处继续工作。可是，老人刚拿起剪刀，第三团卫生纸又落在了他眼前的灌木上……就这样，老人一连捡了那中年妇女扔的六七个纸团，但他始终没有露出不满和厌烦的神色。

"你看见了吧？"中年妇女指了指修剪灌木的老人对男孩说，"我希望你明白，你如果现在不好好上学，将来就跟他一样没出息，只能做这些卑微低贱的工作！"

老人放下剪刀走过来，对中年妇女说："夫人，这里是集团的私家花园，按规定只有集团员工才能进来。"

"那当然，我是集团所属一家公司的部门经理，就在这座大厦里工作！"中年妇女高傲地说着，同时掏出一张证件朝老人晃了晃。

"我能借你的手机用一下吗？"老人沉思了一下说。

中年妇女极不情愿地把手机递给老人，同时又不失时机地开导儿子："你看这些穷人，这么大年纪了连手机也买不起。你今后一定要努力啊！"

老人打完电话后把手机还给了妇人。很快一名男子匆匆走过来，恭恭敬敬地站在老人面前。老人对那个男子说："我现在提议免去这位女士在集团的职务！"

"是，我立刻按您的指示去办！"那个男子连声应道。

老人吩咐完后径直朝小男孩走去，他用手抚了抚男孩的头，意味深长地说："我希望你明白，在这世界上最重要的是，要学会尊重每一个人……"说完，老人撇下三人缓缓而去。

中年妇女被眼前骤然发生的事情惊呆了。她认识那个男子，他是集团主管任免各级员工的一个高级职员。"你……你怎么会对这个老园丁那么尊敬呢？"她大惑不解地问。

"你说什么？老园丁？他是集团总裁詹姆斯先生！"

"啊，他是总裁？！"

中年妇女一下子瘫坐在长椅上。

尊重他人，除了要平等待人之外，还要尊重他人的职业。这位中年妇女虽然身为一个国际集团的主管，却不懂得这个道理，结果吃亏的还是她自己。

青少年正处于品格培养的黄金阶段，学会尊重他人显得十分重要。

青少年只有把尊重别人培养成自己的习惯，才能使之真正变成自己品格的一部分。尊重他人，应当做到以下几点：

（1）在心理上尊重别人

尊重是一个由内而外的过程，只有在心理上有尊重别人的想法，才可能做出尊重别人的行动。如果心理上不能尊重别人，即使表现出尊重别人的行为，也会十分虚假，最后反而弄巧成拙。所以，尊重别人时要表里一致。

（2）在态度上尊重别人

在交往过程中，你采取什么样的态度将体现出你对别人的尊重程度。比如注意倾听别人的谈话、谦虚待人、礼貌待人等等，都是尊重别人的表现。

（3）在礼仪上尊重别人

礼仪不仅能体现出一个人的修养和人品，还能表现出对他人的尊重，赢得别人的好感。比如在学校蓬头垢面、不修边幅，不仅有损自己的形象，也是对别人的不尊重。凑到对方耳边窃窃私语，也是对别人的不尊重的表现。

（4）在名字上尊重别人

没有任何语言能比亲切地称呼人的名字更能打动人心，所以，给别人取绰号、滥用贬称是对别人的不尊重。

（5）在时间上尊重别人

如果你要参加一个同学聚会，就应当准时赴约；如果你要去上学，就应该准时到校，否则，就被视为对同学或老师的不尊重。

青少年要想处处受人欢迎，就应该记住下面这条黄金法则：培养自己尊重别人的能力，真心诚意地关心别人，尊重每一个人。

尊重他人的人格

俄罗斯文学家曾说过："所有的人毫无例外都是为了美好的将来活着，所以一定要尊重每个人。"尊重别人，最重要的一点就是要尊重他人的人格。每个人都有自己独立的人格。无论是小孩还是成年人，无论是残疾人还是正常人，都有被别人尊重的需要。

每一个人都有他的自尊心，如果你对他所说的话能够表示同意，这就是尊重他的意见。他在无形中把自己抬高了，而抬高他的是你，自然他对你十分喜欢，愿意和你做朋友。反过来，你不能对他表示同意，这显然使你站在和他敌对的立场，你是他的敌人而不是友人，他能不和你为难吗？

在滑铁卢战役中大败拿破仑的英军元帅凯旋伦敦时，英国举办了一场相当隆重而盛大的庆祝宴会，不仅所有的士兵都参加了，而且还有许多名流和各阶层的人士都参加了。

晚宴开始，宾客落座，每人座前置一碗清水。这时候，竟有一位士兵端起清水喝了起来，所有的贵宾都窃笑不已。这个士兵不知自己为什么会被人取笑，整张脸都涨红了。

其实这碗清水是餐前洗手用的，士兵不懂得这一礼节，这才闹出笑话。

这时，元帅端起清水："各位，这位英勇的士兵在战斗中曾被围困在荒山，七天没喝到水，让我们用这碗清水来敬他一杯。"

宾客一听这话，不由得对那名士兵肃然起敬，士兵这才从紧张的气氛中缓和过来。

很多时候帮助别人摆脱了难堪，呵护别人的自尊心，也是给自己一个台阶下。

尊重他人不仅仅是一种态度，也是一种能力和美德，它需要设身处地为他人着想，给他人面子，维护他人的尊严。

┃温馨提示┃
WENXINTISHI

顾及他人的心态及立场，尊重他人乃是相当重要的为人之道，也是成为朋友不可或缺的要素之一。因此，青少年要想有很多朋友，使自己成为一个受欢迎的人，就要做到尊重他人。

尊重他人从小事做起

生活中时时刻刻都需要我们学会尊重。回到家时与父母长辈打声招呼是一种起码的尊重；上课专心听讲、按时完成作业是对老师辛勤劳动的尊重；在食堂就餐后，把椅子、餐具放好是对食堂师傅的尊重；在寝室按时睡觉是对其他同学的尊重；见到杂物捡起来，保持校园环境的干净，是对同学劳动成果的尊重，尊重体现在一件件小事中。

有这么一则小故事，读来耐人寻味。

有一个人经过热闹的火车站，看到一个双腿残障的人摆了个铅笔小摊，他漫不经心地丢下了100元，当作施舍。但是走了不久，这人又回来了，他抱歉地对这位残疾人说："不好意思，你是一个生意人，我竟把你当成一个乞丐。"过了一段时间，他再次经过火车站，一个店家的老板在门口微笑地喊住他。"我一直期待你的出现，"那个残疾人说，"你是第一个把我当成生意人看待的人。你看，我现在算是一个真正的生意人了。"

由此可见，尊重他人能给人带来意想不到的惊喜。尊重他人的职业，既是一种对他人劳动价值的肯定，促使他人更加热爱自己的职业，更好地为社会服务，也是一种对自己的约束和鞭策，促使自己把工作做好，以报答别人为自己付出的劳动。所以，对于别人从事的职业，我们都要投去理解的目光；对于别人为自己付出的劳动，都要深情地道一声"谢谢"，这样才能使我们的生活更加和谐、更加温馨。

尊重他人是给自己的礼遇，尊重他人也就是尊重自己。一个不尊重别人的人，是绝不会得到别人尊重的。在人与人之间的交往中，自己待人的态度往往决定了别人对我们的态度，就像一个人站在镜子前笑得前俯后仰，镜子里的人也会如此大笑；你紧皱眉头，镜子里的人也眉心紧锁；你对着镜子大喊大叫，镜子里的人也冲你大喊大叫。所以，我们要获取他人的好感和尊重，必须首先尊重他人。

有位富翁十分有钱，但却得不到旁人的尊重，他为此苦恼不已，每日寻思如何才能得到众人的敬仰。

某天在街上散步时，他看到街边一个衣衫褴褛的乞丐，心想机会来了，便在乞丐的破碗中丢下一枚亮晶晶的金币。谁知乞丐头也不抬地仍是忙着捉虱子，富翁不由得生气："你眼睛瞎了？没看到我给你的是金币吗？"

乞丐仍是不看他一眼，答道："给不给是你的事，不高兴可以拿回去。"

富翁大怒，意气用事起来，又丢了10个金币在乞丐的碗中，心想他这次一定会趴着向自己道谢，却不料乞丐仍是不理不睬。

富翁几乎要跳了起来："我给你10个金币，你看清楚，我是有钱人，好歹你也尊重我一下，道个谢你都不会。"

乞丐懒洋洋地回答："有钱是你的事，尊不尊重你则是我的事，这是强求不来的。"

富翁急了："那么，我将我的财产的一半送给你，能不能请你尊重我呢？"

乞丐翻着一双白眼看他："给我一半财产，那我不是和你一样有钱了吗？为什么要我尊重你？"

富翁更急起来，说道："好，我将所有的财产都给你，这下你可愿意尊重我了？"

乞丐大笑："你将财产都给我，那你就成了乞丐，而我成了富翁，我凭什么来尊重你？"

故事中的富翁有钱后，亟须别人的肯定与尊重。而乞丐的顽强，则更是清楚地说明了金钱与尊重在许多时候是难以画上等号的。富翁若能明了这一点，要受人尊重也就不难了。

| 温馨提示 |
WENXINTISHI

青少年要明白，尊重需要我们从小事做起，从身边事做起。在日常的生活中，我们要学会尊重别人，这样才能够赢得尊重。

做谦谦君子，培养谦让品格

谦让是一种博大的胸怀，是人类的最高美德之一。

自以为是的人，得到的一切只是昙花一现。骄矜的对立面是谦恭、礼让。要忍耐骄矜之态，必须不居功自傲，自我约束，克制骄傲的产生，并能常常考虑到自己的问题和错误，虚心地向他人请教学习，保持谦让的风骨。

谦恭有度是君子之道

　　谦恭是高尚者道德修养深厚的表现，君子自古便是做人的最高境界。做人如君子，待人就要谦恭。谦恭有度，讲的是君子的情操和待人接物的态度。君子待人要谦，对待长辈更要恭谦有礼，但也不可谦恭过度，过谦则使人感觉到虚伪狡诈。只有虚怀若谷的态度，才能给人尊敬的印象，敬人者人恒敬之，人们也会对谦虚者抱以尊敬。谦恭是高尚者的情操，是修养深厚的表现，是圣人君子的操守。

　　在中国的传统文化中，谦恭是一种美德，这方面有许多格言警句，如"虚心使人进步，骄傲使人落后"、"虚心竹有低头叶，傲骨梅无仰面花"等等，这些格言一直浇灌着人们的心灵，谦恭的美德深入人心，谦恭成为衡量君子小人、德操高卑的标准。

　　孔子讲礼，十分注重道德修养；而虚心待人，谦恭应物正是其中的重要内容。另据史载，一天，孔子和众弟子乘马车到一个地方去讲学，见前面有一个6岁左右的小孩在路上玩耍，不给让路，孔子走上前对孩子躬身施礼道："神童在上，老夫有礼了。我们有要事在身，万望高抬贵手，借个路让我们过去吧！"

　　小孩说："你们要回答我几个问题。"孔子回答道："不是老夫夸口，上至天文，下至地理，老夫都略知一二。"

　　小孩便问："那你知道自己的眉毛有多少根吗？"孔子答道："眉毛本人又看不见，怎么能知道多少根呢？"小孩眼珠一转，接着问："那天上的星星看得见，你知道有多少颗吗？""天上的星星浩如烟海，如何数得过来呢？"孔子为难地说。小孩笑了，拍着小手说："呵，你又嫌多，那日头就有一个，早上像冰盘，晌午像玉环，我问你什么时候近，什么时候远?"

孔子想了半天还是回答不出来，便诚恳地对那个小孩说："本人还是才疏学浅，以上事情确实不知，愿拜你为师，请多指教。"说着磕头便拜。后来，孔子常以此事教育弟子，说："不要强不知以为知，要知之为知之，不知为不知，莫忘三人行必有吾师也。"

《菜根谭》中有句话叫作：建功立业者，多虚圆之士。即自古建立功业的人，大多是谦虚圆融的人士，那些执拗固执、骄傲自满的人往往与成功无缘。文王谦恭，渭河之滨访太公，最终成就了周朝800年的基业；刘备谦恭，三顾茅庐请卧龙，最终形成三国鼎立的局面。

现实生活中也有很多这样的例子，公司老板一般喜欢谦恭好学的员工，而不喜欢一瓶子不满半瓶子晃荡的员工；在机关，上级往往器重谦恭有礼、温文尔雅的下属，而讨厌那种盛气凌人、自我满足的"后起之秀"。

谦恭的人懂得怎样尊敬别人、包容别人。

| 温馨提示 |
WENXINTISHI

虚心，并不表示你低人一等。因此，青少年大可不必因虚心而觉丢面子。恰恰相反，待人谦恭，是一个人多礼的表现。而且，人生中的许多机遇往往是因你的谦恭、虚心而得来的。

谦让的品格能够赢得他人的心

千百年来，人们一直传颂着"孔融让梨"的故事。

孔融4岁那年，正在院中玩耍的孔融兄弟几个，面对父亲拿来的梨子，哥哥让孔融先挑，而孔融却拣了个最小的。父亲问孔融为什么这样做，孔融回答说："哥哥比我大，应该吃大的；我年纪小，就该吃小的。"父亲不禁为儿子的谦让懂事而高兴，却又故意问道："可你还有弟弟，为何不把最小的留给他呢？"孔融则答："我比弟弟大，哥哥应该让弟弟，所以把大的给弟弟吃！"

孔融年龄虽小，却懂得谦让，我们能不为孔融这种谦让精神所感动吗？

雪佛贝利公爵说过如下的妙语："我行善事不是为了让他人看见，而是为了自己，这就像我们不是为了让人知道我们的整洁而清洁自己，而是为了自身的整洁一样。"待人接物讲求谦恭礼让，也是同样的道理。

特别要注意的是，要和悦地对待身份、地位低下的人。如果一味地将注意力倾注于名人、地位高于自己的人，那么，可以说连最基本的礼貌也谈不上。

据《战国策》记载：魏文侯太子击在路上碰到了文侯的老师田子方，击下车跪拜，子方不还礼。击大怒说："真不知道是富贵者可以对人傲慢无礼，还是贫贱者可以对人骄傲？"田子方说："当然是贫贱的人对人可以傲慢，富贵者怎敢对人骄傲无礼？国君对人傲慢会失去政权，大夫对人傲慢会失去领地。只有贫贱者计谋不被别人使用，行为又不合于当权者的意思，不就是穿起鞋子就走吗？到哪里不是贫贱？难道他还会怕贫贱？会怕失去什么吗？"太子见了魏文侯，就把遇到田子方的事说了，魏文侯感叹道："没有用田子方，我怎能听到贤人的言论？"

富贵者、当权者自身本来就容易有骄傲之心，看不起地位不如自己的人。但是作为统治者，如果不能礼贤下士，虚心受教，他就可能因为自己的骄矜之气而失去政权，富贵者则可能因此失去自己的财势。

西汉人龚遂，字少卿，为人忠厚刚烈，有节操。昭帝时做渤海太守，在任多年。皇上派使者召他回去，龚遂手下的议曹王生愿意跟他一起去。王生向来爱喝酒，而且喝起来没有节制。龚遂不忍心拒绝王生，就让他跟着到京城去。到了京师王生每天只喝酒，不理会龚遂。有一天碰上龚遂被召进宫的时候，王生在后面追着喊道："太守先停一下，我有话对你说。"龚遂返回来，问他有什么话说。王生说："皇上如果问你是怎样治理渤海的，你不能摆自己的功，回答时应该说是圣上的功德，并不是小臣的功劳。"龚遂接受了他的意见。到宫中之后，皇上果然问他治郡的情况，龚遂照王生说的那样回答了皇上的提问。皇上十分赏识龚遂的谦和作风，并笑着说："你从哪儿听到的长者之言？"龚遂于是回答说："这些话是我的议曹王生教给我说的。"皇上认为龚遂年老了，拜他为水衡都尉。

如果一个人喜欢自大自夸，就算是有了一些美德，有了一些功劳和成绩，也会丧失掉。过分炫耀自己的能力，看不起他人的工作，就会失去自己的功劳。

固执自己的见解的人，会不明白事理；自以为是的人，不会通达情理；自傲者，不会获得成功；自夸的人，他所得到的一切都不会保持长久。

| 温馨提示 |
WENXINTISHI

有句古老的格言：只有能赢得人心的国王，才会拥有最安泰的国家。如果青少年懂得谦恭礼让，就能获得征服人心的无与伦比的力量。

谦让赢得他人的尊重

谦虚礼让是流传至今的优良传统。青少年培养谦让的品德，有利于在赢得别人尊重的同时，成为备受拥戴的人。

托马斯·杰弗逊（1743—1826），美国第三任总统。1785年，他曾接替富兰克林担任驻法大使。一天，他去法国外长的公寓拜访。

"您代替了富兰克林先生？"外长问。

"是接替他，没有人能够代替得了他。"杰弗逊回答说。

杰弗逊和富兰克林都是美国建国时期的伟大人物；他们双峰并峙、交相辉映，又互相尊重、亲密合作，流传千古的《独立宣言》就是由杰弗逊执笔经富兰克林修改而成的。这个故事中，杰弗逊所表现出的谦逊美德正是其伟大人格的一部分，值得我们学习。因此，谦虚的态度是一种美德，为你赢得别人的尊重。争抢永远换不来快乐。

在中国历史上，有"文景之治"的说法，是讲西汉的汉文帝、汉景帝励精图治，促成西汉中兴。汉文帝是个有作为的皇帝，他敬重老臣陈平、周勃，得到了他们的有力辅佐。而陈平和周勃也互相尊重，互让相位，成为以"谦让"为做人之本的典范。

汉文帝是汉高祖的庶子，被封为代王。他为人仁慈宽厚，当残暴篡权的吕后一死，诸吕的反叛被粉碎，朝中即拥戴文帝继位。

一天，汉文帝升殿，各大臣一一叩见之后，汉文帝发现丞相陈平没上朝，他问道："丞相陈平为何不来？"

站在下面的太尉周勃站出来说道："丞相陈平正在生病，体力不支，不能叩见皇上，请皇上原谅。"汉文帝心里纳闷：昨日还见他身体好好的，怎么今天就病了？不过他不动声色，只是说："好，知道了，退下。"

退朝后，汉文帝想派人去请陈平，但又一想，陈平是开国老臣，自己应当把他当作父亲一样对待，父亲有病，儿子只能前去探望，哪有召见之理。于是文帝便到后宫换上平日穿的家常便服，到陈平家去探视。

陈平躺在床上看书，见汉文帝来慌忙起身行礼。汉文帝急忙把他扶起，说："不敢，朕视卿为父亲，以后除了在朝廷上，其他场合一律免除君臣之礼。"汉文帝扫视一下屋里的陈设，又说："今天听太尉说您病了，特地前来探望，不知是否请过御医诊视？你年岁大了，有病可不要耽搁呀！"

文帝如此关怀，使陈平非常感动。他觉得不能再隐瞒下去了，对文帝讲了心里话："皇上太仁慈了，可我对不起皇上的一片爱臣之心，我犯了欺君之罪呀！"原来陈平并没有病，是装病。他之所以装病，是因为他不想当丞相，要把相位让给周勃。汉文帝不解。陈平就把他让相的理由说出来了。原来高祖刘邦在位时，为了保证汉朝宗室的传承，规定"非刘氏者不得为王"。高祖死后，惠帝懦弱，吕后不顾高祖遗训，又立吕氏家族子、弟为王。这使得诸吕势力越来越大，刘家的势力却日益衰微。吕后死后，诸吕结党，欲谋叛乱，丞相陈平认为时机已到，与太尉周勃共商大计，灭掉诸吕夺取政权。陈平认为新帝继位，应记功晋爵。周勃消灭吕氏集团，功劳比自己大，自己应该把丞相的位子让给周勃，但是周勃不肯接受，他认为消灭吕氏集团的主要功劳是陈平的。陈平便假装有病，不能上朝，使文帝有理由任命周勃为丞相，也使周勃义不容辞担起丞相职务。

陈平把这一切都对文帝说清之后，又诚恳地说："高祖在时，周勃的功劳不如我；诛灭诸吕时，我的功劳不如太尉。所以我愿意把相位让给他，请皇上恩准。"

文帝本来不知消灭诸吕的细节，他是在诸吕倒台后，才被陈平和周勃接到长安的。听了陈平的解释，才知周勃立下了大功，便同意陈平的请求，任命周勃为右丞相，位居第一；任陈平为左丞相，位居第二。

陈平和周勃两位老臣都是汉朝开国元老，却"虚己盈人"，互让相位，流芳千古，值得青少年学习。

| 温馨提示 |
WENXINTISHI

青少年应懂得，有舍才有得，不是什么东西都可以靠争、靠夺得来的，舍得谦让，才能赢得尊重。

谦让增进朋友的情谊

　　朋友间能和睦相处靠的是相互的理解和谦让。对方让一分，自己让十分。如果对方给予了，而自己不愿付出，也是不能结成好朋友的。要想获得交际的成功，需积极主动，把谦让之心献给朋友。对朋友谦让是指对朋友的人生观、价值观、信仰观及思想认识、言论等给予充分的理解和尊重。《呻吟语》中说："目不容一尘，齿不容一芥，非我固有也。如何灵台内许多荆棒却自容得？"《菜根谭》里有句话："处事让一步为高，退步即进步的张本；待人宽一分是福，利人实利己的根基。"这话说得很有道理。对朋友也是这样，既允许朋友的个性差异，也要以宽容为怀，原谅别人，退一步天地宽。

　　管仲和鲍叔牙的相交，历史上称为"管鲍之交"、"管鲍遗风"。这里面揭示了交友的许多真谛，但最主要的一点就是互相理解：鲍叔牙做生意赚了钱，多给家贫的管仲一些，这是理解，而没见利忘义；鲍叔牙在最危险的时候，用身体掩护管仲，这是舍己救人的精神；因为管仲而辞官还乡，这更是出于理解，是更高层次的境界。他俩的友谊稳固长久，理解使然。

　　那么，怎样才能做到谦让呢？

　　（1）不能以自己为标准来要求朋友

　　生活在大千世界中的人在性格、爱好、职业、习惯等诸方面存在着很大的差异，对事物、问题的认识与理解也不尽相同。因此，我们不能要求朋友与自己一样，不能以自己的标准和经验来衡量朋友的所作所为。要承认朋友与自己的差别，并能容忍这种差别。不要企图去改变别人，这样做是徒劳的。

（2）不可吹毛求疵

"人非圣贤，孰能无过！"宋代文士袁采说过："圣贤犹不能无过，况人非圣贤，安得每事尽善？"朋友与朋友在日常的交往中，不可避免地要出现或大或小的失误，这时不要动不动就横加指责，大声呵斥，甚至恨不得将他置于走投无路的境地，而是做到"乐道人之善"，多看到朋友的长处。《论语·阳货》中有"宽则得众"的思想。《论语·微子》中周公曾对鲁公说："无求备于一人！"

（3）不要怨恨朋友

若朋友未能满足自己的需求或有什么过错或做了对不起自己的事情，切不可怀恨在心。因为怨恨不仅会加深朋友间的误会，影响友情，而且会扰乱正常的思维，引起急躁情绪。凡事要站在朋友的角度想想，这样或许能够理解朋友的所作所为。

以上几点如果我们都能做到且做好，朋友就多多益善了。为人谦让更是我们每个人赢取朋友的重要准则。

温馨提示
WENXINTISHI

人是复杂的，不论在什么样的情况下，每个人都渴望别人理解自己。不理解他人的人，是难以找到志同道合的朋友的；不被他人理解的人，则难以挣脱孤独和苦闷的阴影。

骄横不恭是人生成功之大敌

骄傲自满只会让你的人生止步不前，成功人生看重的是长远利益，任何危害长远利益的行为都是成功人生的大敌，骄横就是其中一种。骄横，是指一个人骄傲专横、傲慢无礼、自尊自大、好自夸、自以为是。这样的人在现实生活中经常能看到，具有骄横之气的人，大多自以为能力很强，很了不起，看不起他人。由于骄傲，则往往听不进别人的意见；由于自大，则做事专横，轻视有才能的人，看不到别人的长处。

骄横对人对事的危害性是很大的。

骄傲使人变得无知，让真正有识之士看了发笑。《王阳明全集》卷八中这样写道："今人病痛，大抵只是傲。千罪百恶，皆从傲上来。傲则自高自是，不肯屈下人。故为子而傲必不能孝，为弟而傲必不能悌，为臣而傲必不能忠。"因此猖狂必忍，否则害人害己。如何忍傲忍狂？王阳明认为：猖狂、傲慢的反面是谦，谦逊是对症之药。人真正的谦虚不是表面的恭敬，外貌的卑逊，而是发自内心地认识到猖狂之害，发自内心的谦和。自我克制，明进退，常常能发现自己不如别人的地方，虚心接受别人的批评指正，虚以处己，礼以待人，不自是，不屈功，择善而从，自反自省，忍狂制傲，方可成大事。

如果一个人骄傲自满，狂妄自大，道德不修，即便是亲近的人，也会厌恶你离你远去，古代像禹、汤这样道德高尚的人，尚且还心怀自满招损的恐惧，那么普通人，德量与之相比差得更远，怎么能够不去克制自己的狂妄、自满之心呢？

但是世间又有多少人能够明白这个道理呢？

关羽是智勇双全的人物，但也有自满之时，他出师北进，俘虏了魏国左将军于禁，并将征南将军曹仁围困在樊城。镇守陆口的吴国大将吕蒙回到建业，称病要休养，陆逊去看望他。两个人谈论起国事兵事。陆逊说："关羽节节胜利，经常侵凌别人，现在他又立下了大功，就更加自负自满，又听说你生了病，对我们防范就有可能松懈下来。他一心只想讨伐魏国，如果此时我们出其不意地进攻，肯定能打他个措手不及。"后来吕蒙向孙权推荐陆逊代替自己前去陆口镇守。

　　年轻的陆逊一到陆口，马上就给关羽写信："前不久，您巧袭魏军，只用了极小的代价，便获得了很大的胜利，立下了赫赫战功，这是多么了不起的事啊！敌军大败，对我们盟国也是十分有利的。我刚来此地任职，没有什么经验，学识也浅薄，一直很敬仰您，所以恳请您指教。"又吹捧关羽说："以前晋文公在城濮之战中所立的战功，韩信在灭赵之战中所用的计策，也无法与将军所使用的战略相比。"陆逊信中谦卑的词语，以及请求他照顾的语气，使关羽产生了一种自满之情，更使关羽对吴国放心了。而陆逊则暗中调查，秘密调遣部队，具备了击败和擒获关羽的条件后，大军到达，立刻攻下了蜀中要地南郡。

　　自满是导致失败的原因之一。防止自满情绪产生，就要不断完善自我，不被表面的胜利所陶醉，头脑保持清醒。

　　凡是能够做出一番伟大事业的人，没有一个具有骄矜之气。骄傲专横，是自满的表现，是空虚的表现。

　　《尚书·毕命》中这样阐述道：骄傲、荒淫、矜持、自夸，必将以坏结果而结束。同样的看法在《说苑·丛谈篇》中也有："富贵不与骄傲相约，但骄傲自然而然地随富贵出现了，骄傲和死亡并没有联系，但死亡也会随骄傲而来临。"

　　一代名君唐太宗对侍臣说："天下太平了，自然骄傲奢侈之风容易出现，骄傲奢侈则会招致危难灭亡。"宋朝名将狄青任枢密使的时候，自恃有功，十分骄横傲慢，得罪了一些人。当时文彦博执掌国是，建议皇上调狄青出京做两镇节度使。狄青不服，向皇上陈述自己的想法说："我没有功劳，怎么能接受节度使的任命？我没有犯罪，为什么要把我调离京城呢？"皇上宋仁宗觉得他说得有些道理，就取消了建议，而且称赞狄青是个忠臣。文彦博对仁宗说："太祖不也是周世宗的忠臣吗？太祖得了军心，就有了陈桥兵变。"仁宗听了这番话，嘴上什么也没说，但同意了文彦博的意见。狄青对此毫无所知，就又到中书省去为自己辩解，仗着自己的军功还是不想去当节度使。文彦博则对他说："让你出去当节度使没有别的原因，是朝廷怀疑你了。"狄青一听此话后退数步，惊恐不安，只好出京。朝廷每月两次派使者去慰问他，只要一听说朝廷派人来了，狄青就恐惧不已，不到半年，就发病身亡了。

可见，骄横不忍易招致灾祸。狄青自恃有功，于是骄傲起来，结果是什么呢?是自损其身。人要忍骄，不自以为是，要谦恭待人，礼贤下士，才能获得他人的支持和拥护。

唐代的杜审言，字必简，是杜甫的祖父。唐中宗时做修文馆学士，为人恃才自傲，曾对人说："我的文章那么好，应该让屈原、宋玉来做我的衙役，我的字足以让王羲之北面朝拜。"

杜审言有些太自不量力了，所以被后世的人们所嘲笑。这样骄傲自夸只能是显出了他的见识短浅。骄横不忍只能是贻笑大方。《劝忍百箴》中说："金玉满堂，莫之能守。富贵而骄，自遭其咎。诸侯骄人则失其国，大夫骄人则失其家。"意为金玉满堂，没有人能够把守住。富贵而骄奢，便会自食其果。国君对人傲慢会失去政权，大夫对人傲慢会失去领地。

现代人最大的问题，就是骄矜之气盛行。骄横自大的人，不肯屈就于人，不能忍让于他人。做领导的过于骄横，则不能很好地指挥下属，做下属的过于骄傲则会不服从领导。做儿子的过于骄矜，眼里就没有父母，自然不会孝顺。

温馨提示
WENXINTISHI

人生期望成功，应当首先从谦恭做起，青少年一旦骄横染身，便是人生失败的开始。古往今来，莫不如此。

Chapter
第七章

宽容显大爱，大度对待他人

　　古语有云："海纳百川，有容乃大。"宽容和忍让能够换来最甜蜜的结果。生活中，冲突和争执在所难免。青少年要学会用和平的方式处理冲突和争执。错误在所难免，理应对之宽容。做人应当宽厚容人，不过于苛求他人，要善于容人之过，这样你的周围才会充满知心的朋友和良师。一个人经历过一次忍让，就会多一份宽容的心胸。多一份宽容，就会多一个朋友，少一个敌人。

宽容是人生的一种美德

1995年秋末的一天，两个感情失落的少年在美国加利福尼亚州的一个林场里游玩，途中竟恶作剧地点燃了整片丛林，想到林场主人的焦灼、消防警察们灭火时的慌乱他们得意不已。但他们万万没想到，有一名消防警察在与他们一时兴起引发的火灾进行斗争过程中不幸牺牲了。

牺牲的消防警察是个人见人爱的帅小伙，年仅22岁，在全力以赴履行自己的职责时，他被浓烟熏倒烧死在丛林里。更让人心痛的是，他早年丧父，由母亲单身一人含辛茹苦地养大，他常常对母亲说要好好回报她，而他刚参加工作一周，一次薪水都没领到就牺牲了。

不久，加州政府查明了丛林起火是一起蓄意纵火案，市民愤怒不已。市长下令一定要将罪犯抓捕归案，让他们接受应有的惩罚。警察开始四处追捕，没多久，被列入嫌疑人的两名少年成为全城搜捕的对象。

点火后发生的悲剧不是两个少年最初所想看到的，他们内心充满了内疚与恐惧，陷入了深深的悔恨和恐慌之中，最终，他们离开加州开始四处流窜。

关注两个少年的同时，媒体把更多的精力投放到那位警察母亲的身上，她才是最伤心、最应该保护的人。当这位白发苍苍、一身素装、眼睛混浊而带有忧伤的母亲出现在镜头面前时，在场的所有人都热泪盈眶。当媒体记者纷纷把话筒对准那位母亲，等待她悲哀的控诉和要求严惩凶手的愤怒呼吁时，她的一席话震惊了所有人：

"儿子离开了我，离开了这个人世，我很伤心，但我只想对制造灾难的两个孩子说几句。你们现在一定很懊悔也很恐慌，一定生活得很糟糕，甚至生不如死。你们的母亲现在一定很担心，如果你们尽快赶回家，我会和上帝一起原谅你们……"

那一刻，所有人都哽咽了，没人想到这位母亲会说出原谅杀害儿子凶手的话，所有人都以为等来的是哀伤、愤怒，没人想到竟然是宽恕！更让人意想不到的是，这位母亲发表讲话后不足一个小时，两名准备自杀的少年竟然在附近的一个城市里报警自首了。

10年后，两名鲁莽的少年都已成为人父，他们时常领着自己的妻儿一起去看望那位可敬可爱的单身母亲——他们生命中的另一位母亲。

宽容是一种美德，是一种修养，有时也可能会成为一种拯救。

┃温馨提示┃
WENXINTISHI

很多时候，面对不幸，以宽容之心待人远比悲痛的哀鸣和愤怒的责难更能让对方心生愧疚，也为自己能冷静地面对现实添加了勇气，既拯救了他人，也拯救了自己！

宽容能够换来美好的结果

生活中，冲突和争执在所难免，青少年要学会用和平的方式处理冲突与争执。冲突只能为双方带来伤害，而宽容忍让则能够为我们带来美好的结果。

古时候有个叫陈嚣的人，与一个叫纪伯的人做邻居。有一天夜里，纪伯偷偷地把陈嚣家的篱笆拔起来，往后挪了挪。这事被陈嚣发现后，心想：你不就是想扩大点地盘吗，我满足你。他等纪伯走后，又把篱笆往后挪了3米多。天亮后，纪伯发现自家的地盘又宽出了许多，知道是陈嚣在让他，他心中很惭愧，主动找上陈家，把多侵占的地统统还给了陈家。

《寓圃杂记》中记述了杨翥的两件小事。杨的邻人丢失了一只鸡，指骂被姓杨的偷去了。家人告知杨翥，杨说："又不止我一家姓杨，随他骂去。"又一邻居每遇下雨天，便将自家院中的积水排放进杨翥家中，使杨家深受脏污潮湿之苦。家人告诉杨翥，他却劝解家人："总是晴天干燥的时日多，下雨的日子少。"

久而久之，邻居们被杨翥的忍让所感动。有一年，一伙贼人密谋欲抢杨家的财宝，邻人们得知后，主动组织起来帮杨家守夜防贼，使杨家免去了这场灾祸。

冲突和争执会破坏团结和友谊，如果以一种宽容的方式去化解冲突和矛盾，就会避免因冲突而给双方带来的伤害，进而重新赢得团结。

战国时期，楚、梁两国交界，两国在边境上各设界亭，亭卒们在各自的地里种了西瓜。梁亭的亭卒勤劳，锄草、浇水，瓜秧长势极好；而楚亭的亭卒懒惰，不事瓜事，瓜秧又瘦又弱，与梁亭瓜田的长势简直不能相比。楚亭的人心生嫉妒，于是，在一天晚上乘着夜色偷跑过去把梁亭的瓜秧全给扯断了。

第二天，梁亭的人发现自己瓜地里的瓜秧全被人扯断了，他们气愤难平，报告边县的县令宋就说，我们也过去把他们的瓜秧扭断好了。宋就说："这样做当然能解气。可是，我们明明不愿他们扯断我们的瓜秧，为什么要反过去扯断别人的瓜秧？别人不对，我们再跟着学，那就太狭隘了。你们听我的话，从今天起，每天晚上去给他们的瓜秧浇水，让他们的瓜秧长得好。而且，你们这样做，一定不能让他们知道。"梁亭的人听了宋就的话后觉得很有道理，于是就照办了。渐渐地，楚亭的人发现自己的瓜秧长势一天好过一天，仔细观察后发现每天早上地都被人浇过了，而且是梁亭的人在黑夜里悄悄为他们浇的。楚国的边县县令听到亭卒们的报告后，感到十分惭愧和敬佩，于是把这件事报告给了楚王。

楚王听说这件事后，感于梁国人修睦边邻的诚心，特备重礼送给梁王，以示自责，也用来表示酬谢。结果这一对敌国成了友好的邻邦。

|温馨提示|
WENXINTISHI

生活中有很多事当忍则忍，能让则让。忍让和宽容不是懦弱和怕事，而是关怀和体谅。以己度人，推己及人，青少年就能与别人和睦相处，甚至能够化敌为友。

宽容能化解生活中的干戈

宽容他人，在非原则问题上，以大事为重，你会得到退一步海阔天空的喜悦，会得到化干戈为玉帛、化怨恨为友谊的喜悦。

库克是英国一家公司的职员。

有一天，当库克驾驶着蓝色的宝马回到公寓地下的车库时，又发现那辆黄色的法拉利停得离他的泊车位那么近。"为什么老不给我留些地方！"库克心中愤愤地想。

第二天，库克比那辆黄色的法拉利先回到家。当他正想关掉发动机时，那辆法拉利开了进来，驾车人像以往那样把她的车紧紧地贴着库克的车停下。

库克实在无法忍耐，外加他正患感冒头疼得厉害，况且他还刚收到税务所的催款单，于是库克怒目瞪着黄色法拉利的主人大声喊道："瞧你！是不是可以给我留些地方？你离我远些！"

那位黄色法拉利的主人也瞪圆双眼回敬库克："和谁说话哪？"她边尖着嗓门大叫边离开车子，"你以为你是谁，是总统？"说完对库克不屑一顾地扭转身子走了。

库克咬咬牙心想："我会让你尝尝我的厉害。"

第三天，库克回家时，黄色的法拉利正好还未回车库，库克把车子紧挨着她的泊车位停下，这下她也会因为水泥柱子而打不开车门。

接着的几天，那辆黄色的法拉利每天都先于库克回到车库，逼得库克好苦。

"老这样下去能行吗？该怎么办呢？"不过库克立即有了一个好主意。

几天后的一个早晨，黄色法拉利的女主人一坐进车子就发现挡风玻璃上放着一个信封，她抽出信纸一看，只见上面写着：

亲爱的黄色法拉利：

很抱歉我家的男主人那天向你家女主人大喊大叫。他并不是有意针对哪个人的，这也不是他惯有的作风，只是那天他从信箱里拿到了带来坏消息的信件。我希望您和您家的女主人能够原谅他。

您的邻居蓝色宝马

紧接着一个早晨，当库克走进车库时，一眼就发现了挡风玻璃上的信封，他迫不及待地抽出信纸，上面赫然写着：

亲爱的蓝色宝马：

我家的女主人这些日子也一直心烦意乱，因为她刚学会驾驶汽车，因此还停不好车子。我家女主人很高兴看到您写的便条，她也会成为你们的好朋友的。

从那以后，每当蓝色的宝马和黄色的法拉利再相见时，他们的驾车人都会愉快地微笑着打招呼。

接下来的故事更耐人寻味：黄色法拉利的女主人是一家大公司

的董事长，经过一段时间的交往考察以后，她聘请库克担任了公司一个部门的经理。库克利用宽容的心态面对生活，最终使自己强大起来，由普通职员变成了公司高层管理人员。

生活中，有很多人总是与别人斤斤计较，结果周围的人都成了自己的敌人，自己成了孤家寡人，让自己陷入尴尬痛苦的境地。

怎样才能改变这种状况呢？只有一个办法：那就是学会宽容。

忙碌在滚滚红尘中，面对一个小小的过失，常常一个淡淡的微笑，一句轻轻的歉语，便会获得包涵谅解，这就是宽容；在人的一生中，常常因一件小事、一句不经意的话，使人不理解或不被信任，但不要苛求他人，以律人之心律己，以恕己之心恕人，这也是宽容。所谓"己所不欲，勿施于人"，也是寓理于此。

|温馨提示|
WENXINTISHI

宽容和博爱能使人的心灵变得广阔无比，冤家宜解不宜结，青少年要学会化解仇恨，包涵原谅别人的过失。

学会给他人以台阶下

一个心胸开阔的人不会把时间花在一些无谓的小事情上。这种小事情会使人偏离自己本来的主要目标和重要事项的方向。如果一个人对一件无足轻重的小事情作出反应——小题大做的反应——这种偏离就产生了。

以下这些对无谓小事情的荒谬反应值得参考：

大约900年前，一场蹂躏了整个欧洲的战争竟然是关于桶的争吵而爆发的。1654年的瑞典与波兰之战仅仅是因为在一份官方文书中，瑞典国王的附加头衔比波兰国王少了一个。一个小男孩向格鲁伊斯公爵扔鹅卵石，于是导致瓦西大屠杀和30年战争。有人不小心把一个玻璃杯里的水溅到托莱侯爵的头上，于是导致了英法大战。

作为普通人，我们不可能因为一个小争端就引发一场战争，但我们可能会因此而使周围的人不愉快。俗话说："宰相肚里能撑船。"如果我们每个人都能够长存宽容之心，不介意无谓的小事情，那么我们的生活就会避免许多争执，我们周围的世界也会变得和谐、可爱。

卡耐基在第二次世界大战结束后不久参加了一个宴会。在宴会上，有一位坐在卡耐基旁边的先生讲了一个幽默故事，然后在结尾的时候引用了一句话，意思是：谋事在人，成事在天。那位先生还特意指出这是《圣经》上说的。

卡耐基一听就知道他错了。他看过这句话，然而不是在《圣经》上，而是在莎士比亚的书中，他几天前还翻阅过，他敢肯定这位先生一定搞错了。于是他纠正那位先生说，这句话是出自莎士比亚的书。

"什么？出自莎士比亚的书？不可能！绝对不可能！先生你一定弄错了，我前几天才特意翻了《圣经》的那一段，我敢打赌，我说的是正确的，一定是出自《圣经》！如果你不相信，我可以把那一段背出来让你听听，怎么样？"那位先生听了卡耐基的反驳，马上说了一大堆话。

卡耐基正想继续反驳，忽然想到自己的朋友里诺就坐在自己的身边，里诺是研究莎士比亚的专家，他一定会证明自己的话是对的。

于是卡耐基便对里诺说："里诺，你说说，是不是莎士比亚说的这句话？"

里诺盯着卡耐基说："戴尔，是你搞错了，这位先生是正确的，《圣经》上确实有这句话。"随即卡耐基感到里诺在桌下踢了自己一脚。他大惑不解，但出于礼貌，他向那位先生道了歉。

回家的路上，满腹疑问的卡耐基埋怨里诺："你明白那本来就是莎士比亚说的，你还帮着他说话，真不够朋友。还让我不得不向他道歉，真是颠倒黑白了。"里诺一听，笑了："《李尔王》第二幕第一场上，有这句话。但是我可爱的戴尔，我们只是参加宴会的客人。而你知道吗？那个人也是一位有名的学者，为什么要我去证明他是错的，你以为证明了你是对的，那些人和那位先生会喜欢你，认为你学识渊博吗？不，绝不会。为什么不保留一下他的颜面呢？为什么要让他下不来台呢？他并不需要你的意见，为什么要和他抬杠？"

温馨提示
WENXINTISHI

宽容要求我们不要因为小事和别人争执，能不苛责的时候就不要苛责，多给人台阶下，多放人过关。这应该成为我们待人处世的原则。

我们不要抓住他人的错误或缺点不放，要学会给别人台阶下，得饶人处且饶人，这样不仅会减少矛盾，也会提升自己的善良品质，进而会形成一种良好的社会风气。这种与人为善、悲悯众生的品德，正是人类生存所需要的美德。谁没有需要别人帮助的时候呢？从根本上说，谁又有资格装出法官的样子来审判和惩罚他人呢？谁没有偶尔疏忽或急中出错，需要别人宽恕的时候呢？如果你拘泥于这种低层次的偏执，则不仅会使他人尴尬难堪，悲从中生，也会让自己无端生仇，从天上降下个大灾难。从某种意义上来说，向善大于任何对错是非和人间法律。记住，不为难人，得饶人处且饶人。这种态度不仅应对一般人，也包括那些与我们结有仇怨，甚至是怀有深仇大恨的人。

林肯竞选总统前夕，在参议院演说时，遭到一个参议员的羞辱，那参议员说："林肯先生，在你开始演讲之前，我希望你记住自己是个鞋匠的儿子。""我非常感谢你使我记起了我的父亲，他已经过世了，我一定记住你的忠告，我知道我做总统无法像我父亲做鞋匠那样做得好。"参议院陷入了一片沉默。

他转过头来对那个傲慢的议员说："据我所知，我的父亲以前也为你的家人做过鞋子，如果你的鞋子不合脚，我可以帮你改正它。虽然我不是伟大的鞋匠，但我从小就跟我的父亲学会了做鞋子的技术。"然后，他又对所有的参议员说："对参议院的任何人都一样，如果你们穿的那双鞋是我父亲做的，而他们需要修理或改善，我一会定尽可能地帮忙。但有一点可以肯定，他的手艺是无人能比的。" 说到这里，所有的嘲笑化作了真诚的掌声。

有人批评林肯总统对待政敌的态度："你为什么试图让他们变成朋友呢？你应该想办法打击他们，消灭他们才对。"

"我们难道不是在消灭政敌吗？当我们成为朋友时，政敌就不存在了。"林肯总统温和地说。这就是林肯总统消灭政敌的方法，将敌人变成朋友。

他，两度被选为美国总统。

今天在以他名字命名的纪念馆的墙壁上刻着的是这样的一段话："对任何人不怀恶意；对一切人宽大仁爱。"

| 温馨提示 |
WENXINTISHI

以宽容之心待人，也会收获宽容，宽容的力量不可估量。

恪守信用，信用聚积财富

信用，是一项彼此的约定，也是一种具有约束力的心灵契约。有时它无体无形，但却比任何法律条文都具有更强的行为规范。信誉是一笔永远增值的财富。

讲信用是高尚品格中最重要的积极元素。做人有古训：人无信不立，"言而无信，不知其可"。可见，人若无信，则无法生存。信用是人生最重要的资本，是走向成功的关键。不珍惜自己信用的人，无疑是在自毁前程。

诚信是人生最宝贵的财富

许诺是件非常严肃的事情，对不应办的事情或办不到的事，千万不能轻率应允。一旦许诺就要千方百计去兑现诺言恪守诚信，这意味着人要对自己的承诺履行责任和义务，言必信，行必果。

《郁离子》一书中有如下一则故事：

济阳某商人过河船沉遇险，他拼命呼救，渔人划船相救。商人许诺："你如救我，我付你100两金子。"渔人把商人救到岸上，商人只给了渔人80两金子，渔人责商人言而无信，商人反责渔人贪婪。渔人无言走了。后来，这商人又乘船遇险，再次遇上渔人。前次救商人的渔人对旁人说："他就是那个言而无信的人。"众渔人停船不救，最后商人淹死在河中。这就是轻诺寡信或言而无信的后果。

讲究诚信是人的美德，是人生的最宝贵财富。埃及巨商奥斯曼的成功就来自他对诚信的坚持。

1940年，奥斯曼以优异的成绩毕业于开罗大学并获得了工学院学士学位，重新回到了伊斯梅利亚城。贫穷的大学毕业生想自谋出路，当一名建筑承包商。但当时奥斯曼身无分文，只得在舅父的承包行里暂时栖身。1942年，他离开舅父，开始了实现自己成为建筑承包商的梦，虽然手里仅有180埃镑，却筹办了自己的建筑承包行。

奥斯曼相信事在人为，人能改变环境，不应成为环境的奴隶。根据在舅父承包行所获得的工作经验，他确立了自己的经营原则：

"谋事以诚，平等相待，信誉为重。"创业初期，奥斯曼不管业务大小、盈利多少，都积极争取。他第一次承包的是一个极小的项目，他为一个杂货店老板设计一个铺面，合同金只有3埃镑。但他没有拒绝这笔微不足道的买卖，仍是颇费苦心，毫不马虎。他设计的铺面满足了杂货店老板的心意，杂货店老板逢人便称赞奥斯曼。于是，奥斯曼的信誉日益上升。奥斯曼的经营原则使他获得了顾客的信任，他的承包业务也日渐发展。

20世纪50年代后，在海湾地区发现大量石油，各国统治者相继加快了本国建设的步伐。他们需要扩建皇宫、修筑公路等。这给了奥斯曼一个历史性的机会，他以创业者的远见率领自己的公司开进了海湾地区。他面见沙特阿拉伯国王，陈述自己的意图，并向国王保证：他将以低投标、高质量、讲信誉来承包工程。沙特阿拉伯国王答应了奥斯曼的请求。后来工程完工时，奥斯曼请来沙特国王主持仪式，沙特国王对此极为满意。

奥斯曼讲究信誉、保证质量的为人处事方法和经营原则使他的影响不断扩大。随后几年，奥斯曼在科威特、约旦、苏丹、利比亚等国建立了自己的分公司，成为享誉中东地区的大建筑承包商。

奥斯曼讲究信誉的做法在一定情况下会使自己吃亏。但亏必有盈，亏给其长远的事业发展带来的是积极、长远的影响。

1960年，奥斯曼承包了世界上著名的阿斯旺高坝工程。这个工程的地质构造复杂、气温高、机械老化等不利因素给建筑者带来了重重困难，从所获利润来说，承包阿斯旺高坝工程还不如承包别的建筑。奥斯曼为了国家和人民的利益，克服一切困难，完成了阿斯旺高坝工程第一期的合龙工程。但随后却发生了一件奥斯曼意料不到的事情，让他吃了大亏。

纳赛尔总统于1961年宣布国有化法令，私人大企业被收归国有。奥斯曼公司在劫难逃。国有化后，奥斯曼公司每年只能收取利润的百分之四，奥斯曼本人的年薪仅为3.5万美元。这对奥斯曼和他的公司都是一次沉重的打击。奥斯曼没有忘记自己的诺言，他委曲求全，丝毫不记恨，继续修建阿斯旺高坝。

纳赛尔总统看到了奥斯曼对阿斯旺高坝工程所做的卓越贡献，于1964年授予奥斯曼一级共和国勋章。奥斯曼保全了自己的形象与自己的处事原则。他并没有白吃亏，1970年萨达特执政后，发还了被国有化的私人财产。奥斯曼公司规模被扩大，参加了埃及许多大工程的单独承包。奥斯曼本人到1981年拥有40亿美元的财富，成为驰名中东的亿万富翁。奥斯曼讲究诚信的为人处世的方法，使他在商界获取了巨大的成功，而且使他在政界大放异彩，其关键在于他牢固地树立了自己的诚信形象。奥斯曼进入内阁后，成为萨达特总统的得力干将。1977年，奥斯曼的儿子和萨达特的女儿结成伉俪，奥斯曼与萨达特成为儿女亲家，来往更加密切。1981年，萨达特任命奥斯曼为主管人民发展事务的副总理，负责制定全国发展计划总纲要。奥斯曼同时被民族民主党人民发展委员会选为主席。

讲究诚信使奥斯曼成为巨商，并因此而驰骋政坛。可以说，诚信是他一辈子最宝贵的财富。

| 温馨提示 |
WENXINTISHI

人贵在诚信，不欺诈、不说谎，做一个实实在在的人，做一个对自己的言行负责的人。只有诚信的人，才能赢得别人的信赖和尊重，所以说，诚信是金。

信用是人格的体现

信用是人格的体现，是人类社会平稳存在、人与人和平共处的基础，也是人性中最珍贵的部分。它与伪君子无缘，与空谈家远离。给人以信用，就是对人许诺，那是不变的永恒。

要维护遵守信用，有时自然要牺牲一些时间、爱好和自由，甚至要付出鲜血和生命。但如果你自己，与你所在的整个世界都没有了信用，那你又将生活在一个什么样的人世间？做人，要讲信誉；做事，也要讲信誉；开企业，搞经营，更离不开信誉。青少年要懂得诚信的真谛，在成长的过程中恪守道德的底线。

香港富豪李嘉诚说："一个企业的开始意味着一个良好的信誉的开始。有了信誉，自然就会有财路，这是必须具备的商业道德，就像做人一样，忠诚、有义气。对于自己每说出的一句话，做出的每一个承诺，一定要牢牢记在心里，并且一定要能够做到。"

一个讲诚信的人，在修炼自我诚实美德的同时，他还能给予他人以充分的信任。信任，是建立和谐的人际关系和社会空间的无阶契约。

两个淘金人在那起伏的沙海中迷失了方向。白天炎炎的烈日，夜里透骨的寒冷，不仅耗尽了他们的食物与淡水，也消耗了他们的精神与体力。肩上沉重的金子使他们疲惫的身躯变得极度地虚弱，但横亘在面前的依然是那一望无垠的沙海。

随着时间的流逝，淘金人的信念开始动摇。尽管金子的沉重增加了他们行走的困难，他们也知道因此会被夺去生命，但他们仍然舍不得那诱人的灿灿金色。因为，正是为了那些金子，他们才选择了这条人迹罕至的险途。

就在他们百般绝望的时候，淘金人遇到了一个穿越沙漠的当地人，但当地人已没有食物和水送给他们。可当地人告诉淘金者说，只要跟着他走，他会带他们走出沙漠的，因为他已穿越沙漠无数次。

经过反复的权衡，两个淘金者中只有一个肯与当地人同行，而另一个却怎么也不相信当地人的话，坚持留了下来。

后来，当地人带着那个淘金者走出了沙漠，而那个留下来的人，就在那硕风浩浩的沙漠中耗尽了生命。直到很久很久之后，一支驼队才在流动的沙丘中，发现了他早已干枯的尸体。因为黄金的重负，淘金人的一大半身体深深地陷进了沙里。

当物质的文明得到发展的时候，我们的精神却不同程度地开始荒芜。只有彼此间的信任，才是我们生存的根源，而绝不是那些具有法律效力的合同与契约，就像那个枯死的淘金者，仅仅是因为怀疑，就拒绝了信任，从而也就拒绝了原本璀璨的生命。

缺乏信任的维持，我们的世界将失去平静和色彩，也许世界真的就变成了那个枯死的淘金者最后生命中的沙漠。信任是人格的体现，是每个人心中的绿洲，是每个人成长的基石。

青少年朋友应该在心灵的净土上播撒信任的种子，让它生根发芽，那样我们心灵中信任的森林就会变得郁郁葱葱。

守信是赢得信任的关键

有一位已是千万身价的朋友，讲了下面一个关于信用的故事。

"那还是两年前，我的事业刚刚起步，每天只能骑自行车上下班。有一天傍晚，我急匆匆地往家赶，但没走多远，自行车就被扎了胎。这时，前后左右，没有出租车，也没有修车行。最要命的是，我摸遍全身发现，自己全身上下一分钱也没有带。

推着车子走了很远，终于遇到一个正要收工的流动修车摊。当时，满天的云愈积愈浓，眼看着一场大雨就要来临。顾不得许多，我恳求那位年迈的师傅赶紧帮忙修车。

当我声明身上没带钱时，那个师傅说："行啊，留下点什么做抵押，明天来取。"我说："行，我把工作证留下。"他看了看我，再也没说话，动手修起车来。

交谈中得知，这位老人也曾显赫辉煌过，曾经连续十年被评为

"市级劳动模范"，但因为不识字，一直在基层岗位上工作着。他还是一个爱厂如家的模范，在儿女中学毕业后，他劝说孩子们到他所在的工厂工作。但时过境迁，企业终于垮掉了，老模范眼含热泪，一步一回头地离开了自己几乎奉献毕生的工厂。在儿女下岗的同时，自己的老伴又不幸得了偏瘫卧床不起，企业已经指望不上，全家就靠他摆的这个修车摊聊以度日。

车子修好后，我把工作证留给了老人。老人一边很仔细地放好，一边抱歉地对我说："孩子，我没有文化，做得可能也不对。不是我俗气，我是不得已啊！按说，谁没有个需人帮忙的时候，谁能万事不求人？可我真的需要钱啊，留下您的证，您多担待着点儿吧。"

我赶紧说："看您说的，该我说谢谢才对，没您帮忙我可怎么回家啊！"我心里想，付出了劳动收获报酬，是天经地义的事。

而这次老人要的报酬仅仅是2元钱。

第二天，我又来到了那位老人的摊子，想把昨天的钱还给他。没想到老人一脸的惶恐，说话也变得结巴起来。原来，由于昨天被大雨浇湿，奔跑中，老人将我的工作证弄丢了。今天尽管自己仍在发着烧，但为了不失信用地等我，仍然强撑着到此摆摊。

我有些冲动地说："你怎么能这样？你知不知道，办证很麻烦，而且要好多钱？"我相信，就在当时，我一定显现出了自己心灵丑恶的本性。我这个曾受人恩惠的人，一旦摆脱了困境，就忘记了自己曾有过的乞求。可能有那么多的人在场，老人的表情很不自然，只是一个劲儿地道歉。

离开老人的车摊，我开始意识到自己的表现，真的不像是一个有修养的人的作为。因为再办一个工作证并不麻烦，也用不了多少钱。而最起码，如果不是老人帮忙，昨天淋雨与今天生病的，应该是我而不会是他。不久，我渐渐地淡忘了这件事。

大约过了近半个月的时间，老人却找到公司来了，他并没有找到工作证，但却记住了我的单位和名字，并送来150元钱，给我用作办证的费用。我知道，那几乎是老人半个月的所有劳动所得。

尽管我一再说明情况，称当时不过是一时气盛说了那些话，但老人执意要把钱留下，还很歉意地说："真对不住啊！收下吧。做人总该讲点信用，那是老天教人做人的本分。"

从那一天起，我一直感谢老人给我上了关于信用的最好一课。事实上，这件事给了我很大的震动，老人的言行让我重新思考公司的立足之本。公司得到发展之后，在我的恳求之下，老人来到公司，成了一名极为出色的仓库管理员。"

讲究信用是做人的美德。其本身虽不足以塑造一个伟人，但它是伟大的人的品格中最重要的元素。

| 温馨提示 |
WENXINTISHI

诚实守信是做人最起码的原则，是人世间最宝贵的品质，它能让你赢得别人的帮助和信赖；同时，诚实守信也是财富，也能让你走向事业的成功。

诚实守信是交友的前提

守信是优良品德，失信是不道德的行为。一个言而无信的人是不会得到别人尊敬的，同时也没有人愿意与其合作。

张明是高中一年级的学生。语文课上老师给大家讲课文《赤壁之战》，推荐学生去读《三国演义》。张明想起爸爸前几天买的全套的新版《三国演义》影碟。下课时，他对同学李华说："我爸前几天买了全套《三国演义》影碟动画片，火烧战船的场面可精彩了。"李华听得心痒痒的，便请求张明："你明天能带来借给我看一下吗？"张明满口答应："行！"可第二天一早张明本想带影碟给李华，可他又舍不得。于是，当李华问张明带来没有时，张明却说自己忘了。李华非常失望。

讲信用能博得他人的信任，让自己品质提升。

宋庆龄是一位有教养的女性，这跟她的家庭教育分不开。宋庆龄的母亲倪桂芝，早年毕业于上海培文女子高等学堂，同时又接受了西方文化的熏陶，是个贤淑的女性。她对宋庆龄的教育成就了一位伟大的女性。

有一次，宋耀如准备带着全家去朋友家做客，孩子们大都穿好了礼服就要出发了，只有宋庆龄仍在钢琴前弹奏着那首动听的曲子。母亲喊道："孩子们快走吧，伯伯正等着我们呢！"听到妈妈的喊声，宋庆龄立即合上琴盖，跑出房间，拉着妈妈的手就走，刚迈出大门，突然又停住了脚步。

"怎么啦？"一旁的宋耀如看到宋庆龄停住脚步，不解地问道。

"今天我不能去伯伯家了！"庆龄有些着急地说。

"为什么不能去，孩子？"倪桂芝望着女儿说。

"爸爸，妈妈，我昨天答应小珍，今天她来我们家，我教她叠花。"庆龄说。

"我原以为有什么非常重要的事情呢！这好办，以后再教她吧！"父亲说完，拉着庆龄的手就要走。

"不行！不行！小珍来了会扑空的，那多不好呀！"庆龄边说边把手从父亲的大手里抽回来。

"那也不要紧呀！回来后你就到小珍家去解释一下，并表示歉意。明天再教她叠花不也可以吗？"妈妈说。

"不！妈妈，您不是常说要信守诺言，我答应了别人的事，怎么可以随意改变呢？"宋庆龄不停地摇着头说。

"我明白了，我们的罗莎蒙黛是一个守信用的孩子，不能自食其言是吗？"妈妈望着庆龄笑了笑，接着说，"好吧，那就让我们的罗莎蒙黛留下吧！"宋耀如夫妇放心不下家中的小庆龄，在客人家吃过中午饭，就提前匆匆回到家中。一进门，宋耀如高声喊道："亲爱的罗莎蒙黛，你的朋友小珍呢？"宋庆龄回答说："小珍没有来，可能是她临时有什么急事吧！""没有来，那我的小罗莎蒙黛一个人在家该多寂寞呀！"倪桂芝心疼地对女儿说。"不，小珍没有来，家中虽然只有我一个人，但是我仍然很快活，因为我信守了诺言。"

人与人合作的基本前提就是要守信用。青少年要在人与人的交往中做到守时守信。守时守信的人更受人欢迎，更容易获得社交的成功。守信的人，别人就愿意与他合作。

青少年要讲信用，负责任，答应别人的事要兑现；如果经过再三努力仍没有做到，应诚恳地说明原因，表示歉意。在答应别人之前，要慎重考虑自己有没有能力和把握做到，对不能做到的，就不要轻易答应；对比较有把握做到的，也应留有余地，不要大包大揽。

如果与朋友有约定，就算没有什么价值，也要按时赴约。青少年朋友要在这些约束中，学习到如何自己管理自己的行为。久而久之，我们安排任何事情都会守信践诺，并且把它当作一种自律精神。

| 温馨提示 |
WENXINTISHI

青少年还要学会做事遵守承诺、按时赴约等，不管事情多么微小都是对对方的重视和尊重，也是约束自己的基本要求，是懂礼貌、有教养、威信高的最直观表现。

敢于负责，责任显示气度

责任心是一个人成长的动力，对家人、对朋友、对国家的责任都可以成为我们奋斗的动力。同时，承担责任也是一个人走向成熟的标志。当一个人的责任心在心底萌发时，就是走向成熟的开始。青少年作为未来社会的主人翁，应当学会自觉地为祖国、为社会、为家人担负起自己的责任意识，在承担责任的过程中不断地成长，走向成熟。

责任心是成长的动力

责任是一个人成长的动力。美国总统林肯曾这样说过："我——对全美国人，对基督世界，对历史，而且，最后，对上帝负责。"林肯成就了自己的伟大人生，得到了世人的尊敬与敬仰。应该说，这与他的责任感不无关系。人活在世上，难免要承担各种责任——家庭、亲戚、朋友、国家、社会等方面的责任。这些责任既是我们的义务，同时也是我们成长的重要动力。

1957年，诺贝尔文学奖的获得者阿贝尔·加缪出生在一个贫苦的家庭。在他还不懂事的时候，父亲就在战场上牺牲了，只剩下母亲与他相依为命。因为家里没有什么积蓄，小加缪和母亲的生活特别艰难。但是，为了不让儿子在同伴中感到自卑，在小加缪到了上学年龄以后，母亲还是毫不犹豫地把他送到了学校。可是，懂事的小加缪很快就发现，因为自己上学又增加了学费和其他一些花销，母亲肩上的担子更重了。母亲每天都努力地工作着，由于经常熬夜，才五十几岁的人，脸上就已经早早地爬满了皱纹。懂事的小加缪看在眼里，疼在心里。

一天晚上，加缪又伏在那盏小煤油灯下复习功课，写完作业之后，他看见母亲还在忙碌，自己又帮不上忙，就早早地上床睡觉了。半夜里，加缪忽然被一阵咳嗽声惊醒了，睁开眼睛一看，母亲还没有睡，她正借着微弱的灯光缝补衣服。小加缪再也忍不住了，他一骨碌从被子里爬起来："……妈妈，我以后再也不能让你这么辛苦了。你看，我已经长大了，是个小男子汉了，我想出去找点活儿干，减轻一下家里的负担。"儿子善解人意的话，让母亲的眼睛湿润了。她把小加缪紧紧地搂在怀里，泪水顺着面颊流了下来。

看见母亲流下眼泪，小加缪有些不知所措："妈妈，难道我说错了吗？你为什么哭了？"

"好孩子，你没有说错。可是你现在还太小了，妈妈怎么舍得让你去干活儿呢？你现在需要的是好好学习，只有等你长大了，才能帮助妈妈减轻负担呀！"母亲抚摸着加缪的头轻轻地说。

听了母亲的话，小加缪认真地点了点头，从那以后，他学习更认真了。但是，无论母亲怎么努力，他们家的生活还是越来越困难。读完小学以后，在小加缪的一再央求下，母亲终于同意了他的请求，让他去做些事情，帮助家里减轻负担，但前提是不能耽误自己的学习。从那以后，小加缪一边读书，一边劳动。一开始，他找到了一份扫大街的工作。对小加缪来说，这份工作无疑是份苦差事。因为他每天不仅需要很早起床，还要拿着几乎跟他一样高的扫帚去扫大街，人小，扫的地方又大，小加缪常常累得满头大汗。

为了给母亲减轻负担，小加缪努力地坚持了过来。后来，小加缪又到一个饭馆里去洗碗。这个工作和扫大街的工作比起来更辛苦，加缪和几个小伙计每天都拼命干活，还常常不能按时洗完那些堆如小山一样高的碗碟。

艰难的生活让加缪经受了磨炼，也培养了他刻苦勤奋的优良品质。后来，他通过自己的不懈努力，考取了大学，并最终获得了诺贝尔文学奖，成为举世瞩目的大文学家。

成就加缪的是什么？答案可以找出很多。但毫无疑问，加缪对母亲的爱，对家庭的那份责任感，是帮助他走过那段灰暗日子的精神支柱，也是加缪最具光彩的人生财富。

小加缪的成长带给我们一个启示：责任是一个人成长的动力。对家人、对朋友、对国家的责任都可以成为我们奋斗的动力。

| 温馨提示 |
WENXINTISHI

成功的人不仅承担责任，他们还希望增加责任，以便激发更多的能力。责任感往往能使人创造出奇迹。不要错过任何发挥自己能力的机会。承担责任、抓住机会，因为这会增加你的能力。

责任心伴你走向成熟

责任可以让一个人更快地成熟起来。一个人要想跨进成功的大门，他必须持有一张门票——责任心。责任心是每个人都必须具备的品质，同时也是一个人走向成熟的重要标志。我们到这个世界上来是为了一个高尚的目的，所以必须好好尽我们的责任。

本杰明·富兰克林小时候很喜欢钓鱼，他把大部分闲暇时间都花在了那个磨坊附近的池塘旁边。在那儿，他可以钓到从远方游来的鲽鱼、河鲈和鳗鲡。

一天，大家都站在泥塘里，本杰明对伙伴们说："站在这里太难受了。""就是嘛！"别的男孩子也说，"如果能换个地方那该多好啊！"

在泥塘附近的干地上，有许多用来建造新房地基的大石块。本杰明爬到石堆高处。"喂！"他说，"我有一个办法。站在那烂泥塘里太难受了，泥浆都快淹没到我的膝盖了，你们也差不多。我建议大家来建一个小小的码头。看到这些石块没有？它们都是工人们用来建房子的。我们把这些石块搬到水边，建一个码头。大家说怎么样？我们要不要这样做？""要！要！"大家齐声大喊，"就这样定了吧！"

他们决定当晚再聚到这里开始他们伟大的计划。在约定的时间里孩子们都到齐了，开始搬运石块。最后，他们终于把所有的石块都搬来了，建成了一个小小的码头。

"伙计们！现在，"本杰明喊道，"让我们大喊三声来庆祝一下再回去，我们明天就可以轻轻松松地钓鱼了。"

"好哇！好哇！好哇！"孩子们欢叫着跑回家去睡觉了，梦想着明天的欢乐。

第二天早晨，当工人们来做工时，惊奇地发现所有的石块都不翼而飞了。工头仔细地看了看地面，发现了许多小脚印，有光着脚的，有穿着鞋的。沿着这些脚印，他们很快就找到了失踪的石块。

"嘿，我明白是怎么回事了。"工头说，"那些小坏蛋，他们偷石头来建了一个小码头。不过，这些小鬼还真能干。"

他立即跑到地方法官那儿去报告。法官便下令把那些偷石头的家伙带进来。

幸好，石头的主人是一位绅士，他十分尊重本杰明的父亲，而且孩子们在这整个事件中体现出来的气魄也让他觉得非常有趣。因此，他不假思索地放了他们。

但是，这些孩子们却要受到来自他们父母的教训和惩罚。在那个悲伤的夜晚，许多荆条都被打断了。至于本杰明，他更害怕的是父亲的训斥，而不是鞭打。事实上，他父亲的确是愤怒了。

"本杰明，过来！"富兰克林先生用他那一贯低沉严厉的声音命令道。本杰明走到父亲的面前。"本杰明，"父亲问，"你为什么要去动别人的东西？"

"唉，爸爸！"本杰明抬起了先前低垂的头，正视着父亲的眼睛，"要是我仅仅是为了自己，我绝不会那么做。但是，我们建码头是为了大家都方便。如果把那些石头用来建房子，只有房子的主人才能使用，而建成码头却能为许多人服务。"

"孩子，"富兰克林严肃地说，"你的做法对公众造成的损害比对石头主人的伤害更大。我的确相信，人类的所有苦难，无论是个人的还是公众的，都来源于人们忽视了一个真理，那就是罪恶只能产生罪恶。正当的目的只能通过正当的手段去达到。"

富兰克林一生都无法忘记他和父亲的那次谈话。在他以后的人生道路上，他始终实践着父亲教给他的道理。

责任可以让一个人变得更加成熟。当一个人的责任心在心底萌发时，就是他走向成熟的开始。美国总统肯尼迪在就职演说中说："不要问美国给了你们什么，要问你们为美国做了什么？"这句关于责任的经典话语激励了无数美国青年。同样，也能够为我们的成长带来很重要的启示。

| 温馨提示 |
WENXINTISHI

作为新世纪主人的我们，应当主动去为祖国、为社会、为家人负起自己的责任，这样才能够在承担责任中不断地成长，走向成熟。

培养责任心，让你受益终生

责任心是孩子做人的基础，因为有责任心的人，首先要有一定的道德水准，否则他也不可能对事情负责。责任心也是做事的标准之一，没有责任心就不可能认真去做事。所以，青少年要培养责任感，养成对自己的行为结果负责的习惯。

青少年要想在今后的日子里，很好地立足于复杂的社会，担当起重任，那么就必须培养富有责任心的习惯。

| 温馨提示 |
WENXINTISHI

一个人承担的责任越多越大，证明他的价值就越大。责任心是衡量一个人成熟与否的重要标准。一个缺乏责任心的人，在遇到没有人能为他负责的时候，就去哀叹自己的不幸，抱怨生活的不公。

"责任存乎心，终生益无穷"，青少年培养出为自己的行为负责的习惯将会终生受益。因此，青少年朋友要敢作敢为，养成对自己行为负责的习惯。培养自己负责任的习惯从以下两个方面做起。

首先，要学会自我负责，对自己行为的后果负责。要善于抓住生活中的点滴小事，不论事情的结果好坏，只要是自己的独立行为结果，就要敢作敢当，不要逃避责任，应勇于承担责任的后果。

其次，要多接触社会，创造承担责任的机会，在接触社会中体会到被他人、被社会需要的乐趣。因为"被需要"是人的一种基本心理需求，能够在社会中发挥自己的作用，有助于进一步培养青少年的社会责任感。此外，在接触社会的过程中还能懂得人与人之间需要互帮互助、互相支持的道理。青少年朋友由此不仅知道应该关心自己的亲人，关心家庭事务，还应关心同学、关心朋友，关心更多的人。

每个人的一生中，都有无数次改变人生航向的机会。机会越多，人生就越精彩。勇于负责，敢作敢为的人会拥有更多的机会。

| 温馨提示 |
WENXINTISHI

敢作是自己创造机会，敢当是勇于承担责任。而那无疑可以赢得别人的尊重与信任。由此，你就可以获得更多的机会。

承担责任，你会更优秀

要做一个负责的人，就应当做到无论什么时候都不推卸责任，不迁怒他人，这也是一个人成熟的标志。

美国的教育学家约翰逊有一个刚学会走路的小女儿，有一天她搬着她的小椅子到厨房里，想要爬到冰箱上去。约翰逊急忙冲过去，但已经来不及了。当他把她抱起来时，她狠狠地踢了那把椅子一脚，喊道："坏椅子，害得我跌了一跤！"

你会在小孩子那里常常听见这样的借口。小孩子只会任性而为，为自己的过错迁怒于没有生命的东西或是无辜的旁观者，对他来说这是正常的行为。但是，如果我们将这种小孩子的反应带到成年，麻烦就来了。自古以来，人们因为自己的失败和过错而迁怒他人的现象很多。

英国女教师莫妮卡的班上有一位学员叫凯蒂。有一天在其他的学员走了以后，莫妮卡来找凯蒂，她那天在课上训练学生记人名。凯蒂对莫妮卡说："尊敬的老师，我希望你不要指望能改进我对人名的记忆力，这是绝对办不到的事情。"

"为什么？"莫妮卡问她。

"这是遗传的，"她回答，"我们全家人记忆力都不好，我的记忆力是我父母遗传给我的。因此，你要知道，我在这方面不可能有什么进步。"

"凯蒂，"莫妮卡说，"你的问题不是遗传，是懒。你觉得责怪你的家人比用心改进自己的记忆力要来得容易。坐下来，我证明给你看。"

接下来的几分钟，莫妮卡让凯蒂做了几个简单的记忆练习，由于她专心练习，效果很好。莫妮卡花了相当长的一段时间，才让凯蒂消除无法将脑筋训练得比父母好的想法，不过她很高兴凯蒂做到了，终于学会了改进自己的记忆力，而不是找借口。

在责任和借口之间，选择责任还是选择借口，体现了一个人的工作态度。在这个世界上，没有不需承担责任的工作。但是，借口通常让我们忘却责任。

在西点军校，不管什么时候遇到学长或军官问话，只能有四种回答：

"报告长官，是。"

"报告长官，不是。"

"报告长官，没有任何借口。"

"报告长官，我不知道。"

除此之外，不能多说一个字，不能找任何借口。

这看起来似乎很绝对、很不公平，但正是这种看似不公平的管理才是最公平的。

"没有任何借口"是美国西点军校200年来奉行的最重要的行为准则，是西点军校传授给每一位新生的第一个理念，它强化的是每一位学员想尽办法去完成任何一项任务，而不是为没有完成任务去寻找任何借口，哪怕是看似合理的借口的训练标准。

这么做的目的是为了让学员学会适应压力，培养他们不达目的不罢休的毅力和承担责任的勇气。它让每一个学员都懂得：工作中是没有任何借口的，失败是没有任何借口的，人生也没有任何借口；无论遭遇什么样的环境，都必须学会对自己的一切行为负责！

秉承这一理念，无数西点军校毕业生在人生的各个领域取得了非凡的成就。有一组数字：二战后，在世界500强企业里面，西点军校培养出来的董事长有1000多名、副董事长有2000多名、总经理有5000多名。任何商学院都没有培养出这么多优秀的经营管理者。

承担责任，可以让一个人变得更优秀。如果一个人乐意对自己的行为负完全责任，即使蒙受损失也不改变做人风格，那么，为了避免损失，他会尽量预防失误，久之必然成为一个出类拔萃的人。所谓专家，不就是失误更少些的人吗？无论在任何领域都是如此。

| 温馨提示 |
WENXINTISHI

一个人如果不对自己过去的行为负责，就不可能对自己的未来负责。一个人只有学会对自己的行为负责，不把责任推给别人，才能够不断地进步和成长。

　　一位名叫吉埃丝的美国记者，有一天来到日本东京，她在奥达克余百货公司买了1台唱机，准备送给住在东京的婆婆家作为见面礼。售货员彬彬有礼、笑容可掬地挑了1台尚未启封的机子给她。然而回到住处，她拆开包装试用时，才发现机子没装内件，根本无法使用。吉埃丝火冒三丈，准备第二天一早即去百货公司交涉，并迅速写了一篇新闻稿"笑脸背后的真面目"。

　　第二天一早，一辆汽车赶到她的住处，从车上下来的是奥达克余百货公司的总经理和拎着大皮箱的职员。他俩一走进客厅就俯首鞠躬、连连道歉，吉埃丝搞不清楚百货公司是如何找到她的。那位职员打开记事簿，讲述了大致的经过。原来，昨日下午清点商品时，发现将一个空心的货样卖给了一位顾客，此事非同小可，总经理马上召集有关人员商议。当时只有两条线索可循，即顾客的名字和她留下的一张美国快递公司的名片。据此百货公司展开了一场无异于大海捞针的行动。打了32次紧急电话，向东京的各大宾馆查询，没有结果。于是，打电话到美国快递公司的总部，深夜接到回电，得知顾客在美国父母的电话号码，接着，打电话到美国，得到顾客在东京的婆家的电话号码，终于找到了顾客的落脚地。这期间共打了35个紧急电话。职员说完，总经理将1台完好的唱机外加唱片1张、蛋糕1盒奉上，并再次表示歉意后离去。吉埃丝的感动之情可想而知，她立即重写了新闻稿，题目就是"35个紧急电话"。

| 温馨提示 |
WENXINTISHI

　　如果没有责任意识，就不会有这样大海捞针的行动，就不会有及时改正错误的机会。今天的市场竞争，从某种意义上讲，就是责任感的竞争！

孝敬传真情，永远孝顺父母

父母，给了我们生命，给了我们家庭的温暖，给了我们一生的依恋，给了我们无与伦比的恩情。无论你走到哪里，父母的心始终牵挂着。无论你回报多少，父母永远会为你遮风挡雨，付出所有。所以，爱父母，是身为儿女最基本的眷顾，是起码的感恩，是最理所当然的一份爱心。

古人云：百善孝为先

古人有很多关于尽孝道的警句，也流传了许多尽孝道的佳话。"忠孝节悌""万恶淫为首，百善孝为先""尽忠尽孝方为好人"等等。尽孝，是中华民族的美德，也是世界文明的共同要求。孝心文化，是世界通行的文化。有孝心，尽孝道，孝敬谁？父母！父母的父母以及所有我们的长辈！

父母可能没有地位权力，也可能没有给我们创造经济、社会和人际关系的有利条件，但他们毕竟是我们的父母，他们最大的功劳是把我们带到了这个人世间，抚育我们，并且还一直在为我们付出。

"十月怀胎，一朝分娩"，父母把我们带到了人世间，又把我们含辛茹苦养大。从这一点讲，父母是没有丝毫错误可言的！他们不但没有错，还有莫大之功，单凭这一点，就足够孩子们对他们感恩一辈子的了！

也许父母没有其他孩子的父母那样有能力、有权、有势、有钱、有房、有车，不能给孩子好吃好喝好穿，没有其他人的父母的人脉关系，不能像其他孩子的父母那样送我们出国留学深造，可能他们的脾气还怪怪的。但是，父母就是父母！

有人讲，一个连自己的父母都不孝敬的人，不能想象他会尊敬他的上司，爱他的部下！不能想象他有什么素质素养可言，不能想象他算成人！

有人说，一个连自己的老人、连单位上的离退休同志都不关心、都不孝敬、都不爱怜、都不尊重的人，是长不大的。这里的"长不大"，一是说官长不大；二是说不成熟，有如永远长不大的"小小孩"一样，不懂事，不会做人！

青少年朋友对父母的一点点尽孝的爱，父母都会看在眼里，记在心里，都会温暖父母的心。

所以有人讲，做儿女的人，当自己有了儿女，把自己对儿女的爱的十分之一给自己的父母就很不错了。

那么，作为子女，青少年怎样对父母尽孝呢？方法很多，方式很多！

尊重父母、关爱父母、宽容父母、欣赏父母，做父母希望儿女做的事，并尽力做好！

不要埋怨父母，为父母着想，多站在父母的角度考虑问题！特别是要珍惜父母对自己的爱！

青少年也要在乎父母的高兴与不高兴，也要在乎父母的情绪与情感。父母也是俗人，也有发脾气的时候，也有犯错的时候，也有需要我们做儿女的宽容的时候，也有需要我们激励他们的时候，也有希望我们替他们考虑的时候，父母希望自己的儿女站在他们的角度理解和体谅他们，父母也需要儿女的尊重。所谓的"懂事"，大多数指的是这方面。

| 温馨提示 |
WENXINTISHI

孝顺是尊重和感恩的具体体现，是感恩第一要做的事情，是爱的"素描"，是成人素质素养的"写生"。

多多理解父母的用心

从心理学角度讲，人的一生有两次"断乳期"，第一次是"生理断乳期"，在1～2岁时，母亲就给孩子断了奶，断奶时孩子是被动的；第二次是"心理断乳期"，这是孩子从心理上脱离父母，往往是自己主动的，总想从父母的束缚下解脱出来。心理断乳期是人走向成熟的过渡期，是心理发展的一个进步阶段。

青少年可能都有这样的体会：小时候觉得爸爸妈妈是最完美的人，上了中学后却发现了他们的一些缺点；小的时候跟爸爸妈妈上公园逛商店，总愿意爸爸妈妈拉着自己的手，可上了中学就不愿让他们领着了，总想自己去玩，这就是心理断乳期的表现。

心理断乳期的特点是独立意识增强。这时期的青少年要求独立、要求自主，自我意识增强，希望受到别人的尊重、理解和信任，希望得到和成人一样的待遇，不愿让别人再把自己当成"小孩子"，对家长的权威崇拜已转变为对自己的崇拜，希望与家长平起平坐，平等探讨问题。这些由顺从转为反抗、由依附转向自主的变化，是心理断乳期的一个特点。其实，心理断乳期只是青少年心理上和主观上想独立的渴望，但由于认识水平不够，他们在实际生活中不可能真正地独立，于是就产生了独立与依附的矛盾。

每个做父母的都希望自己的孩子健康成长，尽快成才，但又担心孩子太幼稚、太单纯，会走错路、走弯路，因此总是想把自己的经验和教训告诉自己的孩子，如希望孩子有较强的自理能力、办事能力，有较高的文化水平、思想水平，会待人接物等。对于父母的这种心情，做儿女的应该理解。可能有些父母由于受文化水平或脾气秉性的限制，在教育孩子时心情太急切，方法欠妥。因此，做儿女的有时可能就接受不了，有的人与父母对着干，有的人甚至离家出走。所有这些，都是对父母的爱心不能理解的缘故。许多人事后才知道后悔。其实，我们只要事前多站在父母的角度考虑考虑，就会理解父母的用心。其实，青少年能够理解父母，也是对父母孝顺的一种表现。

"金无足赤、人无完人""人非圣贤，孰能无过"，我们怎能要求自己的父母没有一点儿缺点和失误呢？如果我们能站在父母的立场去理解他们的良苦用心，这将是我们对父母莫大的理解与尊重。否则我们很难真正理解他们。

理解父母，就是要学会想父母之所想，急父母之所急，即使父母说错了，做错了什么，我们也应给予理解和宽容。

用行动体现对父母的爱

古时候，有个国王有三个儿子，国王很疼爱三个儿子。但不知该传位给谁。最后，他让三个儿子回答如何表达对父亲的爱。大儿子说："我要把父亲的功德做成帽子，让全国的百姓天天都把您供在头上。"

二儿子说："我要把父亲的功德做成鞋子，让普天下的百姓都知道是您支撑着他们。"

三儿子说："我只想把您当作一位平凡的父亲，永远放在我心里。"

最后，国王把王位传给了三儿子。

可见，孩子对父母，大孝在心，孝心孝心，孝要在心，心不孝，不算是真正的孝。

但是心里的孝，还要通过一个形式表现出来，这又是所谓的"孝之道"：道路、道理、方法、途径。

所以，大孝在行，要有孝的行为、行动。

用实际行动为父母做一些事情，让他们知道你懂得他们对你的关心与爱护。

王芸的妈妈身体一直不好，但爸爸出差这几天，妈妈却仍坚持早早地起床，为女儿做好早点，很是辛苦。王芸也知道妈妈的良苦用心，但她却什么也没有做。有一次放学回家，妈妈对她说："你也不知道问问我好了没有。"王芸心里很惭愧，便没有回答。以后，在妈妈忙着做家务的时候，她总是去分担一些，帮忙洗洗衣服、做做饭，收拾一下房间。有时，看到妈妈很累了却还在忙活时，她就接过妈妈手中的活儿，说："妈妈，您休息一会儿，我来吧！"这时，妈妈总能露出欣慰的微笑。

王芸的做法你不也能做到吗？当父母劳累了一天推门进来时，我们可以为他（她）沏一杯茶；当他们疲惫地睡去时，我们可以关掉电视机；远离家乡时，我们可以打个电话或写封信问问他们是否安好；回家时，我们可以帮助他们干些家务。

温馨提示 WENXINTISHI

对待父母，青少年应当体谅其苦心，并在力所能及的范围内帮助父母分担一些家务。例如，帮忙择菜，饭后主动洗碗，打扫打扫房间，洗洗窗帘、桌布，等等。

在父亲节、母亲节、父母的生日、父母的结婚纪念日等特殊的日子，准备一些小礼物，尤其是自己动手制作的小礼物，也是向父母表达自己爱和祝福的一种很好的方式。每逢自己的生日，青少年应当不忘母亲分娩的痛苦和父母抚养自己的艰辛。在庆祝自己生日时，应当真诚地向父母表达自己的感恩之情。

将来工作了，上班了，爱岗敬业，尽心尽力地把本职工作做好，这就是对父母的孝道。

遵纪守法，多为国家做贡献，这也是对父母尽的孝道。

成家了，有孩子了，把孩子教育好，提高孩子的智商，特别是提高孩子的情商，让孩子学会为人处世，这是对父母的大孝道。

立业了，远离了，打个电话给父母，发个短信给父母，发个电邮给父母，寄封平安信给父母，报个平安，问声好，免得父母牵挂，也是对父母尽的孝道。

儿女要养成问候爹妈的好习惯，这就是儿女给爸爸妈妈的心和情。

情是系的，爱是献的。

打电话、发短信，问候一下，就把情系上，就把爱献出了，不让它断了。

给同学、同事、情人、恋人都可以煲电话粥、寄贺卡、发短信，小孩子、大孩子，再忙再累，给自己的父母也打打电话、发发短信、寄寄贺卡总还是可以的嘛！

父母可是望眼欲穿呀！

哪怕是只言片语，哪怕是不经意的问候，父母都会念叨好久，都会反复儿女的问候语句，"爱不释嘴"！

其实，孝顺父母就体现在这些生活中的每个细节之中。在生活的小细节上，向父母表达你对他们的爱，学着去关心、体贴父母，多做一些力所能及的事。这便是对父母最好的报答。青少年朋友不要认为长大了挣钱给父母花，为父母买这买那才叫爱。那是一种狭隘的观念，他们不论年轻时还是年老时，对子女的希望都只是生活中能嘘寒问暖的小小需求。因此，我们要学着去关心、体贴父母，多做一些力所能及的事。

多一些主动，多一些自觉，让父母为我们省心一些、放心一些，在可能的情况下，提供给父母为我们骄傲的理由，这也是孝敬父母；少出些错，少违些规，少惹些事，让父母少为我们操一些心，也是孝敬父母。

| 温馨提示 |
WENXINTISHI

父母把世界上最无私、最具奉献精神的爱给了你，为你的成长付出了无数辛勤的汗水，你也应该用行动把你的爱传递到他们的心里。

做父母之间矛盾的调解人

　　为父母调解矛盾，也是表达爱心的一种形式。在父母产生矛盾时，作为子女不应偏向一方、反对一方。因为父母即使有矛盾，他们对子女的爱也仍然是一样的。对他们的矛盾子女没有必要去深究，自己所要做的是想办法使他们言归于好，握手言和，从而使家庭重新回到温馨中来。

　　陈文的父母经常吵架，并且吵得很凶，但每次吵架似乎都能被小文给"摆平"。小文简直就成了家庭里的和平使者。

　　有一次，父母又吵起来了，之后便进入了"冷战"状态，竟三天没说一句话。陈文想起了一个好主意，她分别给爸妈买了一件礼物，等爸爸下班后，她拿着给爸爸的礼物说："妈妈让我把这个礼物送给你，她还让我转告你，这次都是她的错，请你原谅。"等妈妈回家后，她又拿出给妈妈的礼物，说了同样的一番话。

　　本来吵架就不是因为什么大事，爸爸妈妈也都有和好的意思，但碍于面子，谁也不好意思先承认错误。陈文就做了一回"高级润滑剂"，解决了父母之间的矛盾。这样，家庭中又充满了快乐的气氛。

　　你不可能对父母的吵架行为予以制止或横加指责，因为你毕竟是个孩子，但这并不是说你就无计可施，只能唉声叹气了。除了陈文的做法你可以借鉴一下，你还可以想出更多的使你的父母冷静思考的办法，化解他们之间的矛盾。

　　你可以用你的"火眼金睛"及时发现父母吵架前的苗头，最好能把它扼杀在萌芽状态。比如最近两天你看到父母的脸色都是"多云"，你可以适当地主持召开一次家庭晚会，营造出温馨幸福的家庭气氛，让家庭充满欢笑，让父母体会一下家庭温情，感受天伦之乐，他们就会在潜移默化中认识到家庭和睦的重要性，逐步改善他们之间的紧张关系。这样，就有可能避免一次"战争"的发生。

当父母"战火"升温，已经吵起来的时候，这种局面往往很难控制。你最好创造机会让父母能单独待上一会儿，冷静冷静。你可以硬拖着妈妈到卧室去，然后关上门，去做爸爸的工作，让他在客厅待上一会儿消消气。这个时候，你调解工作的难度非常大，因为他们都在气头上，非常容易冲动。你最好能找出他们吵架的原因，然后对症下药，因势利导，来给他们"降降温"。如果因为老爸在单位被领导训斥了一顿，回到家里想撒撒气，你就可以对爸爸说："我能理解你的心情，但是妈妈也不容易呀。忙完工作还得回家做家务，够辛苦了吧，你不心疼吗？"对妈妈你则可以说："爸爸工作上遇到点儿麻烦，心情不好，冲着你发火，你别放在心上，一会儿他就好了。"你这样做，就可能消除父母的对立情绪，从而互相谅解。

在父母吵架之后，你可以继续做好他们之间的沟通工作，为他们之间的和好架一道桥梁。比如你可以帮他们说说对方的心里话什么的，来达到让他们和好的目的。

平时，你也可以做好疏导工作。在父母心情好的时候，你可以向他们表达一下你的看法。你还可以借助他人的力量，向父母表明吵架对你与家庭有多么恶劣的影响。这些人可以是你的老师，可以是青少年心理辅导专家，也可以是爷爷奶奶或外公外婆，让他们帮你对爸爸妈妈晓之以理、动之以情。

如果有必要的话，你还可以搜集一些有关父母如何教育子女、做好表率作用的文章或报刊，剪裁下来，放在家里显眼的地方，让父母随时都能看到。时间一久，他们就会受到良好的影响，减少吵架的次数。那些由于吵架造成家庭悲剧的反面教材也不错，经常让爸妈看看，能让他们引以为戒，增强对自己恶劣情绪的克制力。

在父母吵架之后，青少年要做好他们之间的沟通工作，为他们之间的和好架一道桥梁，使你的家更加温馨幸福。

做一个家庭的和事佬并不容易，你要想成为让家庭快乐的润滑剂，就少不了要花费一些心思。但只要你做到了，你的爸爸妈妈的感情就会更加亲密，你的家庭生活就会更加完美幸福。

帮助父母摆脱不良嗜好

父母的不良嗜好可能会给整个家庭都蒙上阴影。在父母控制不住自己的行为之时，你作为家庭一员如果能伸出援助之手，帮助父母摆脱不良嗜好的控制，便是对他们的一种理性之爱。

当父母被那些不良嗜好控制时，他们往往会无法安心工作，这样做的结果当然会导致整个家庭的混乱和穷困不堪。这种无法控制的嗜好还会对父母的身体造成很大的损害，甚至因此而丧失生命。出现这种情况以后，原来家庭的那种和谐、美满和温馨便会烟消云散。所以，帮助父母摆脱不良嗜好，也是对父母表达爱的一种方式。

当你的父母出现某种不良嗜好的苗头时，青少年朋友要保持理性，全面分析后迅速行动，不要畏惧，也不要存有侥幸心理，人一旦到了迷醉某件东西而不能自拔的地步时，就会搞不清方向。他们一般不会自己走出迷宫，重获新生，但你的及时劝阻或是为他们做些力所能及的辅助工作，这样就能够避免悲剧的发生。

　　王欣的爸爸是做编辑工作的，因而每日烟不离手，有时一天竟然要抽三包才能满足。终于，在一次体检中，王欣爸爸的身体查出了毛病，肺部严重损坏，如不及时治疗，将会引发各种呼吸道疾病。检验单出来以后，王欣和他的妈妈都无法接受这个现实，他们想不到家中顶梁柱的身体竟会差到这种地步。然而，事实终究是事实，它不会有任何改变。令人遗憾的是，看到检验结果的王欣爸爸对此却不以为然，依旧一天三包，不见有丝毫改变。

　　终于有一天，王欣在给爸爸倒痰盂时，发现了里面的血丝，他惊慌失措，妈妈也发现了这个问题，他们决定从这天开始帮助爸爸戒烟。

　　起初的几天，爸爸当然"负隅顽抗"，并且拿马克·吐温的笑话来为自己搪塞："戒烟很简单，我已经戒过100多次了！"王欣知道爸爸旧习难改。他决定先让老爸从心理上认识到抽烟不好这个事实。于是，他跑到医院里借回来几盘有关吸烟危害的录像放在老爸的屋里，第二天早上，他在替爸妈收拾房间时，发现烟灰缸里的东西明显要少于平常。王欣知道自己的办法起作用了。他赶紧施行第二个方案，就是争取让老爸住院治疗。这可是个令人头痛的问题，老爸始终认为自己的这点"小病"根本用不着住院治疗。为此王欣颇费了些脑筋。最后，他灵机一动，决定编一个谎话，他先和妈妈商量了一下。妈妈被王欣的"妙计"逗得前仰后合。第二天，爸爸接到了远在美国的越洋电话，王欣的舅舅告诉他，现在美国流行一种病毒，主要感染肺部，并且此病的罪魁祸首就是过量吸烟。爸爸听到这话给"吓"坏了，回到家后，他吞吞吐吐地说："如果……明天……你们方便的话，我……我希望你们陪我去医院。"王欣和妈妈相视一笑，第二天，他们坐上了开往医院的班车。

　　如今，王欣爸爸的肺病已经治好，他也知道了他住院背后的故事。每提及此事，他都会大大夸奖王欣一番，是王欣帮助自己克服了香烟的诱惑。

　　其实，帮助父母克服不良的诱惑，有时很简单。因为在家中你是和父母最亲近的人，父母对你的帮助往往不会排斥，而且还非常乐意接受的。在实行帮助的过程中，你可以把你以前听到的，或者发生在同学父母身上的一些故事都讲出来，让他们从别人的事例上得到警示，得到教育。

| 温馨提示 |
WENXINTISHI

一个家庭的幸福离不开每个人的努力，当你发现父母有某种不良嗜好甚至是恶习时，及时地帮助他们去改正和克服，让他们重新回到正常生活中来，这是儿女对父母的爱的表现。

尊师如亲人，真诚地热爱老师

如果说青少年朋友是花园中芬芳的花朵，那么老师便是园中辛勤的园丁；如果说青少年朋友是大海中航行的船舶，那么老师便是那明亮的灯塔指引着我们前行的方向。古语有云："一日为师，终身为父"，我们最宝贵的青春年华，大部分时间均与老师相处，老师是我们的再生父母，我们应当像爱父母一样爱我们的老师。

从心底爱戴老师

有人说：老师像园丁，总是勤勤恳恳地耕耘在苗圃里，为树苗修枝，为花草除虫，用他的心血培植满园的鲜花，结出丰硕的果实。

有人说：老师像红烛，不惜化作滴滴烛泪、缕缕青烟，奉献出全部的光和热。"燃烧自己，照亮别人"，这就是红烛精神。

所以，每一位受老师教诲的青少年，没有理由不爱自己的老师。毛泽东十分爱戴自己的老师。在他中学时代的老师徐特立60岁生日时，毛泽东亲笔写信祝贺，信中写道："你是我20年前的先生，你现在仍然是我的先生，将来必定还是我的先生。"

居里夫人是世界著名的物理学家，她上大学和工作是在法国，可她的故乡是波兰。一次，波兰人民邀请她回国，参加华沙镭研究所的开幕典礼。这天，居里夫人被请上主席台，周围簇拥着国家的领导人、著名的科学家。台下有很多人，捧着鲜花向她表示欢迎和祝贺。

在典礼快要开始时，居里夫人忽然发现了什么，从主席台上跑下来，穿过捧着鲜花的人群，来到一个角落，角落里有一位老年妇女坐在轮椅上。居里夫人深情地亲吻了这位老人的双颊，并亲自推着轮椅，把老人请上主席台。

原来这位老人是居里夫人的小学老师。人们看见这一场面都激动得鼓起掌来，更加尊敬这位女科学家。

青少年爱老师的最具体、最直接的表现形式就是尊敬老师。尊敬，不仅是对老师人格的尊重，更是对老师教育自己、付出辛勤汗水的一种肯定。

那么，青少年在日常生活中，应当怎样尊敬老师呢？

有的同学会说："每天见到老师应敬礼问好。"对，这是尊敬老师的一种表现，老师一定会很高兴的。有的同学还会说："每年9月10日是教师节，到那天我们一起向老师祝贺节日。"

但是，尊敬老师仅仅这些还是不够的，尊敬老师更深刻、更自觉的表现应当是接受教导、尊重老师的劳动。

老师向学生传授的是人类几千年积累下来的文明，传授的是社会主义建设所需要的科学文化。除了传授知识，老师还教学生学会做人。因此，青少年要接受老师的教导，严格按照老师的要求去做。

| 温馨提示 |
WENXINTISHI

"春蚕到死丝方尽，蜡炬成灰泪始干"，是老师的真实写照。尊重老师的劳动，不辜负他们的希望，是青少年对老师的最大的尊敬和回报。

一如既往地尊敬老师

教师是学生获取知识的源泉，是学生处理疑难的向导。学校所担负的为社会培养人才的重任，也主要依靠教师来完成。教师们工作辛苦，无私奉献，因此，理当为整个社会所尊重。身为学生，应当更加尊敬自己的老师。

（1）行动上尊敬教师

青少年对教师的尊敬，必须要在自己的日常行动上有所表现。

首先，见到老师要用尊称。老师的教学工作往往非常辛苦，作为学生，要学会尊重老师的劳动成果，遇见老师要问好。不仅是对待自己的任课老师，对待学校里的其他老师、行政人员、打扫卫生人员、食堂工作人员以及安保人员等，都应表示尊重。对别人的尊重，也是对自己的尊重。

其次，要维护老师的尊严。这一要求，应具体体现在下列几个方面：

其一，在回答老师的提问或者同老师交谈时，尽量采取站立姿势。特别当老师站立时，此点尤需注意。

其二，一同外出行走时，学生应当主动请老师行走在前，或使之居于内侧。与老师一同就座时，首先请老师就座，并使之居于上座。离开座位时，一般不宜抢行在前。

其三，学生进入老师的办公室前，应当先喊"报告"或者先敲门。得到老师许可后，再进入。

其四，出入房门、上下楼梯、乘坐车辆时，学生亦须做到对老师予以礼让。

其五，当老师到学生家进行家访时，学生应该有礼貌地请老师进入家门，并主动把老师介绍给家人；老师告别时，要礼貌地把老师送出家门，并向老师致谢。

（2）态度上尊敬老师

对老师在态度上的恭敬，主要体现在语言与行动上。

首先，要向老师主动问候，或欠身施礼。路遇自己的老师时，不论双方置身于校内还是校外，学生均应该主动问候老师，并向对方欠身施礼。

在称呼老师时，务必使用正式的尊称。如称呼其为"王老师""李校长"。

学生还应该尊重老师的生活习惯，不能对老师评头论足。

其次，要对老师毕恭毕敬。在课堂上或者在老师的办公室，学生都应当对老师毕恭毕敬。

老师走上讲台时，学生应该向其行注目礼。开始上课和下课时，学生应当全体起立，对老师表示欢迎或者欢送。

在课堂上心存疑惑时，可以在适当的时候举手发言，但是一定要在获得老师的准许之后，才可以正式提出问题。回答老师的提问时，应该井然有序，不允许抢答或者拒不回答。

再次，不允许乱动、乱翻、乱用老师的个人物品。学生不能因为和老师关系比较亲近，就私自乱动老师的个人物品。切记老师是长辈，无论老师和自己除了师生关系之外，是不是朋友，都要时刻尊重老师。

当然，学生们对老师的尊敬，不仅应当体现在具体行动和具体态度上，更要发自内心。形式体现内容，内容依托于形式。唯有从内心深处尊敬老师，才会使自己一如既往地在具体行动和具体态度上做到这一点。

此外，学生毕业后，无论从事何种工作，担任何种工作职务，遇到自己的老师都要表示尊敬，并以礼相待。

| 温馨提示 |
WENXINTISHI

牢记师恩，是老师给我们的学习指点迷津，排难解惑，教会我们分清是非、分辨善恶，让我们心灵变得纯洁、高尚。

真心地喜欢老师

只要真心地喜欢老师，你就会在日常与老师的交往中自然地流露出尊敬和爱意。这种喜欢老师的意识和作用是极其微妙的。要达到这一点，你可以把老师想象成你喜爱的明星，他的一颦一笑、一举一动都是那样地光彩照人，他的一言一语都是那样地悦耳动听。想办法找到老师优点和长处，确切地说，是找到老师身上你喜欢的部分，你就有可能慢慢地真心喜欢上你的老师。

在交往中，不要隐瞒你喜欢老师的感情，喜欢就说出来，比如说"老师，您的眼睛真漂亮，要是我能和您一样就好了"、"老师，您笑的时候很像巩俐，太美了"……

温馨提示
WENXINTISHI

只要你是发自内心地喜欢老师，老师一定也会喜欢你的。他不仅会在学习上给你更多的关注，在为人上也会给你更多的教导。良好的师生关系会给你的校园生活带来无限的快乐。

有句成语叫"爱屋及乌"。喜欢老师，你就会逐渐喜欢他所教的课，你就会努力用心去学，你的成绩自然就会提高。

曾有一位刚从师范学校毕业的老师，由于她的声音很甜、很美，学生们都很喜欢听她的声音，尤其是她朗诵课文的时候，简直太动听了，学生都愿意模仿她的声音。结果她教的两个班的学生的语文成绩都很好，尤其是朗诵水平，要比其他班级强许多！

爱老师对自己的学习是非常有帮助的，一方面是因你爱他而更努力地去学他所教的课；另一方面，老师因学生的爱而更加努力地去教，这样两个努力加起来，你的成绩能不突飞猛进吗？

一位老师回顾他的教学生涯时说："我第一次做班主任时，带的是一个初三班，接手不久就赶上过年，我正发愁不知道该怎么准备新年节目呢，班干部跑来说：您刚来，情况还不熟，新年节目的事您就不用管了。他们这个决定使我很困惑，既感谢同学对我这个新班主任的关心，又担心他们组织不好。但同学们态度很坚决，看得出正在认真地做准备，我只好在准备礼物、布置环境方面多花些心思。"这位老师十分动情地说："那年新年晚会开得特别成功，大家玩得很尽兴，零点晚会结束，几个班干部围着我，带几分自豪地说：怎么样？还可以吧？新年节目就得这样，得保密，演出时大家才感兴趣，像从前那样，又是排练，又是审查，到演出时就一点也不新鲜了。"谈完了这桩往事，这位老师认真地说："这是我做班主任学到的第一课。初三学生年纪不大，但他们已经知道关心人。他们的主动精神、创造意识对我的帮助太大了。"

反映情况、提出意见也是喜欢老师、协助老师工作的一个重要方面。有的同学不愿意提意见，觉得不同意见会使老师不高兴；也有的同学不善于提意见，原本是好心，但态度和用语不恰当令人很难接受。其实，只要注意方法，不同意见也会受到老师的欢迎。老师最苦恼的是知道学生不满意，又弄不清为什么不满意，找不到使学生满意的办法。这时候学生提出意见正是老师求之不得的，怎么会不高兴呢？有许多问题只有集中大家的智慧才能解决，如果大家都抱着爱护老师、协助老师的态度提出自己的主张，老师不仅乐于接受，而且教学工作也会由于得到学生的协助而取得更好的效果。

从点滴做起关爱老师

应该说，从我们背起书包、走进学校的第一天起，青少年就生活在老师身边。老师是人类灵魂的工程师，他们为了学生的成长，不辞辛劳，无私地把知识传授给每一位学生。正是因为老师长年累月的不倦教诲，才使每个青少年从无知的玩童成长为社会的栋梁，从一株株幼苗成长为一棵棵参天大树。如果没有老师的教导和辛勤汗水，青少年只能够长大，却难以成才。

所有的学生，都应学会关爱和体谅老师。只有这样，才会使老师把全部精力倾注于教学之中。关爱和体谅老师，我们自己是最大的受益者。

有一位老教师患肺气肿病，但他不愿耽误学生们的学习，仍然坚持来上课。同学知道了，就自动把座位往前挪，大家虽然挤些，但离老师近了，老师就可以小声些讲。这些关心老师的行动怎能不感动老师呢？这位老师一直坚持给学生上课，一堂课都没有缺过。老师住院以后，同学派代表去看望老师，以表达对老师的敬意和感谢。那位老教师激动地说："你们的照顾给了我力量，关心他人能创造奇迹呀！"

为老师创造良好的生活条件和工作环境是学生关爱老师的具体表现。学生对老师健康的关心，哪怕是最微不足道的表现，也能给老师极大的鼓励。在现代社会里，每个人的成长都离不开学校，离不开老师。正在学校学习的学生要关心他人，首先便应该关心自己的老师。

有一个学校高一年级是两个班，他们年龄差不多，入学考试成绩也大致相同，但在对人对事的态度上却表现出明显的差别。开学第三周，师范院校的学生来校作教学实习，他们要教课，还要做班主任。

（1）班的学生看到这些小老师岁数不大，就成心出些难题考考他们。看到老师答不出来的窘相，他们就觉得好玩。有几位同学还毫不掩饰地哈哈大笑。有几位同学还成心在上课时出洋相，偏要闹点纪律问题，考验考验小老师处理问题的能力。由于这几个学生的胡闹，有的实习老师忍不住了，就发脾气，那几位同学就合起来和老师争辩，弄得老师下不了台，直到年级组长赶来才打破了这一僵局。一个月的实习把这几位实习老师弄得狼狈不堪，连领导实习的高校老师也对这些学生的调皮摇头叹气。同学呢，先是觉得好玩，接着便有些生气，关系弄僵了，以后课也听不进去。一个月下来，学习上进步很少。

（2）班对待小老师的教学实习，想得可就比一班细多了。他们想，小老师年轻，大学还没毕业便实习，老师工作有多不容易呀，他们想到老师乍一进教室，乍一登讲台，一定很紧张，就相约着创造一个良好的气氛，让老师能够顺利地通过实习。他们在黑板上写上"欢迎你"的字样，实习老师一进教室，迎面便是热烈的掌声和甜美的笑脸。实习老师讲课时，大家比平时格外守纪律，连平时在课堂上打闹的同学都一声不吭了。有的实习老师备课不足，还不到下课时间便把授课内容都讲完了。于是，课堂上出现冷场，这时同学比老师更着急，就千方百计地提些问题，请老师解答。学生的支持和关心，实习老师都深深感受到了。一堂课圆满结束后，老师没有急着回办公室，而是久久拉着同学们的手，笑着跳着，大家觉得这课上得很开心。（2）班同学也想考考小老师，他们也找出难题来问，但当看到教师答不出时，他们不是不负责任地嘲笑，而是实实在在地说自己是从哪儿找的难题来考老师的。小老师也就高兴地说："我现在真的答不出来，让我回去查查再告诉你吧。"班级有什么问题，有什么活动，（2）班同学都及时和实习老师商量，但他们总是考虑到老师的时间和精力，从来不让他们为难。一个月的实习转眼就结束了，实习老师和同学们结下了深厚的友谊，特别是将来准备学师范的同学和实习老师关系更加密切。实习老师因为心情愉快，在教学上有很多体会。同学能积极配合实习工作，不但学业没受影响，而且自学、自制能力都有很大提高。

一堂课只有45分钟，但老师为了充分利用这宝贵的上课时间，不知花费了多少个45分钟去备课。对于老师的辛勤劳动我们要给予理解与尊重，体悟到他们所做出的努力都是为了我们，就能发自内心学会关爱老师和体谅老师，这也是对老师莫大的鼓励。关爱老师健康、体谅老师困难、尊重老师的劳动——让我们点滴行动见真情。

关爱老师，尊重老师，协助老师的工作，可以密切师生关系，能更快更好地促进学生的学习和老师的工作，并最终提高我们的学习成绩。

克服与老师交往的障碍

一个人的学生时代，与老师相处的时间超过与父母相处时间的两倍。如果没有和谐的师生关系，没有师生之间的相互理解和相互信任，对于每一个学生来说不仅是巨大的损失，而且对自己的心理健康发展也会产生不良的影响。

友好关怀型的师生关系会有助于学生体验人与人之间的相互支持和帮助，有助于提高学习成绩；而冷淡拒绝型的师生关系往往使学生回避老师，表现得被动与退缩，难以获得良好的学习成绩。

对于青少年来说，师生交往中主要心理问题表现在如下几个方面：

·封闭式心理。学生不愿与老师沟通，心里话不愿向老师倾诉，与老师处处打埋伏。

·等待心理。有的学生认为没有必要和老师常联系，老师应该主动关心他。殊不知老师的精力也是有限的，不可能对每个人都照顾到。

·自卑心理。对老师盲从，与老师相处觉得自己矮了半截。老师说啥是啥，即使老师有不近人情的地方，也不反驳，自己从一开始就把自身放在一个很低的起点上。

·逆反心理。主要是有的老师有唠叨的习惯，一件事情反复说，造成学生产生逆反心理，老师说东自己偏要往西，见老师不理不睬甚至反目成仇。

· 失望心理。据调查，学生心目中老师的形象是有广博的知识、宽阔的胸襟，公正平等、讲民主、守信用、为人热情大方、言语生动、品德高尚、富有魅力。但现实生活中绝大部分老师都不可能十全十美。理想中的偶像和现实一旦不符，就会产生失望心理，造成与老师的对抗情绪。

· 羞怯心理。怕接触老师而暴露自己的弱点。与老师谈话冷场，谈话时心跳加速、局促不安。遇到难题不敢请教老师，难以和老师进行思想上的沟通。

· 猜忌心理。过多在意老师的看法，总怕老师和自己过不去。对老师的一言一行都很警觉和关注。老师批评某种不良现象也猜疑是否说给自己听的，老师表扬某个同学会认为是对自己的否定。心理上有阴影，总是疑神疑鬼。

· 自满心理。不尊重老师的劳动，有了一知半解就觉得了不起，对老师百般挑剔。总拿自己的长处和老师的不足相比，觉得自己比老师强。

· 嫉妒心理。不能理解师生交往，如老师表扬了某些同学，他就嫉妒这些同学和老师的关系密切。嫉妒导致对同学和老师疏远，产生一种"你和老师接近，我凭自己的真本事，偏不巴结老师"的怪思想。

· 惧怕心理。有一部分同学，特别是班干部，害怕别人说接触老师是"拍马屁"、"打小报告"，怕别人嫉妒而失去群众基础，于是不敢和老师接近，有想法也不敢和老师交流。

| 温馨提示 |
WENXINTISHI

只有破除了与老师交往的障碍，才会与老师产生学习与情感的更多交流，才会有学习成绩的稳步提高。

　　以上种种心理问题的出现，主要原因就是我们大多数同学没有用对老师爱与关怀的态度来对待与老师的交往。其实，爱与理解是破除交往障碍的法宝。如果我们一开始就能够以爱老师的心理去理解老师、关怀老师，那么就自然会使师生之间的交往有一个良好的开端。而有了这个良好的开端，还愁进一步的交往吗？

学会与老师换位思考

　　相互理解、相互宽容是建立和谐关系的基础。站在老师的角度看问题是我们爱老师、体谅老师的表现之一。有时候，老师由于不完全了解事实的真相，会做出不公正的决定，很多学生会对此表示愤愤不平。"老师没有剥夺我们出游的权利，不行！我要找老师讨个说法！""老师管得也太宽了，连我们玩什么，看什么书都要管！"类似于这种态度是不可能取得老师的理解的，更不可能说服老师改变决定。

　　正确的做法就是把自己设想在老师的位置上，站在老师的角度看待老师的决定，然后再找适当的时机向老师说明情况。这样，在老师看来，你是站在他的立场上考虑问题，双方的心理距离就会拉近。只要你的意见合理，老师会欣然接受的。

　　比如：老师得知你和同学们的出游计划后，不问青红皂白就硬是给取消了，你不要埋怨老师，或是去找老师吵上一架，而要诚恳地对老师说："现在学习的确是太紧张了，老师为我们花费了许多心血，同学们的成绩刚刚有了进步，本应该继续提高，以不辜负您的厚望。"这样说就会让老师感觉你们是站在同一立场之上的，他就会耐心地听你往下说，接下来你态度的转变就可能带动老师态度的转变。"可是，同学们的计划酝酿已久，如果不能成行，学习情绪有可能会一落千丈，这不就违背了老师的良好意愿了吗？"相信老师会被你打动而改变原先的决定的。

有的同学为了达到出游的目的，不对老师说实话，捏造种种不着边际的理由企图蒙骗老师。这种哄骗式的说服方法是没有任何实际效果的。老师是成年人，也经历过年轻的时候，学生的心态和想法他全知道，即使不全了解也差不了多少。如果你欺骗他，老师也许会采取默然离去的方法，不再接受你的辩解，即使他耐心听你把话说完，也会完全无视你的说服理由。

温馨提示 WENXINTISHI

争取老师的理解时，一定要尊重老师，坦诚地陈述自己的真实想法，这样大多数老师都不会过分为难学生的。

我们要与老师站在同一立场上，心平气和地把想法摆出来和老师商量，只要我们的理由足够充分，老师就一定会支持的。

同时，青少年也要理解老师，老师之所以会干涉你和同学的行动计划，是因为有时候你们的计划不是耽误学习，就是带有很大的风险。如果你想在说服老师的时候理由充分，就要选择有益、安全的活动。否则，无论你说得如何天花乱坠，老师也不会答应的。

真诚地接受老师的忠告

老师总是希望把自己的经验告诉给学生："好吧，你到办公室来，我和你好好谈谈。"可是有很多学生都很厌烦这种"说教"。"他总是把我当作小孩子，认为我什么都不懂，为什么老师都是这个样子，婆婆妈妈的？"如果你在心里这样想，脸上自然会出现厌烦的表情，这时老师就会中止自己的谈话。在你"逃离"的同时，老师的心情会是什么样子呢？他会感觉到自己是在对牛弹琴，枉费了自己的一片好意。在失落的同时，他会对你很失望。

老师的忠告是为了学生更好地成长，他既有当过学生的经历，又有面对学生的实践，所以老师的忠告是一种精炼的认识，既能纠正你过激的观点，又可以帮你找到一条切实可行的道路。

在老师的心目中，总是很偏爱那些善于接受忠告的学生，因为诚挚的态度会让老师感到一种尊重。只要你的行为在接受忠告后稍微做一下改变，老师就会有一种成功的喜悦。这是长辈们的普遍心理，他们会觉得在你的成长道路上自己起到了十分重要的作用。

另外，老师在忠告学生的同时，也会使自己紧张的情绪得到一种宣泄，心情也会因此而好起来。面对你专注的表情，老师一定会满怀欣喜。所以，在接受老师的忠告时，你一定要专心致志，不要东张西望，一副心不在焉的样子。时不时地附和一下老师，表示你已经明白并接受了。即使是老师为维护尊严而讲了许多大道理，你也不要说："这些我早就知道了，您不必说了"。谈话结束后，不要忘记坦率、真诚地说一句："谢谢老师，我马上就会按照您说的去改变自己。"这样，你在获取经验的同时，也赢得了老师的好感。

温馨提示
WENXINTISHI

老师的忠告能够纠正你过激的观点和做法，可以帮你找到一条切实可行的道路，所以，真诚地接受老师的忠告，让自己不断完善起来吧！

友爱写真挚，重视同学友谊

人生之中，同学之情是一段弥足珍贵的感情。因为，同学一般都是一起生活过数年，大家在一起共同学习、共同进步，天天坐在同一个教室中学习，在共同的操场中游戏，共度学生阶段的美好时光。每当回忆起那一段生活，都是美好而甜蜜的。因此，在与同学的交往中，爱的表现就是互相帮助、互相关心。在别人需要时慷慨地伸出援助之手，这样才能使同学间的情感不断加深。

同学的情谊最纯真

由于青少年处于"心理断乳期"，他们逐渐开始摆脱在感情上对父母的过多依恋。所以这时，同学间的友谊逐渐成为他们新的感情寄托。对于生活在学校这一特定环境中的青少年来说，与同龄人的交往在日常生活中占有极重要的地位。如果说小学生之间的友谊还处于朦胧状态的话，到了中学，同学之间的友谊就是真正的开始了，而且这种友谊对青少年的人生影响很大。

有关专家认为，青少年在中学时期所建立的同伴关系和真诚友谊会为他们将来走向社会、适应新环境打下坚实的基础。从这种意义上来说，青少年的同学交往是他们社会化得以完成的重要条件。

（1）认识同伴关系的重要作用

同学交往的实质是一种相互作用，这是青少年身心发展和社会化赖以实现的基本条件，这对青少年的认知发展和一般社会化进程都具有重要作用。它具体包括以下几个方面：

第一，影响青少年的价值观、态度、能力和认识世界方法的社会化。许多研究表明：同伴关系在青少年的社会化过程中有着最重要的作用，它可以给青少年提供期待、榜样和强化作用，从而使他们形成各种不同的社会行为、观点和态度。在学校里，同伴构成的环境对青少年的成长有最大、最直接的影响。

第二，影响青少年未来的心理健康。建立和保持与他人相互依赖、合作的关系，是心理健康的基本表现。大量研究结果表明，小学和中学的不良同伴关系预示着成年的心理问题。

第三，使青少年减少社会孤独所必备的社交技能。心理学研究表明：社会隔绝和缺乏社交能力有关，建设性的同学相互作用有助于提高青少年的社交技能。

第四，影响青少年在青春期出现问题行为的可能性。和什么人交朋友，加入什么样的同伴群体，这对青少年是否出现吸毒和其他问题行为有很大影响。

第五，影响青少年性别角色同一性的发展。青少年首先在和父母的相互作用中对人的差别做出了区别，但同学关系使这种认识进一步扩展，并使这种认识具体化和详细化。如青少年的相互作用可以鼓励适当的性别行为，同学的榜样也可以促进适当的性别态度的形成。

第六，影响青少年的教育抱负和学业成绩。健康的同伴交往有益于青少年身心的良好发展，而且获得同学的认可和接受，给予了他们重要的社会承认，为他们自己找到了自信和自尊。在与同龄朋友的交往中，应努力以一种自信、从容的姿态，真诚地去与他人交往。

（2）对同学的爱不是只基于友谊

步入青春期后，青少年心理上容易产生一些不安和焦躁的情绪，他们需要与同学和朋友交流思想，倾吐心中的烦恼，并相互保守秘密。因此，青少年交往的范围逐渐缩小，逐渐开始选择一两个或几个同学作为最要好的伙伴或朋友。他们逐渐将感情的中心从父母移向关系密切的同伴。

| 温馨提示 |
WENXINTISHI

任何一个人都有爱与归属的需要，即需要与同伴保持良好的关系，互相关心、互相爱护，内心才能有安全感。

我们这里所说的对同学的爱不是基于友谊而付出的爱，而是基于同学关系这样一种非选择性关系而付出的关爱，是一种对他人表现出的关心、帮助和支持等。所以，同学之爱不应只表现在对一两个或几个要好的同学，而是对所有同学都关爱。

你喜欢别人，别人就会喜欢你

虽然你曾经抱怨过为什么身边的朋友总是很少，但对待那种冷淡的同学，你总是无法很快地与他倾心相交。因为他的态度让你觉得难以忍受，于是你就选择了放弃，将他阻挡在心门之外。这种做法，很可能会使两个好朋友失之交臂。

每天，我们都会在镜子前消磨几分钟时间，你笑一笑，镜子里的人儿也会笑一笑；你皱一皱眉头，镜子里的人同样也皱皱眉头，为什么朋友很少？你该悟出其中的道理了吧！

是啊，交往其实就是一个互动过程。也就是说，你与别人交往的同时，别人也在与你交往，你对同学采取什么样的态度，同时也影响到同学对你的态度。朋友就像那面镜子一样，你对他投以热情，他也会以同样高涨的热情对待你，你喜欢他，他就会喜欢你。如果你总是给人家钉子碰，怎么可能让别人成为你的朋友呢？

学会善待同学是一种人生智慧。善待同学除了使同学感到你的友爱之外，还会使他人对你的为人做有益的评价，从而使得更多的同学善待你。因此，作为中学生，对同学不要用有色眼镜去看待，不要认为这个有缺点那个有不足，不要单凭自己一时的印象就轻易地决定自己的好恶。只要你有一点耐心和善意，便会发现原来那个自己挺不喜欢的同学，竟也有这么多可爱之处。

| 温馨提示 |
WENXINTISHI

与同学相处，你最需要做的不是苛求自己与对方的情感思想同步，而是去寻找办法与对方和谐相处，取长补短，这才是交朋友的最终目的。

许晴因父母工作调动，转学来到另一个她完全陌生的校园。初来乍到的不安，新同学相处中的试探与摩擦，都在许晴的热情爽朗下而一一化解。但是许晴在开心之余，总感到有些美中不足。因为她和邻桌的一佳始终无法进行更好的交流。一佳是个品学兼优的女孩，老师和同学都很喜欢她。可许晴与她交往，总是在一佳淡淡的语气中结束。许晴很奇怪她为什么会是这个样子。一次在和妈妈的闲聊中，许晴对妈妈说了她和一佳的交往过程和结果。妈妈听后笑了笑说："你有没有检讨一下自己的态度呢?一佳第一次对你的友好持以冷淡后，是不是你以后对她的态度也相对冷淡了许多呢?""当然了，她老是一副爱搭不理的样子，我怎么再热情起来嘛!"许晴很委屈地说道。"你不要让别人对你的态度而影响你对别人的态度。一佳也是个好孩子，也许她也只是无法很快接受她的学习生活中突然介入一个陌生人，你也应该站在她的角度做些考虑啊。然后不妨与她重新交往看看，诚恳一些，因为你想和她做朋友。"妈妈又说道。第二天下午一回家，许晴就嚷道："妈妈，一佳邀请我周末去她家里看她养的小猫咪!"

这就是善待别人的魅力。不管对方令自己多么不快，只要不断强化自己"我要和他做朋友"的信念，对方就可能很快地敞开心扉，坦诚地对待你;反之，如果你一开始就认为对方"讨厌"，那么他原本没什么恶意的地方，你也会按照自己的"理解"，认为他是个不讨人喜欢的人，而对方也会像"镜子反射"一样对你没有好感。

中学生朋友们，赶快释放你的热情，采取行动吧!

与同学和睦相处受益多

与同学和睦相处，不仅可以使中学生自己赢得许多朋友，在友谊的阳光中享受快乐，而且对自己的学习具有巨大的促进作用，特别是与同学共同探讨学习中的疑难问题，有时甚至比听老师讲解更能透彻地理解和把握。可以说，在校期间，与同学和睦相处是受益无穷的。然而，虽然每个中学生都有这种愿望，但总有个别中学生表现得与他人格格不入，难以相处。比如有一名同学委屈地诉苦说："我现在感到很孤独、寂寞，在学校同学们都不愿意和我交往，课间也没有人约我一起玩。我很想和同学们处好关系，摆脱这样的困境，但又不知应该怎么办……"

是的，那些因不善与他人交往而陷入孤独中的中学生，显然是非常苦恼的。中学生如果想摆脱这种苦恼，就应该从以下几方面做起。

（1）不要孤芳自傲

如果你学习很好或是班干部，或有某一方面的特长，则要注意和同学特别是后进同学打成一片。比如，课间随和地和大家一起活动，并给大家讲自己所知道的有趣知识，使大家感到高兴，这样你就会成为一个受欢迎的人。

（2）要尊重他人，平等待人

任何中学生，无论成绩好或差，都希望受人欢迎，希望得到别人的尊重。所以，平时要注意真心尊重每一个人。这样，在尊重别人的同时，自己也会获得别人的尊重。

（3）以诚待人，热心助人

在集体中，自私自利，只为个人着想，处处表现出"小家子气"的人是最不受欢迎的。

（4）不要妄自菲薄

因为学习较差或有某些弱点，就总觉得自己不如别人，这样反而会被同学瞧不起。如果能自尊、自重，实事求是地评价自己，并在与人交往中发挥自己的优点，使同学感到与你相处能互相取长补短，很有意义，大家就自然愿意和你交朋友了。

（5）注意改正直接影响交往的缺点

如是否守信用，是否能为别人保守秘密，是否爱在背后议论人等。如果自身有这些不足，就要立即改正。否则，就难以赢得大家的信任，别人自然也就不愿与你交往。

| 温馨提示 |
WENXINTISHI

只要你时时严格要求自己，以诚待人，宽容他人，善待他人，就一定能和同学处好关系，尽享与人和睦相处的各种益处。

好人缘来自关爱同学

每个人生活在社会中，都希望得到大家的友谊、支持和帮助。同学们在校园、班级中生活，也希望这样，可是并非所有人都能得到。有的同学在班级中如鱼得水，而有的同学形单影只，没有人缘。

所谓人缘，就是一个人的群众关系。一个人在社会中生活，总希望得到别人的友谊、支持和帮助，而这首先要有一个好的人缘。一个人的群众关系的好坏，原因不在别人而在自己。群众好像一面镜子。一个人在这面镜子里的形象如何，完全是他自己言行效果的客观折射，言谈话语中流露出傲气，大事做不来，小事又不愿做，脏活儿累活儿不沾边，有些娇气。这样的人，别人当然不会买你的账。一个人的人缘好不好，实质上是他的价值被别人承认到何种程度。我们不能小看这个问题，它关系到一个人的前途和事业。因为，任何人离开了人们的支持，只能是一事无成。

要做到人缘好，并不是很难的，只要从以下几方面努力，一定会收到好的效果。

（1）矛头对准自己

客观、冷静地分析问题究竟出在哪些方面。是不是个性上的问题，比如是否不大合群，喜欢独处因而长期疏远了他人？是否有娇、骄二气，引起别人反感因而使别人疏远你？是否有点儿自私、爱占小便宜，大家对你有看法而不愿与你交往？是否说话做事不慎，比如，好冲动，使他人不愿意答理你？

（2）从现在做起

针对个性问题，推动自己积极投身于集体之中、活动之中；针对娇气、骄傲自满的毛病，相应地锻炼、克制、消除；针对自私心理，加强道德感的培养和学习，将"我"放到班级、学校和社会中去体验；针对说话做事的简单冲动，加强自身修养的磨炼。以上这些可以制订计划去落实，并可以请外界监督帮助自己改正。

（3）善意对待他人

不是虚伪地讨好，而是善意对待他人。善意地看待和对待他人，发现他人的好处、长处、优点，好言人之善，学会赞扬别人，学会用信任去赢得信任。一个"善"字定下了好人缘的基调。你的善意也会相应地使大家对你产生善意，愿意接近你、信任你、与你交往，人缘就产生了。你周围人缘好的人正是这样做的。

（4）关心他人

人缘好的人也必然是通过他的积极行动，表明大家都需要他，而他也乐于付出，那种对他人和集体抱冷漠态度、绝不为别人做一点事的人，是不会有好人缘的。在对他人的关心、帮助中体现了你的价值，证明了你的为人，这就会产生一种自然的趋向。即使人们都喜欢你、喜欢与你在一起——为他人、为集体多做贡献吧，他人和集体绝不会忘记你的。

（5）塑造良好的自我

你在这个圈子里某些方面很出众，学识才能很高，对待实际问题很有办法，言谈举止自有一种魅力，当然会促使周围人们和你接近，有利于你扩大人缘。因此同学们要很好地塑造自我形象，丰富充实自己，当然同时要切忌自满自傲。

人缘的好坏，关系到我们的前途，愿每个同学都以你的良好思想言行去获得好人缘。

建立良好的同学关系

人与人之间是一种相互依存的关系，每个人都需要别人的帮助，每个人都应该尽可能地帮助别人。青少年要学会建立良好的人际关系，培养与同学友好相处的习惯。

青少年要养成与同学友好相处的习惯，建立良好的同学关系，需要注意以下几个方面：

（1）学会关心

只有真心地关心同学，才会赢得同学真心的回报。不要总是想着自己，凡事都要让同学围着自己转，要学会多关心同学、尊重同学、真诚地对待同学，这是与人建立良好关系的基础。

（2）主动与同学交往和沟通

同学之间的交往活动，总有一方要主动些，如果双方都不主动，就会因缺乏沟通而使人际交往受到阻碍；如果双方都比较主动，那么就会很快建立起良好的关系。在现实生活中，妨碍交往的原因很多，有些属于性格问题，有些属于观念问题，也有些青少年是因为缺乏信心。这样的青少年要进行自我剖析，分析自己究竟为什么缺乏信心，针对具体原因想方设法消除疑虑，建立信心，主动与同学交往。要从思想上明白，人与人之间是一种相互依存的关系，每个人都需要别人的帮助，每个人也都应该尽可能地帮助别人。

同学间的充分沟通是保持同学友谊的重要条件之一。这是因为大家不可能对所有问题的看法都一致，如果对一些问题的看法不一样，就心生猜忌和疑虑，还谈什么友谊。作家曹禺说过："长相知，才能不相疑；不相疑，才能长相知。"要相互了解、信任，就要经常地相互交流、沟通思想感情。这样，才能做到长相知。如果对同学有意见，也应该及时交换意见，通过讨论达到新的一致，这样才能使友谊之树常青。

（3）塑造良好的性格

个性缺陷常会成为妨碍人际交往的障碍。所以，要想让同学喜欢和自己交往，就要改掉自身的坏毛病，不断塑造良好的性格。

青少年学生喜欢的同伴主要具有以下特点：友好、谦虚、助人、诚实、勤奋、好学、不造谣、整洁、慷慨和谈吐文雅等。受欢迎的同伴被认为是合作的、有成就感和有吸引力等。有的教育专家曾让中学生用词语写出他喜欢的人的品质。多数学生写出了这样一些词语：热情、诚恳、大方、正直、乐观、率直等等。

| 温馨提示 |
WENXINTISHI

青少年喜欢那些与自己志趣相投、具有优良品质的同伴，并建立良好的关系。因此，青少年要不断完善自己，塑造良好的性格，使自己有更强的吸引力，有更多的人喜欢自己。

（4）学会理解与宽容

水至清则无鱼，人至察则无徒。金无足赤，人无完人。每个人都有自己的毛病和弱点。假如与人交往总抱有过高期望，对人要求过于苛刻，求全责备，不允许别人有缺点，这实际是将所有的人拒之门外。所以，要与他人建立一种稳定而持久的良好关系，一定要有容人之量，学会理解和宽容。当别人的想法、做法和自己不一致时，要站在对方的角度体会和理解对方；当别人做了对不起自己的事情时，如果不是原则问题，就不要揪住不放，要给人改过机会；与他人发生利益冲突，不要斤斤计较，必要时，还要做出一些让步。

（5）学会倾听

善于倾听是与他人很好地沟通的前提。青少年要做到以下几点，一是听别人说话要专心，眼睛要看着对方的脸部，不要东张西望或心不在焉。二是听别人说话要耐心，不要听而不闻或表现出明显的不耐烦，转换话题也要等对方把话说完，不要中途打断。三是听别人谈话要学会用心听，不能溜号，应主动做出反应或适当呼应，而不能表现得无动于衷、若无其事，让人感觉是"对牛弹琴"。否则，同伴就会感到索然无味而使交谈中止。四是听别人谈话时要虚心，不要过于显示自己，如果确实不赞成对方的意见，也不要立即反驳，可以在对方讲完以后再比较委婉地谈出自己的看法。

（6）学会交谈

不断提醒自己，在交谈时应注意以下几点，并形成习惯。

一是要正确使用礼貌用语。俗话说，"礼多人不怪"，对人说话彬彬有礼是有教养的表现，说话都要注意礼貌用语。即使是很熟悉的人、同学，哪怕是同桌也不要忽略这一点。

二是要说双方都感兴趣的话，不要只顾自己痛快，不管对方是否爱听。

三是不要总抢话，也不要一个人说起来没完没了，要给对方说话的机会。

四是不要谈对方不愿意谈的事情，尤其要注意避开对方忌讳的话题，以免引起对方的不快或反感。

五是不要说贬低、嘲弄、有损对方自尊的话，更不要说揭露对方短处的话。

六是说话要有幽默感，使谈话妙趣横生，氛围和谐。

七要谦虚、诚恳，不要在同伴面前卖弄自己的知识、才学，也不要油腔滑调，否则会引起同学的反感。

八是不要随便议论别人，说别人的坏话。

（7）交往时恰当运用表情

表情运用得好，可以更充分地表现一个人内心感情的变化。因此青少年应学会合理运用表情来表达自己的感受。

一是表情运用要自然，不要矫揉造作，与人交谈时，既不要故意夸张，也不要故作深沉。

二是与人交谈时，眼睛要注视对方，不要游移不定，但又不要死盯住对方，让人感到不安。

三是要学会微笑，面带微笑会给人以鼓励，使对方增强交往的信心，同时也有助于形成轻松、愉快的气氛。

四是要适时变化。随着交谈内容的进展，表情也应变化，这是一种及时的反馈，对交谈的进展能够起到促进的作用。

（8）善解人意

及时观察他人的情绪与情感的变化，体察别人的内心体验，只有这样才能在交往中赢得主动。对方的眼神如果游移不定，说明人家的注意力并未集中在交谈的内容上，可能另有心事，现在只是在敷衍、应付，这就意味着，谈话应尽快结束。交谈中对方如果有撇嘴、皱眉的表情，说明对你的话有不同见解，此时应考虑自己的话是否得当，必要时可以征求对方的意见。对方如果眼皮下垂、目光旁移，或听了你说的话以后变得面红耳赤，说明你的话可能触动了对方的敏感部分，此时应尽快转换话题。

同学之间相互帮助

与同学加强团结友爱，不仅是对一名青少年的基本要求，也是其完成学业的重要保证。同学之间的团结友爱，需要兼顾以下三方面的问题。

（1）加强团结

在校园生活中，由于每一名学生的性格、经历、习惯各不相同，同学之间难免会有一些小摩擦。作为一名合格的学生，应该拥有开阔的胸襟，不要计较同学之间的小是小非，尤其不要无事生非。在日常生活中，要主动团结同学，特别是要团结本班级的每一位同学。同学之间的团结，必定有利于学习和生活的各个方面。

在任何情况下，都不要制造分歧、挑拨离间，破坏同学之间的相互团结。应当强调的是，团结同学的主要目的，是为了与之相互帮助、共同进步，而并非拉帮结派、称王称霸，甚至欺负其他同学。

（2）相互帮助

从根本上说，同学之间的相互帮助，既是大家互相爱护、互相关心、互相体谅、互相照顾的具体体现，也是"我为人人，人人为我"的时代精神的基本要求。在许多时候，只有同学之间的互相帮助，才能够战胜困难。

| 温馨提示 |
WENXINTISHI

遇到困难时，能够获得同学的帮助，对受助者来说，是莫大的慰藉，而助人者也会因此而受到对方的感激与尊敬。

同学之间的相互帮助，有四点应予以注意：一是帮助别人应当量力而行；二是对同学的帮助应当涉及思想、生活、学业等方方面面；三是对同学所进行的帮助应当不图回报；四是同学之间的帮助应当有来有往。

（3）尊重异性

男女同学在日常交往的时候，既要反对"重男轻女"、"重女轻男"、鄙视异性的错误观念，又要注意尊重异性，提倡把握好男女同学交往的具体分寸。从总体上讲，要坚持男女平等，鼓励男女同学之间的正常交往；从具体上讲，则要求青少年能够尊重异性、尊重自己；在与女同学进行交往时，男同学应该心胸开阔、光明磊落，注意体贴和保护对方；与男同学进行交往时，女同学则应当文雅端庄、落落大方、善解人意，给予对方应有的关心与帮助。

克妒融四方，克服嫉妒心理

　　在芸芸众生中，总有那么一些人虽技不如人，却对别人的成绩嗤之以鼻，"妒人之能、幸人之失"，从而上演了一场场嫉妒的闹剧。嫉妒心理对人生是有害无益的，尤其是青少年，一旦产生嫉妒他人的心理习惯，便可能做出丧失理智的举动。因此，青少年千万不要眼光短浅、心胸狭窄，使自己陷入嫉妒的泥坑。

嫉妒是自私的一种表现

方宇是某校高中一年级的女生，她热情直爽、能歌善舞，学习成绩也很好，是班上的宣传委员，也是五十多名同学中较出众的人物。她对集体的事儿十分热情，从小学时起，办板报、组织比赛、主持节目等她都积极主动地抢着去做，成为老师的得力助手，因而受到老师的喜欢，有什么工作老师都愿意找她去做。这就使得一些妒忌心强的同学视她为对手。其中有的对方宇有意疏远，有的则明里暗里与她作对，只要是方宇做的工作，他们就故意设置障碍：刚刚画好的板报插图，漂亮的小姑娘一夜之间戴上眼镜、长出胡须或没了眼睛，整齐的粉笔字不是缺笔少画，就是部首不知去向；方宇主持的班会经常被一些顽皮学生搅得一塌糊涂。

有一次期末选"三好"学生，按照选举标准，方宇在首选者之列，老师也认为她被选上没什么问题。可方宇却因票数没过半数而落选了。这令老师感到奇怪，不由得想起在评选"三好"生之前，班上有七八个同学用各种形式向老师告状，诸如在给老师的纸条上写道"方宇自以为了不起，看不起同学"、"在老师面前表现好，在同学面前又是一个样"、"清高傲气、妒忌心强，谁比她强就在背后说谁的坏话"、"说话太厉害，经常大声地批评同学，一点儿不尊重同学的人格"等。有的干脆直接找到班主任老师表态，说方宇根本不配当"三好"学生。

老师十分纳闷，因为这些同学对方宇的评价与老师平时的印象和看法并不十分一致。经过了解，老师终于发现，这些同学找老师告方宇的状，都是受班上两位同学的指使，其中一位叫杜燕的女同学还是方宇的好朋友，俩人上学一块儿来，放学一起走，周末和假期也常在一起玩儿。经过老师的批评和教育，杜燕承认了自己的错误，她说她之所以让同学去告方宇的状，是因为方宇各方面都比自己优秀，心里不舒服，于是到处说方宇的坏话，并编造一些莫须有的事情制造同学和方宇间的矛盾。

妒忌心是一种不可避免的正常反应。有人认为，人早在婴儿阶段就有了妒忌。比如，妈妈过多地喜爱邻居的小妹妹，她为了独占母爱，就会对邻居的小妹妹产生妒忌心，用小手不断地抓、打小妹妹。

| 温馨提示 |
WENXINTISHI

希腊的一位心理学家曾说："嫉妒是一种十分自然的反应，每个孩子都会有。孩子的嫉妒心从很小的时候就会有反应。青少年要消除嫉妒心理，拓宽自己的心胸。

引起孩子嫉妒的原因极多，在很多情况下，这种嫉妒会达到折磨人的程度。当然，嫉妒的范围也是很广的，包括嫉妒人、嫉妒事、嫉妒物。手段也多种多样，有的挖空心思采用流言蜚语进行恶意中伤，有的付诸手段卑劣的行动。实际上，嫉妒本身就是一种自私的表现，会使人在处理问题时完全以自己为中心、情绪化反应强烈、自控力差、缺乏理性，很难对事情的利弊做出恰当的判断。嫉妒对个人、集体和社会均起着不利作用，是一种对团结友爱十分不利的情感。这种缺点如果一直保留下去，那么青少年朋友就很难协调与他人的关系，很难在生活中心情舒畅。因此对于家长来说，要注意纠正孩子的嫉妒心理。

嫉妒是一把伤人的刀

嫉妒是一种卑劣的心理状态。古往今来，这种有害的消极情绪就像一股祸水，不知害了多少人。

战国末期韩国思想家韩非子是荀子最得意的门生，著有《孤愤》、《五蠹》、《说难》等名篇。秦王读过他的书，曾大发感慨："多出色的论述，如能与此人见面，死而无憾。"

韩非到了秦国，向秦王嬴政上书，建议打破六国合纵的盟约，阐述统一天下的策略，秦王大悦。当时深得秦王信任，官位显赫的李斯看到这种情况，害怕韩非会取代他的地位，于是就上奏秦王说："韩非乃韩国公子，秦王想吞并诸侯之地，韩非必定会为自己的祖国韩国打算，而不会为秦国设想，这是人之常情。现在他长期留在我国，一旦遣送回国必将危害我国，最好的办法是把他关起来施以酷刑，处死他。"秦王听了觉得有道理，于是就把韩非子逮捕入狱。韩非子虽想为自己辩白，但却无法把自己的意思传达给秦王。李斯派人送来毒药，并附带一封信："秦国重臣对客卿甚为不满，决定将他们全部放逐，当然也不会就这么让他们回去，自己服毒自杀吧！"韩非终于明白了，于是他服下了毒药。秦王嬴政很后悔把韩非子送入狱，于是急忙下令赦免，但韩非子已自杀身亡。而妒能嫉贤的李斯最终也没有逃脱满门抄斩、株连三族的命运。

嫉妒已作为一种特殊的疾病出现在生活中，染病之人相当普遍，在生活中经常可以看到，只不过患者有轻有重罢了。轻重不同，表现形式自然也就不一样。

一是动心不动口者，这是嫉妒病较轻的。看到别人好，心里马上不舒服，犯核计，一个劲儿地活动心眼，盼望人家有个天灾人祸。

二是动口不动手者，这是患嫉妒病较重的。他们总是喜欢说三道四、评头论足、讽刺挖苦。有人升职了，他会说："有啥了不起，那小官，我斜眼没瞧起。"有人获奖了，他会说："你可发财了，要那么多钱怎么花啊，可别长毛儿了。"

三是动口又动手者，这是患嫉妒病最为严重的。他们不仅破口大骂，还要拳脚相加。你评上先进了，他会来一句："他妈的，好事都让你摊上了。"晚上就向你家门窗上扔石头，看你还敢当先进不。看到你池塘里的鱼养得好，他会暗地里向水中投点药，让你这个万元户破破财。这种"病人"实际上已与罪犯相差无几了。

明白了嫉妒的种种表现及其危害性以后，作为一代青年人，应当胸怀大志，克服嫉妒之心，把目光放在长远的未来。只有如此，才可能立大志、成大气，成为有用之才。

嫉妒的心态既害人又害己

嫉妒这种人类社会最为常见的病态心理，其基本特征表现为人际关系中的排他性、态度上的逆向性、对象的广泛性和表现形式的多样性。

（1）人际关系中的排他性

嫉妒心理的排他性表现为嫉贤妒能，排他赞己，只能自己取胜，不许他人成功。嫉妒心理的恶性发展，便会产生攻击行为，如因妒人貌美而毁其容、妒人成功而毁其誉等。

（2）态度上的逆向性

没有嫉妒心的人，对真善美的事物，总是表现出赞誉的态度，因羡慕而效法。而嫉妒心强的人则相反，越发表现出厌恶、愤怒和不能容忍的态度。

（3）对象的广泛性

一般地说，嫉妒的对象没有固定性。不管关系远近、是否对其构成直接威胁，他（她）都会自觉或不自觉地流露出嫉妒和不满。但由于利害冲突不明显，一般不产生明显的心理反应。只有当被嫉妒者的内在条件和外在条件与自己大体相当，具有某种利害关系或是竞争的直接对手时，才容易产生强烈的嫉妒心理，甚至出现攻击性行为。

（4）表现形式的多样性

嫉妒心理的表现形式有多种多样：贬低嫉妒对象的优点和长处；蓄意寻找其缺点毛病，吹毛求疵，渲染夸大；制造流言蜚语，造谣中伤，诬告陷害，打击报复，甚至产生暴力性的侵犯行为。除此之外，有些人的嫉妒心理的表现具有隐蔽性，不轻易表露出来，也不愿意承认嫉妒心理是构成自己行为的动机，更不愿意让嫉妒对象察觉出自己是嫉妒者。

短时性的嫉妒几乎人人都有过，如见到自己心爱的人和异性关系密切的时候不免会"吃醋"。然而，如果见什么都嫉妒，这就不正常了，便是病态的表现。

心理学家指出，嫉妒是一种恨，这种恨使人对他人的才能和成就感到痛苦，对他人的不幸和灾难感到痛快。他们不是在自己的成就里寻找快乐，而是在别人的成就里寻找痛苦，所以他们自己的不幸和别人的幸福都使他们痛苦万分。

嫉妒者总是与别人攀比，看到别人的优势就眼红，就会产生焦虑、不安、不满、怨恨和憎恨。他们情绪极端不稳定，易激怒，爱感情用事，反复无常，自制力极差，一次次的痛苦循环，使得心理负荷越来越重，终日被自己的嫉妒所折磨、撕裂和噬咬，使得嫉妒者内心苦闷异常。因此当嫉妒心理侵扰时，嫉妒者会心烦意乱，会痛苦，会愤恨。

嫉妒者还会伤害自己的身体。嫉妒者内心充满痛苦、焦虑、不安与怨恨，这些情绪久久郁积于内心，就会导致内分泌系统功能失调，心血管或神经系统功能紊乱，甚至破坏消化系统、血液循环系统的正常运行，会使大脑皮层下丘脑垂体激素、肾上腺皮质类激素分泌增加，使血清素类化学物质降低，从而引起多种疾病，如神经官能症、高血压、心脏病、肾病和肠胃病等，从而影响身心健康，所以"嫉"实为"疾"也。嫉妒常会使人产生一种

"无名火"，让人心情烦躁、无端生气、心情抑郁、动作紊乱、睡眠不好。

嫉妒心强的人，一般自卑感较强，没有能力、没有信心赶超先进者，但却又有着极强的虚荣心，所以看到一个人走在他前面了，他眼红、痛恨；他埋怨、愤怒……因而便想方设法去贬低他人，到处诽谤别人，有时甚至会干出伤天害理的事情来。这样做的结果，不但伤害了别人，同时也降低了自己的人格，毁掉了自己的荣誉。嫉妒心强的人，时时刻刻绷紧心上的一根弦，时刻处于紧张、焦虑和烦恼之中。他们不能平静地对待外部世界，也不能使自己理智地对待自己和他人。他们对比自己优秀的人总是怀着不满和怨恨之情，对比自己差的人又总是怀着唯恐他们超过自己的恐惧之心。

| 温馨提示 |
WENXINTISHI

嫉妒会让人一生碌碌无为。嫉妒的受害者首先是嫉妒者自己。莎士比亚说得很确切："嫉妒是绿眼的妖魔，谁做了他的俘虏，谁就要受到愚弄。"

嫉恨的情绪势必影响自己的学业、工作和生活。生气是用别人的缺点来惩罚自己，嫉妒却是用别人的优点和成就折磨自己，因而它就更加残酷无情地毁掉自己一生的前途和事业。自己不上进，恨别人的上进；自己无才能，恨别人有才能；自己无成就，恨别人获得了成就。嫉妒者的光阴和生命就在对他人的怨恨中毫无价值地消磨掉，到头来两手空空，一事无成。俗话说："世上本无事，庸人自扰之。"嫉妒者都是庸人，他们自己给自己制造烦恼、痛苦和思想包袱；他们自己给自己制造"敌人"，树立对立面；他们自己给自己制造不平静。所以，嫉妒者都是无事生非和无事自扰的庸人。

德国谚语说得也很妥帖："嫉妒是为自己准备的屠刀"，

"嫉妒能吃掉的，只是自己的心"。翻一翻历史，哪一个嫉妒者有好下场？隋炀帝因嫉才妒能，招致群臣离心离德而覆亡；杨秀清因权欲熏心，嫉妒洪秀全和众亲王，想夺天王之位，最后被杀；梁山伯的第一任寨主王伦嫉妒晁盖、吴用而灭身……

所以，聪明的人意识到自己有了嫉妒之心就会立即刹车，打消损人的恶念，把嫉妒心转化为向他人学习的动力，努力追赶上去，这样自己才会创造出令人羡慕的业绩。

嫉妒是人生的癌细胞

嫉妒是与他人比较，发现自己在才能、名誉、地位或境遇等方面不如别人而产生的一种由羞愧、愤怒、怨恨等组成的复杂的情绪。

张淑妹和王娇是好朋友，在小学时，两人的学习成绩在班上常常是并列第一。可是上中学后，两人的成绩渐渐拉开了距离。张淑妹无论怎样努力，数学总是不如王娇。一天，张淑妹趁王娇不在教室，偷偷地把王娇的数学书拿走，扔到了厕所里。事后，张淑妹受到了老师的批评。她也为自己嫉妒心太强而苦恼……

嫉妒是当别人在某些方面超过自己、使自己的欲望不能得到满足时所产生的企图排除乃至破坏别人优越状态的激烈的情感活动。按照许多心理学家的分析，嫉妒是人类的一种本能，是一种企图缩小和消除差距、实现原有关系平衡和维持自身生存与发展的一种心理防御反应。

在现实生活中，嫉妒是一种极端消极的和狭隘的病态心理，是人际交往中的一大心理障碍，它会限制人的交往范围，它会压抑人的交往热情，它甚至能化友为敌。塞万提斯曾经说过："嫉妒者总是用望远镜观察一切。在望远镜中，小物体变大，矮子变成巨人，疑点变成事实。"

古人云："木秀于林，风必摧之。"就一般中国人而言，总是愿意大家彼此差不多，你好我也好，否则就会是"枪打出头鸟"。在日常工作中，因为有特殊才能或特殊贡献而冒尖的人，往往容易成为受打击的对象。谁在哪一方面出人头地，便会受到人们的攻击、嘲讽和指责；更有甚者，由于嫉妒心重还可能给你使绊子，让你生活在一种无形的压力之下，时时处处都有障碍，让你人做不好，事干不成。可以说，嫉妒是人世间一种非常有害的心理习惯，它可以使嫉妒者自己形成一种非常低下的、丑陋的心态，使嫉妒者走向一条狭窄的人生道路，也使其受到极大的伤害。

美国社会心理学家莫理·西尔伯称："我想每一个人都有过嫉妒的念头。"嫉妒心理如此普遍，它是怎样产生的呢？

性格的形成是一个后天的连续的过程。社会环境是影响一个人的性格的最关键的因素。人的个性从婴幼儿到老年都在发展变化之中。但多数人认为，人的个性在5岁～11岁形成，在12岁～17岁定型，当然婴幼儿阶段也是至关重要的。如果在性格形成之前，父母对儿童是冷漠、不关心的，他长大后的性格就会是多疑、好嫉妒、好归罪于他人。除父母之外，学校教育对儿童的性格发展的影响也是很重要的。因为，儿童所接触的社会环境主要是学校。在儿童及青少年阶段，社会环境因素在很大程度上影响了一个人的性格。人在生活中遭遇挫折和冲突时，心理上会产生焦虑，如果自我以合理方式消除焦虑未能成功，就必须改换以非理性方法达到这一目的。这种非理性方法就是自我防御机制。

自我防御机制有很多种。其中，投射作用是把自己内心不被允许的冲动、态度和行为推向别人或周围其他事物上。这种自我防御机制可以把我们自己的错误、失误归结于他人。因此，可以表现为"借题发挥"、将失败归结于他人，产生埋怨心理，而不是从自身寻找原因。运用这种防御机制，也可以达到心理上的平衡和消除焦虑。

另一种防御机制是合理化作用，即歪曲现实从而保护自己的自尊心。运用这一机制能使个体得到心理平衡。个体如果觉得他人比自己优秀时，采用合理化防御机制，就表现为嫉妒，认为别人的成功或比自己优秀是非正常的，是运用不合理手段得来的。

如果某个个体习惯于运用这些防御机制进行应对，那么，他的人格是有缺陷的。面对自己的失败或他人的成功，就表现出怨天尤人或嫉妒。

嫉妒是一种缺陷心理，是以多种形式表现出来的一种变态情感，它包含着忧虑和疑惧、羡慕和憎恶、愤怒和怨恨、猜疑和失望、屈辱和虚荣。从本质上说，嫉妒是看到与自己有相同目标和志向的人取得成就而产生的一种非正当的不适感。它是由于羡慕一种较高的生活，或者是想得到一种较高的地位，或者是想获得一种较贵重的东西，但自己又未能得到，而身边的人或站在同等位置的人先得到了而产生的一种缺陷心理，为了弥补这种心理，就会产生嫉妒。

| 温馨提示 |
WENXINTISHI

嫉妒是一种心理上的痛苦刺激，以致会激发出对他人的情绪上的抵触和对立。青少年应调整好自己的心态，防止这种影响自己身心的情绪愈演愈烈。

嫉妒心理的产生及其强弱不仅与个体心理品质、道德观念和思想修养有着直接密切的关系，而且还受着个体所处的生活环境及其社会文化背景的深刻影响。滋生嫉妒心理的因素主要有：

（1）性格有缺陷的人容易产生嫉妒心理

具有偏执型人格的人处事敏感、多疑、主观、固执、心胸狭隘、报复心强，不接受现实，一旦自己地位低于别人，就会用想象来编织他人的缺点，捕风捉影，吹毛求疵，制造事端。这种人无论在何处，都易生妒情。

（2）自我中心意识过强的人容易产生嫉妒心理

具有强烈自我中心意识的人，把个人的利益看得高于一切，喜欢在各个方面超过别人，一旦自己的欲望得不到满足，常常会产生对他人的嫉妒，以求得自己心理上的平衡。

（3）在条件相同或相似的人们之间容易产生嫉妒心理

嫉妒容易发生在彼此的生理属性（如性别、年龄、容貌、健康状况等）、心理属性（如能力、性格等）和社会属性（如文化程度、职务、社会地位、生活经历和所处境遇等）方面相同或相似的人们之间。机关里的小科长不会对谁当了市长产生嫉妒，可是却会为与自己一起参加工作、各方面与自己都差不多的同事晋升官职，而耿耿于怀，大发妒情。

（4）特定的社会文化环境容易促发嫉妒心理

由于受儒家文化的影响，中国人历来崇尚"中庸"之道，不患寡而患不均。一旦这种状况被打破，自己处于劣势，就自然而然地出现心理失衡，产生嫉妒心理。

有嫉妒心理的人如果不付诸行动，对他人一般不会造成伤害。但如果这种情绪长期闷在心里，心中妒火中烧却得不到发泄时，常常会使内分泌系统功能失调而影响身体健康。因此说，嫉妒心过强对他人、对自己都毫无益处。

著名心理学家康斯坦丁说过，嫉妒产生于自己认为某种东西的丧失，主要是面子、地位、自尊的丧失，同时还包括知识、情感及其他一些东西在内的需要却不能得到满足。嫉妒思想的本质是自私，青少年要消除这种病态心理，最好的办法就是拓宽自己的心胸。

《三国演义》中的周瑜是大家熟知的人物。周瑜是位年青得志、文武双全的雄才，２４岁就被授予建成中郎将，３４岁率军破曹，以少胜多，取得了赤壁之战的辉煌胜利。然而他有一个致命的弱点，就是性格暴躁、好胜心太强、心胸狭隘、骄傲轻浮、嫉妒贤能、情绪容易激动。对于才能胜过自己的孔明，总是耿耿于怀，不是虚心请教，而是伺机陷害。其结果是种种计策都被孔明识破，还被大大羞辱了一场，周瑜最后被气得大叫一声后，不久便一命呜呼了。临死前，他还仰天长叹"既生瑜，何生亮！"显示出他只能当天下第一、不能作天下第二的高度虚荣心及对孔明的嫉妒。

与之相比，孔明的性格则比周瑜好的多。他为人宽宏大量、谦虚谨慎、勤奋好学、目光远大。为顾全大局，他帮周瑜取得赤壁之战的胜利，但周瑜逼他太甚，一次又一次设计杀他，孔明才将计就计，使周瑜的毒计一个个破产。

上面事例告诉我们诸葛亮是用竞争战胜嫉妒最佳实践者。

| 温馨提示 |
WENXINTISHI

任何一个立志做好人的正人君子，都应该诚心的为他人的优点与长处而鼓掌，以博大的胸怀看待他人的成功。

无私天地宽，力戒自私之心

　　没有私欲是不正常的，人们都希望发展自己，实现自己的追求。但是有私欲而无度则更不可取，不损人利己，不损公肥私，这是最基本最道德的私欲标准。作为青少年应正常地关心自己、发展自己、实现自己。如果人人都自珍自爱自重，社会才能充满勃勃生机，充满欢声笑语。

解读人性中的自私

有一句话说"人不为己，天诛地灭"，这句话表明，人的自私是一种自然的、与生俱来的本性。

有没有绝对不自私的人呢？我们不敢说没有，但至少四周这种人很少，绝大多数人没有不自私的；差别只在于自私的程度而已，也许你也是自私的。

事实上，自私是人类求得生存的一种本能，没什么好奇怪的。如果我们用"自私"来解读他人的行为，这样对人的行为就不会感到疑惑不解，并能以"平常心"来看待。

自私是人的一种本能，人的很多行为便是以此为中心点而形成的。而按照性格、教育及生活经验的不同，自私表现在行为上也有不同的形式。

一种是"善"的形式。自私通过"善"的形式表现出来是利人又利己。例如一般人上班，一方面为老板做事，并间接服务了消费者；一方面赚了钱，可以养活自己及一家大小，满足生存的需要。不过也有一些人只求利人而不求利己，像有些传教士深入不毛之地，为的只是帮助一些需要帮助的人，而自己的生活不仅谈不上享受，甚至可说是一种自我虐待。在只为自己着想的世人之中，这种人实在值得钦佩。

另一种则是"恶"的形式，这种形式的自私是只求利己而不求利人。若只是利己但不伤人，那么这种自私还不算是"恶"。有一些人的自私是通过损人来利己，这才是真的"恶"！这种行为如抢劫、欺诈、陷害、背叛，更严重的还杀人放火，危及他人的性命。

人的自私欲望也属天性，但也不是任其取求，无限制地满足。如果这么做，反而会害了你。因为人的欲望是无止境的。

从消极的角度来讲，不能轻易剥夺一个人的利益，不管他是不是真的需要这些利益，你剥夺了，他是会跟你拼命的。

从积极的角度来讲，给予对方利益，只要这个人肯接受，那么他绝对会产生一定的积极性的。所以很多皇帝要用重金笼络臣下，大老板要发奖金给下属，而力能扛鼎的勇士，为了钱甘愿为无缚鸡之力的主子卖命。除了金钱之外，职位也是一种利益，所以"升官"也可以收买人心，因为满足了他的自私欲望！

此外，我们也不能忽视人在精神、心理层面的"自私"。也就是说，人都喜欢被尊重，你尊重他，那么一切都好说！

人的自私心理从何而来

自私是一种较为普遍的病态心理现象。"自私"指的是只顾自己的利益，不顾他人、集体、国家和社会的利益，常有自私自利、损人利己、损公肥私等说法。自私有程度上的不同，轻微一点是计较个人得失、有私心杂念、不讲公德；严重的则表现为了达到个人目的，侵吞公款，诬陷他人，杀人越货甚至铤而走险。

自私之心是万恶之源，贪婪、嫉妒、报复、吝啬、虚荣等病态心理从根本上讲都是自私的表现。

自私是一种近似本能的欲望，处于一个人的心灵深处。人有许多需求，如生理的需求、物质的需求、精神的需求等。需求是人的行为的原始推动力，人的许多行为就是为了满足需求。

但是，需求要受到社会规范、道德伦理、法律法令的制约，不顾社会历史条件的需求，一味地想满足自己的各种私欲的人就是具有自私心理的人。自私之心隐藏在个人的需求结构之中，是深层次的心理活动。

| 温馨提示 |
WENXINTISHI

自私心理往往潜藏较深，它的存在与表现便常常不为个人所意识到。有自私行为的人并非已经意识到他在干一种自私的事，相反他在侵占别人利益时往往心安理得。

人并非生而私之，在家庭教育中，父母亲本身就是极端自私的人，相对会导致儿女自私性格的形成。这一方面是模仿父母的行为、父母的思维；另一方面是由于父母没有给予子女足够的幸福，易使子女将这种不满发泄在父母身上，并扩展到整个社会。

在社会生活中，由于看到了一些不完美、不公正的现象，这些现象与自己头脑中对社会的期望正好相反。青少年往往比较天真，相信社会是完美的、公正的，人与人之间是友善的、互帮互助的。而当这种良好的极端思维遇到相反的现象时，就会从这个极端跳到另一个极端，认为人都是自私的。

每个人都是自私的，但自私并不都那么可怕，可怕的是私欲太盛，利令智昏。如时时处处以自己为中心，以损公肥私和损人利己为乐事，一切围着自己想问题，一切围着自己办事情。在满足其一己之私的过程中，不惜损害公益事业，不惜妨碍他人的利益。这样的人谁不怕？怕的时间长了，也就如同瘟疫一样，人们避之唯恐不及；怕的人多了，也就如过街老鼠一样，人人见之喊打。这样的人即便是比别人多捞取了一些利益，也不会获得真正意义上的幸福。如果说，他们也侈谈什么成功，充其量不过是鸡鸣狗盗的成功，没有任何值得骄傲和自豪的。所以说，青少年朋友，对于自己的欲望的满足要做到适度，切不可为一时之私而影响一生。

极端自私害人又害己

嫉妒心理是极端个人主义的产物。嫉妒心盛的人把别人的成功看成是对自己的威胁，为了维护自己的利益，不惜损害他人。

有的人之所以产生嫉妒，是因为他们有好胜心，总想出人头地，不甘居人之后；同时又缺乏必要的自信心和踏实进取的意志力。在这种自相矛盾的心理支配下，对于超过他的人总是不服气、怨愤，甚至采用不正当的手段来中伤、诋毁被嫉妒者。

战国时期孙膑和庞涓都是鬼谷子的学生，他们共同师从鬼谷子学习兵法。当时连庞涓自己也知道孙膑学得比他好，水平比他高。后来庞涓下山了，在魏国取得了魏王的信任，当了统帅军队的大将军。孙膑是大军事家孙武的后代，不但有才能，而且有着高尚的品格，所以深得鬼谷子的喜爱，鬼谷子把著名的十三篇兵法，传授给了他。后来，墨子的门生禽滑厘拜访鬼谷子时，深为孙膑的德才所感动，就把他推荐给了魏王。

魏王很高兴，就让庞涓写信请孙膑来魏国。庞涓于是感到了一种威胁，他忙对魏王说："孙膑是齐国人，而齐国现在又恰好是我们的敌人，恐怕他来了，对我们不利，反而对齐国有利。"魏王说："我听说孙膑是个有道德的人，不会有这样的结果的。"庞涓这才不得不给孙膑写邀请信。

孙膑来到魏国之后，魏王很赏识他，想让他作为军师协助庞涓指挥军队。庞涓表面上显得很谦虚，说："孙膑比我武艺高强，哪能让他屈尊于自己之下呢？不如先让他做个客卿，等他立了功，我就让位于他。"孙膑和魏王都被庞涓蒙蔽住了，尤其是孙膑非常感激庞涓，其实客卿虽然比臣下的地位高，但没有实权。私下里，庞涓假装关心地让孙膑把家人接来魏国，孙膑如实地告诉庞涓，自己的家人大都被齐王害死了，剩下的也已失散，不知去向了。庞涓听了，非常恐惧，他担心孙膑会长期留在魏国，那自己就再也没有出头之日了。于是他安排了一个人，假装是从齐国来，给孙膑带来了一封他哥哥写的信，信的大意是齐国想重振国威，哥哥希望孙膑回去，使得孙家的人能在齐国团聚。孙膑让来人告诉哥哥，自己已经做了魏国的客卿，不能随便回齐国，并写了一封思念亲人的信让他带给哥哥。这封信当然落到了庞涓的手里，他故意安排人送到魏王那里，等魏王召见他时，他便添油加醋地对魏王说："孙膑是个有才能的人，现在他思念齐国，如果他回到齐国，那么对我们是非常不利的，所以我尽力劝他留下来。如果他不答应留下来，那么就把他交给我处理吧。"魏王答应了。

庞涓见到孙膑，对他说："听说你哥哥有消息了，你就回家去见见亲人吧，然后再回来。至于魏王那里，我会给你解释的，保证没有问题。"于是第二天孙膑就向魏王请假回齐国。

魏王一听，以为庞涓劝留不住孙膑，于是就说孙膑私通齐国，把他交给庞涓处理。庞涓故意装作非常吃惊，他对孙膑说："我去魏王那里给你求求情，你不必太担心了。"但他根本没有去见魏王，而是故意等了一段时间，再回来对孙膑说："魏王非常生气，坚决要杀了你，我再三求情，魏王总算答应不要你的性命了，但是必须处以黥刑和膑刑。"所谓黥刑就是在人的脸上刻上字，留下永久的标记，使他一生中不管走到哪里，都能被认出来；而膑刑就是为了防止人逃跑，把人的膝盖骨去掉。孙膑听了这个消息，虽然悲愤交加，但觉得庞涓还是为自己出力了，所以很感激他。

受刑以后，孙膑只能爬，不能走了，庞涓对他非常关心照顾。孙膑感激得不知该如何回报他，所以他就对庞涓说："我能不能帮你做点什么？"庞涓说："我照顾你，是因为我们是老同学，又是好朋友，不是为了让你报答我。不过我有一个想法，就是你能不能把十三篇兵法写下来，我们共同切磋，也好流传给后代。"孙膑觉得庞涓说得有道理，就答应了，但由于身体的伤残、心情的恶劣，再加上在竹简上刻字很不容易，所以孙膑写得比较慢。庞涓等不及了，就派人去催促孙膑，孙膑无意中听到庞涓派来的人和服侍自己的人的对话，得知庞涓之所以没杀自己，是因为想得到兵法，兵法写完之时，就是自己命归黄泉之日。于是他开始装疯，装得非常逼真，连庞涓都被骗过了。于是庞涓对他放松了警惕，先是把他关进了猪圈，后来只是派人监视他，自己不太过问他了。而孙膑每天白天躺在街上，晚上爬回猪圈。有一天禽滑厘乔装打扮成一个穷人，在街上偷偷地接近了孙膑，告诉他齐国派使者来慰问魏王了，明天使者回齐国时，让孙膑藏在齐国使者的车里离开魏国。就这样，孙膑得以逃脱庞涓的魔爪。

庞涓的嫉妒既阴险又毒辣，他一手害了才华横溢、品德高尚的孙膑。然而他的罪行也终被揭露出来，自己也被钉在历史的耻辱柱上。

| 温馨提示 |
WENXINTISHI

极端个人主义催生嫉妒心理在作祟，他们把别人看成是自己的威胁，害怕别人夺了自己的名誉地位，为了夺取自己的个人利益，不惜牺牲他人的利益。

纠正以自我为中心的意识

自私的人人"以自我为中心"的意识，认为自己周围的一切都应该围绕自己转，一切都应该为自己服务。这种意识对青少年来说是很不应该有的，这不利于青少年的健康发展。

（1）认识自我中心意识的危害

要认识到具有强烈的"以自我为中心"的意识，是十分有害的。这种思想意识，会使人在对待任何事情上都以自我为中心、以个人利益为半径去判断是非得失，发展成极端的个人主义、自私自利的行为。它容易损害自己同他人的友谊，容易损害他人和集体的利益，最终损害自己的成长和发展，损害自己的利益，有百害而无一利。

（2）摆正自己的位置

要摆正个人在集体、社会中的位置，处理好个人与集体、社会间的关系。以自我为中心而不顺他人和社会，这无形中把自己孤立于集体和社会之外。我们知道，人是社会的人，人不能脱离集体和社会，离开了集体和社会，个人的才华是不能发挥的，也无法生存下去。这就如同树叶与树根一样，根深才能叶茂，叶茂才能促进根深，树根离不开树叶，树叶更离不开树根，二者相互依存、相互促进。礼会是由人组成的，社会需要人，但人更离不开社会。这是因为：

其一，人的生存和发展都是在社会的支持下实现的。人类生存需要各种生活资料和其他物质资料，这些东西主要不是自己创造的，多数是靠社会提供的。没有社会的支持，人就不能生存，更得不到发展。人为了生存就必须要制造和使用劳动工具进行生产劳动，劳动本领不是生而知之的，而是在他人的帮助下、培养下才能学会，而且人不是单个进行生产的，是在社会的配合支持下进行的。

其二，人只有在集体和社会中，才能发展和发挥自己的聪明才智。人们的才能是社会和集体智慧的结晶，没有前人的实践、探索，没有前人对后人的传授、教导，就没有人的聪明才智。离群索居是不行的，人的才智也只有在集体和社会的帮助下才能发挥作用。

因此我们要时刻牢记自己是社会中的普普通通的一员，做任何事情不能仅仅考虑个人，更不能凌驾于集体和社会之上，应将个人利益与集体、社会的利益联系起来考虑。这样，我们看问题的出发点就不可能还是以自我为中心了。

| 温馨提示 |
WENXINTISHI

只要我们做事多从大局考虑，多为集体着想，正确摆正集体和个人间的关系，在两者利益不能兼顾时，宁可牺牲自己的小利益。如果有了这样的境界，那么我们也就纠正了"以自我为中心"的意识。

（3）在生活中学会换位思考

当与别人有利益冲突的时候，不要冲动，应静下心来仔细地衡量一下，把自己放到别人的位置去考虑。要想到"你让我一尺，我还你一丈"，人与人之间的交往需要真诚与友爱，不要因为眼前的一点点小利益而失掉了更宝贵的东西。

（4）学习雷锋式的英雄人物

向雷锋式的英雄人物学习，努力提高自己的思想素质。雷锋是人们尊敬和爱戴的英雄，他虽然没做出什么惊天动地的大事业，但他的一生是光荣伟大的，他的精神激励了一代又一代人。雷锋心里想到的不是自我，而是他人，想到的是全心全意地为人民服务。榜样的力量是无穷的，向这类人物学习，对于我们改正以自我为中心的意识无疑是有利的。

（5）以社会上具有牺牲精神的人为楷模

先进人物之所以受人爱戴，在很大程度上是因为他们具有牺牲精神以及良好的道德修养。在这方面，青少年应该以他们为楷模，以他们的思想、行为作为自己的榜样，持之以恒地学习，严格要求自己。别林斯基曾说过这样一句话："克制利己主义，把自私的我踩在脚下。"愿你成为一个大公无私的人。

| 温馨提示 |
WENXINTISHI

无私之人则胸怀坦荡，让你时刻拥有轻松愉快的心情。自私则使我们失去良好的人际关系。而良好的人际关系是维系一个人心理健康的重要途径之一。只有无私助人的人才会因帮助他人而得到快乐。